Ela PREFERE FINAIS *felizes*

RICARDO COIRO

Ela PREFERE FINAIS *felizes*

Outro Planeta

Copyright © Ricardo Coiro, 2019
Copyright © Editora Planeta do Brasil, 2019
Todos os direitos reservados.

Preparação: Karina Barbosa dos Santos
Revisão: Project Nine Editorial e Vivian Miwa Matsushita
Diagramação: Márcia Matos
Capa: Tereza Bettinardi
Imagens de capa: Africa Studio / Shutterstock

DADOS INTERNACIONAIS DE CATALOGAÇÃO NA PUBLICAÇÃO (CIP)
ANGÉLICA ILACQUA CRB-8/7057

Coiro, Ricardo
   Ela prefere finais felizes / Ricardo Coiro. -- São Paulo : Planeta, 2019.
   288 p.

ISBN: 978-85-422-1645-5

1. Ficção brasileira I. Título

19-0936   CDD B869.3

2019
Todos os direitos desta edição reservados à
EDITORA PLANETA DO BRASIL LTDA.
Rua Bela Cintra, 986 – 4º andar
01415-002 – Consolação – São Paulo-SP
www.planetadelivros.com.br
faleconosco@editoraplaneta.com.br

*Ao acaso; por ter me apresentado ao Leco
(o melhor alquimista de Negronis da galáxia).*

1

Da única vez que fui pra São Paulo, quando tinha 5 anos, o que mais me marcou foi a pulseira roxa que minha velha deixou em meu pulso esquerdo, que voltou comigo a Santa Maria e demorou semanas pra sumir. Tinha medo que eu fosse engolido por aquela baita multidão, decerto, e não parava de repetir que era pra eu ficar grudado nela, prestar muita atenção, que na cidade grande roubavam gurizinhos como eu pra fazer churrasco.

Sou o único filho que conseguiu ter, "um milagrinho", segundo ela; porque o médico turrão com quem se consultava já tinha declarado, mais de uma vez, que ela não podia engravidar devido à endometriose que desde muito cedo a acompanha.

Ela fez o esperado e mais um tanto pra me manter sempre por perto, dentro da casa mofada repleta de ferrolhos e samambaias que há pouco deixei; longe de tudo quanto é coisa capaz de ralar, cortar, eletrocutar, afogar, picar, morder, gripar, me amar mais do que ela, fornecer as substâncias destrutivas e divertidas das quais vivo a abusar... Mesmo assim, apesar dos monstros que inventou e de todos os "não chega perto disso, guri!" que já me cuspiu com os olhos saltando das órbitas, tô partindo. Justamente por isso, talvez. Eu, a guitarra vermelha que meu pai me comprou por impulso quando o Inter venceu a Libertadores de 2006, uma cuia que quase não uso e erva que não dá barato, minha coleção de CDs, as camisetas surradas de banda das quais não consigo me desapegar e o pacote de Camel que ganhei numa aposta na sinuca, lá no Bruxo, bar onde já devo ter tomado mais de mil cevas, sem arreganho. Tudo fiado, marcado a lápis na cadernetinha da dona Rosa. Um dia eu pago. Pila por pila, tu vai ver. Mas não hoje: meu ônibus vai sair em dez minutos. São Paulo, já não vejo a hora de dar uma banda por ti.

Empoçando a camisa aberta do meu pai e dando as costas pra mim, minha mãe choraminga escandalosa, como se nunca mais fôssemos nos falar. Ela teria uma combustão espontânea se eu anunciasse um câncer no pâncreas. No mínimo.

"Tenho que ir", digo.

O escapamento com Parkinson já golfa fumaça densa e sou o único passageiro que ainda não está a bordo do Pluma vermelho, branco e azul de dois andares. Mas ela não se vira. Desde que a informei sobre minha decisão, no último sábado, tem tentado me convencer a não ir. "Lá é violento, poluído, horrível..." Mas bah, não tem mais volta.

"Tu não vai nem me dar um beijo?", apelo. "Vai me deixar ir triste?"

Sem pausar o berreiro nem descolar o rosto do horto de cabelos brancos e grossos que se tornou o peito do meu velho, apenas esticando um braço pra trás, ela me puxa pela gola da jaqueta de couro que já me obrigou a colocar várias vezes. Até no verão. Um abraço triplo e inédito acontece. Dou três beijos na bochecha fria e salgada da dona Ana e aperto firme o braço do gaudério que só vi de mirada úmida quando o Inter perdeu pros Tigres em 2015, no México. "Vê se tu volta logo pra gente tomá umas Polar e torcê pro Colorado, tchê", ele diz. As únicas palavras do dia. Da boca cada dia mais fina da minha mãe não sai uma sílaba. Ela tenta, mas está engasgada.

Sento na poltrona cinquenta e escrevo "Dos pampas a Sampa" numa das poucas folhas ainda sem rabiscos do caderno que carrego sempre comigo.

Até o meu destino, é possível que eu tenha a letra de uma música. Ou só um amontoado de palavras incapazes de descrever o turbilhão que agora me invade, hipótese que considero bem mais provável, já que eu, apesar das muitas tentativas que fiz, nunca terminei um som.

De acordo com um relógio de rua, faz nove graus. Já estamos na primavera, começou na semana passada, mas uma frente fria braba chegou da Argentina nesta madrugada. Tá um minuano de rasgar os beiço. Ainda nem arrancamos e as janelas já estão embaçadas. Melhor assim: poucas coisas pinicam tanto quanto a expressão de quem fica.

2

O telefone toca. Acordo palpitante. Que número é esse? Hoje em dia as pessoas só se falam por mensagem, no máximo gravam áudio no WhatsApp, ninguém mais liga nem deixa mensagem de voz na caixa postal. De madrugada então... Só zica!

"Eu te amo", diz uma voz enrolada.

"Quem é?!", pergunto raivosa, já certa da resposta.

"Sou eu, amor! Emprestei o celular do Celsinho. A gente tá no Blue Pub... Lembra que você gostava daqui? Tô com mó saudade. Eu te amo muito, sabia? Muitão!"

É o Átila, o cara com quem não me casei por um triz. Para ter uma ideia, chegamos a noivar com anel na mão esquerda e tudo. Aí, faltando dois meses para o casamento, enquanto ele tomava banho e assobiava a música do *Kill Bill*, resolvi fuçar no celular dele. Resultado: encontrei nudes e mais nudes de uma tal de Michely – com ípsilon mesmo! A mina de quatro, lambendo as tetas, com calcinha de onça, chupando o dedo do meio, abrindo a periquita de um jeito que me deu aflição... Até sentando em um pinto rosa de borracha! E uma porrada de mensagens que não me deixaram com a menor dúvida: o Átila estava saindo com ela fazia tempo. E a chifruda aqui lendo revista de noiva, fazendo provas de vestido, correndo atrás de bufê, sonhando com o grande dia.

"Se me amasse, não teria me chifrado com aquela piranha da sua faculdade, não acha? Agora fica com ela!", esbravejo e desligo.

Cansei. Já sofri muito por causa desse desgraçado. Até férias de quinze dias eu tirei por receio de fazer besteira com algum bichinho. Eles não têm culpa das mancadas que os humanos vivem dando, não é mesmo? E se algum anjinho morresse por erro meu, coisa que nunca aconteceu, graças a Deus, acho que ficaria traumatizada para sempre. Nem cortar as unhas dos gatinhos mais eu conseguiria, sério.

Falta uma hora e vinte para o despertador tocar. Que saco! Mal consigo suportar o peso das pálpebras, estou uma walking dead, mas não vou mais conseguir dormir, eu me conheço. Minha cabeça já está a mil, infestada de perguntas: o que teria acontecido se eu nunca tivesse mexido no celular do Átila? Ainda estaríamos felizes e planejando até mesmo os quadros e as cores das paredes da nossa futura casa? Se eu não tivesse passado tantas horas enfiada na clínica, cumprindo funções que nem minhas eram, será que ele teria me traído?

Entro no Facebook. As mesmas bobagens de sempre: discussões políticas, fake news, Black Friday, o vídeo fofo de um bebê montado em um pitbull, teorias da conspiração relacionadas à facada que um candidato à presidência tomou e fotos de gente ostentando momentos supostamente felizes em países de primeiro mundo onde é possível sair à noite com joias verdadeiras e relógio no pulso. Mensagens de homens também. Muitas. Caras que reapareceram em minha vida depois que alterei meu status de relacionamento para "solteira" e apaguei todas as fotos que tinham qualquer vestígio – mesmo que apenas uma sombra – do Átila; cafajestes que, apesar de viverem perguntando se estou bem e afirmando que posso contar com eles para o que der e vier, querem mesmo é me comer. Só isso. Basta uma gozada para voltarem a ser os egoístas de sempre, os mesmos babacas. Minha nonna Elvira, apesar da simplicidade e de nem ter terminado o colégio, sabia das coisas, e sempre me alertava:

"Cuidado com os homens! Todos son" – ela não conseguia pronunciar o som do til – "uns canalhas, inclusive seu nonno."

"Tem razão, nonna. São todos canalhas mesmo!", eu diria, se ela ainda estivesse por aqui. Ela entenderia a desconfiança que não larga do meu pé, saberia o que dizer para desfibrilar meu coraçãozinho abatido e afastar de mim a sensação de que não há para onde escapar. Faria nhoque quase sem farinha, café na moka e cafuné com cheiro de alho e manjericão. Rezaria baixinho empunhando o terço e, em seguida, logo depois do "amém", soltaria os palavrões italianos – cazzo, culo, sgualdrina – que só usava quando estava longe do meu nonno controlador ou nas vezes em que algo dava errado na cozinha, o que era raro.

"Por que a senhora teve que ir, nonna? Nunca mais comerei uma lasanha tão gostosa. Nunca mais! Está me ouvindo? Nem aqueles struffoli que a senhora fazia no Natal!", afirmo desejando que minha visão, agora já adaptada à escuridão, ultrapasse o teto.

Eu me tornei veterinária por causa da nonna: quando meu avô metido a mafioso empacotou de cirrose, de tanto encher o bucho de grappa, ela transformou a casa em um abrigo para vira-latas. Sempre jurava que seria o último, que não adotaria mais nenhum, mas um latidinho de manha já bastava para convencê-la a mudar de ideia. Alimentava os bichinhos com arroz, carne moída e macarrão, as mesmas coisas que mangiava. "Raçon non presta", afirmava. A faxineira, que a encontrou já fria, estirada sobre o tapete da sala, contou que os cachorros uivavam sem parar, que não queriam sair de perto do corpo por nada e até rosnaram quando os encarregados de removê-lo tentaram se aproximar. Herdei os peludinhos junto de um caderninho cheio de receitas calabresas, manchas de molho e digitais de gordura. Hoje, mais de cinco anos depois, só restam dois: o Luis e o Miguel, os últimos que ela acolheu; sufocavam dentro de um saco preto jogado em uma caçamba perto da casa dela, na Rua dos Trilhos. O resto foi morrendo no ano passado, um atrás do outro, de um misto de velhice, tristeza e saudade. Nem mesmo meu conhecimento técnico foi capaz de suprir a lacuna que a nonna deixou na vida dos animaizinhos.

3

Já devo estar no Paraná. No discman, a versão do Hendrix de "All Along the Watchtower". *"There must be some kind of way outta here"* estuprando meus tímpanos, do jeito que eu gosto. Tenho o Jimi tatuado no braço esquerdo e o Stevie Ray Vaughan no outro. E não ouse me perguntar de quem eu gosto mais, combinado? O negão trepava com a guitarra como uma pantera no cio, e o Stevie siriricava sua Number One – assim apelidou a Stratocaster detonada da qual nunca abriu mão – de um jeito quase tântrico, que me arrepia sempre. Bah, e não venha com papo de Spotify pra cima de mim. Por favor. Se tu me falar pra baixar música então... Te mando sentar numa piça sem dó. Gosto de encarte, de troço que posso pegar, que junta poeira, quebra, rasga, fode... Como nós, tu entende? Eu sei que o mundo evoluiu, que a gurizada anda guardando tudo em nuvem e blá-blá-blá... Não sou alienado! É que eu me sinto na época errada: enquanto a maioria desperdiça a vida mergulhada em telas touch, debruçada em e-mails urgentes e desesperada por tomadas e senhas de Wi-Fi, eu sou muito mais tomar um docinho e sair por aí sem pressa nem rumo, admirando as cores mais intensas e psicodélicas do mundo. Tu me entende? Duvido... Tu deve ter smartphone de última geração e perfil em todo tipo de rede social, não é como eu: por opção – que fique bem claro! –, tenho um celular que só faz ligação e manda SMS. Nele tem o jogo da cobrinha também. Um Nokia velho de guerra que não troco pela mais recente versão do iPhone nem de graça. Pra daí ficar escravo do negócio? Craqueiro da tecnologia como quase todo mundo é? Capaz!

Além de estar me achando estranho e atrasado, tu deve ter se perguntado por que tô me mudando pra São Paulo, adivinhei?

Já tinha trocado o cachê da noite – sessenta pila – por Campari com água tônica quando recebi uma ligação do meu primo Pedro. Zero onze.

"Cê ainda toca guitarra ou tá só na punheta agora?"

"Os dois, Pedrão... Toquei agora há pouco no Park, onde te trouxe quando tu veio pra Santa. Daí já bebi toda a merreca que ganhei. Sessenta pila em Camptônica."

"Só sessenta conto?"

"É o que pagam, cachorro... Fazer o quê?"

"Por isso que te liguei."

"Como assim?"

"Tô saindo da banda e quero que fique no meu lugar."

"Eu? E tá caindo fora por quê?"

"Ah, mano... Vou pra gringa. Portugal. Minha mina arrumou um trampo da hora lá. Preciso dar um tempo dessa vida bandida também, me afastar um pouco da noite, ficar mais com a Mariazinha."

"Mariazinha? Tu não tá mais com a Renata?"

"Tô, mano... Mariazinha é minha filha. Tá com quase dois anos já. Não sabia? Posto várias fotos dela no Face."

"Não tenho Facebook, cachorro. Tu esqueceu?"

"Ah é... Você é um homem das cavernas... Mas e aí, cê topa ficar no meu lugar? Não consigo pensar em alguém melhor do que você, Lecão. Tô ligado que dá conta do recado. Se pá, toca até melhor que eu. Se pá! E a Vendetas tá perto de estourar, mano. Não tô zoando. Já fizemos vários showzinhos legais e tem chance de a gente fechar com uma gravadora. Aí é música na rádio, Lollapalooza e o cacete!"

Aceitei sem muito pensar.

Estava sentado no palco improvisado onde já tinha tocado mais de cem vezes. O mesmo repertório: só pop rock sem solo, muito Capital Inicial e pouquíssimo Engenheiros. Tudo igual, das paredes de tijolinho às marias-palheta que sempre colavam lá afim de uma foda sem compromisso depois de uns peguinhas numa boa ganja. Bah, sem falar nos engraçadinhos repetindo "toca Raul" sem parar, né? Mas essas pragas devem existir no Brasil inteiro, acho que não me livrarei delas tão cedo.

O Pedro ficou feliz, soltou até um "urrul". Eu era o plano A, o B e o C, deu pra sacar o alívio que sentiu quando ouviu meu "sim". Ele tá na banda desde o começo, se acha responsável por ela e não quer deixar ninguém na mão. Antes de me ligar, já tinha mostrado pros outros integrantes uns vídeos de umas jams que fizemos. "Eles piraram, mano", ele me disse, daí encheu minha bola de um jeito que me fez querer beber mais, tudo no crédito, como se eu fosse, de fato, uma versão gaúcha do Clapton a poucas notas de ser descoberta. Também falou que eu posso ficar no apê do Caramujo, o batera.

"Cara mais firmeza não tem, Lecão. Manja de rock clássico como poucos, é uma enciclopédia humana. Sem contar que planta um kunk que cê não tá ligado... Coisa fina! Cê ainda tosta um, não tosta? Ele tá com um pezinho de purple haze cheio de camarões."

Vendi minha bike por trezentos pila, comprei uma passagem e cá estou: vendo um rio de vômito amarronzado passar por baixo do meu assento, pro terror da guria de trás, que não para de fazer aquele "urrr" que soltamos quando escovamos o fundo da língua. A polaca da fileira da frente veio de Santa Maria até aqui enchendo um piá de baconzinhos e outros trecos, esperava o quê? Bah, pensa num cheiro azedo.

4

"Para com isso, filho!", ordeno. Mas o Miguel me ignora, continua com o focinho colado à traseira de um labrador de gravatinha borboleta. Peço desculpas ao dono do cachorro, que responde:

"Só se me der seu telefone."

Uma parte de mim considera escroto. A outra, porém, que estava hibernando desde o término com o Átila, acha o cara gostoso. É grisalhão e bem barbeado, no estilinho que eu gosto. Tem cara angulosa, narigão de italiano e tanquinho de Malvino Salvador. Dou trela:

"E o que você vai fazer com meu telefone, posso saber?"

"Vou convidá-la para jantar. Nada de muito arriscado, eu prometo", ele responde agachado, fazendo cócegas na pança desproporcional ao resto do Luis, que se estica todo, rola na grama e deixa escapar até uns gemidinhos. Jogo baixo.

Passo meu telefone e continuo caminhando e ensacando cocô e caminhando e pensando... Não sei se já estou pronta. Tenho a impressão de que nunca me sentirei preparada de novo.

"Você gostou dele, Luis? Acha que o bonitão merece uma chance da mamãe, Miguel?"

Como saber se não vai me magoar? Por que ainda não inventaram um detector de canalhas, hein? Seria tão rentável quanto Nutella sem calorias, pílulas que revertem a calvície, louças autolimpantes...

Dá preguiça só de pensar em começar tudo de novo. Eu já conhecia os amigos e a família do Átila, era mimada pelo pai dele de um jeito que até enciumava a invejosa da minha ex-cunhada; estava acostumada com o barulho irritante que ele fazia quando mastigava e com a mania umbiguista que tinha de não levantar a tampa da privada nem dar a mínima às gotinhas de xixi que deixava sobre ela. Mas, como dizem por aí, a fila precisa andar.

Certo? O show precisa continuar ou ficarei para titia; passeando com cachorros, assando bolos e maratonando séries.

"Está na hora de a mamãe sair da deprê, não acha, Miguel? Luis, você gostou mesmo do moço?"

Volto para casa sem saber. Do Ibirapuera até a Vila Mariana pensando no melhor e no pior que pode acontecer entre mim e o Eros Ramazzotti Salvador. Consigo imaginá-lo nu, debruçado sobre a janela de um quarto clean de hotel e segurando uma taça de vinho de boca larga. Com uma bunda bem carnuda de jogador de futebol virada para mim e parlando frases encantadoras, sem forção de barra nem chuva de elogios; prometendo que vai me levar para comer, rezar e transar na Toscana. Graças aos fantasmas que não sei se um dia me deixarão em paz, no entanto, meu sonho lúcido vira pesadelo: posso ouvi-lo se explicando, gago, jurando pela mãe que não é bem o que estou pensando, que a galinha da vez é só uma amiga, alguém com quem ele... Ai que raiva!

Peço a Deus que ele tenha bom caráter, seja paciente com meu coraçãozinho traumatizado e goste de chupar. É querer muito? Para minha amiga Claudinha, é! Ela vive afirmando que já dá para comemorar se o cara não for gay, e quase me mata de rir sempre que relembra de um rapaz com quem saiu por um tempinho, que só queria saber de ser lambido na porta de trás.

"A coisa nem bem começava a esquentar e ele já me pedia para enfiar a língua no rabo dele", ela conta. "Sentava na minha cara e tudo. Até rebolava, amiga! Peguei trauma de beijo grego. Eca! Pelo menos ele se depilava e passava sabonete de bebê."

Que o Eros do Ibira não curta beijo grego. Amém!

5

O Pedro me espera na rodoviária. Mais careca e acabado do que nunca. Mais barba e barriga também. Pelos negros escapando da gola de uma camiseta do Motörhead um pouco curta. Quase um e noventa. Se não o conhecesse desde guri, das férias que passávamos juntos no sítio que nosso vô tinha em São Gabriel, diria que é um competidor russo de queda de braço, caminhoneiro tomador de rebite, algo brabão do tipo... Tudo menos guitarrista dos bons e pai de família prestes a trocar o rock por fraldas sujas e bacalhau.

O urso me abraça. Ou está tentando quebrar minhas costelas? Dá tabefes em minhas costas, me faz expectorar. Daí, com as mãos imensas e ásperas tapando as laterais do meu rosto, aplica uma bitocona estalada bem no meio da minha testa. Se oferece pra levar minha mala de CDs e avisa:

"Hoje vai rolar minha despedida, Lecão. Minha despedida e sua festinha de boas-vindas! Como é que anda seu Figueiredo, hein?"

"Fodido, na melhor das hipóteses."

"Tamo junto, então!", ele afirma carregando – com apenas uma mão e sem fazer careta – a mala que contém toda a minha coleção de CDs. Seiscentos e quarenta e sete, sem contar o que tá no discman.

Sampa tá ensolarada. Azul-Smurf. Nem prenúncio de garoa. Parece verão perto da terra que recém-abandonei. Mas uma árvore carregada de flores amarelas, destoando do cinza das construções que a rodeiam, não me deixa esquecer a estação em que estamos.

"Posso fumar aqui?", pergunto. Não faço fumaça desde a última parada que o ônibus fez, em Curitiba, onde comi pão de queijo e um pudim de anteontem, com um leve gosto de iogurte.

"Depende, Lecão..."

"Como assim?"

"Só do verdinho... É que minha mina às vezes pega a caranga pra levar a Mariazinha na escolinha, manja? E ela noia com cheiro de cigarro."

"De maconha, não?"

"Não."

"Tu tem um aí então, magrão?", pergunto. Achei melhor viajar sem nada. Nem uma ponta. Dei uns peguinhas enquanto a água do chuveiro não esquentava e vim.

O Pedro me lança um sorrisinho cafajeste, fecha os vidros do Unão, mete a patona peluda no porta-luvas e saca uma vela. De sete dias, no mínimo.

"Acende aí, mano. Fiz especialmente pra você!"

Dizem que São Paulo tem pressa, que é uma megalópole hostil e traiçoeira. Mas bah, de dentro deste fumacê sem-fim, até me parece mansa e amigável. As tiazinhas de tornozelos inchados dos pontos, as gurias entregando panfletos de calça legging nas sinaleiras e os engravatados – até eles! – não transpiram preocupação nem os efeitos enlouquecedores dos quais tanto me alertaram nos últimos dias. Talvez seja influência da erva misturada à música que o Pedro já ouviu mais de cinco vezes, cantando cada palavra: "Susie Q", do Creedence. E da minha empolgação, claro. Início de relacionamento é assim, né? Ficamos apaixonados até pelos defeitos da novidade, achamos um jeito de fazer com que nossa mente veja beleza naquilo que um dia pode se tornar intragável.

"A partir daquele farol é a Paulista", o Pedro afirma, pra recolocar minha cabeça no lugar. E se fina de rir enquanto estapeio a coxa por causa da brasa cadente que atingiu minha calça. Com as mãos sobre o barrigão colado ao volante, gargalha do rombo que meu indicador confirma.

"Cê tava certinho demais, Lecão. Uns rasgos sempre dão moral... Tipo essa bocetona que abri aqui, ó!", ele se gaba apontando pra cicatriz que tem na testa. Não é a primeira vez. Só não conta que a conseguiu por distração, com ajuda da quina da porta de um armário.

Os olhos infantis – parecem não ter acompanhado o crescimento do restante do rosto – do meu primo estão vermelhos e lacrimosos, e logo abaixo deles, a menos de dois centímetros das olheiras, começa a barba cerrada que eu invejava na adolescência, quando meu bigode era ralo e os bruxo me chamavam de fiapo.

"Essa é sua rua, mano", ele diz depois de virar à direita. "A Augusta... Cê já deve ter ouvido falar. Mas seu apê fica só lá no final, perto da Praça Roosevelt e de uma pá de inferninho."

Daí se transforma num guia especializado em boemia e pecado: apontando pra locais dos quais tenho certeza de que vou gostar, onde já me vejo tomando uns tragos, desce a rua a vinte por hora, nem aí pras buzinadas do táxi de trás.

"Naquele ali a dose de vodca custa cinco conto, e se ficar brother do seu Ramiro, o tiozinho que serve, rola de pegar duas por oito. Enche daquelas hipsterzinhas gostosas de tatuagem na coxa e deficiência de vitamina D, tá ligado? Ou cê tá curtindo pegar rapazes agora?"

Seguimos de janelas abertas pra sair um pouco do cheiro e da fumaça espessa que parece dificultar o movimento dos meus braços. Talvez seja pira minha, assim como a sensação de que as pessoas agora nos encararam com desconfiança. Eu sei que na cidade grande não tem dessas, que aqui é mais fácil dar uma banda sem ser julgado, mas bah, é como se soubessem que sou um forasteiro prestes a amarrar o cavalo na área.

"Não tem elevador, beleza? Mas são apenas sete andares e o seu é o terceiro. Trinta e três, a idade de Cristo", Pedro diz após estacionar, de primeira, o Uno entre duas motos. Uma aula de direção canábica.

Do primeiro andar, já ouço alguém botando pra foder na batera.

"Se liga na potência do menino", o Pedro fala ofegante.

"Baterista não pode ter piça mole. Já gosto dele."

Tem bom ouvido também: uma só dedada na campainha e ele corre pra abrir a porta.

É a fusão improvável do Marilyn Manson com o Brian May: além da palidez e do nariz mais comprido e fino que já vi, tem um cabelão de poodle até os ombros. Apesar do calor, usa calça, camiseta de manga comprida e botas. Tudo preto. "Exótico" é um bom adjetivo pra ele. Baseado apenas no rótulo, diria que come defuntos ouvindo música sacra e coleciona fetos em potes. Mas imagem não é nada, não é mesmo?

"Som foda", afirmo depois que o Pedro nos apresenta. "Thin Lizzy, certo?"

"Na mosca, mano... 'Waiting for an Alibi!'", o Caramujo responde empolgado.

Do nada, com a expressão preocupada de quem se lembra de uma panela esquecida no fogo, Pedro balbucia algumas palavras sobre pegar a mulher no trabalho e sai correndo.

"Nos vemos à noite. O Caramujo tá ligado onde vai ser o rolê. Fui!", ele grita já da escada.

No quarto que agora é meu, apenas um colchão de solteiro no chão de madeira escura e um guarda-roupa, também de madeira escura, onde vivem três pezinhos de skunk. Mais nada. O oposto da sala, que tem bateria, pôsteres de bandas em preto e branco e umas coisarada que não combinam entre si. Lembranças de viagem, suspeito.

"Cê pode fazer o que quiser aqui, orgia e o caralho a quatro, menos apertar esse botão!", o Caramujo me alerta mostrando o interruptor responsável pela luz arroxeada da qual as plantinhas dependem pra continuar lindas, saudáveis e chapantes. E esse lance de não apertar o botão me remete à série *Lost*, a única que vi inteira, incentivado pela minha ex.

O entrosamento acontece rápido, muito por causa das semelhanças em nossos gostos musicais que não demoram a ficar evidentes.

"'Wish You Were Here' dá um pau no *Dark Side of The Moon*", ele afirma, contrariando o senso comum e provando ter personalidade. Basta pra me convencer de que tô no lugar certo.

Bah, e além de tudo é um gentleman disfarçado de vampiro: desde que cheguei, há menos de duas horas, já me ofereceu toalhas de banho, chá de pêssego, ceva, nuggets, um cobertor além do que já tinha separado pra mim, travesseiros mais altos, uns peguinhas...

Pergunto se o chuveiro tem algum truque e aceito a toalha emprestada. Tiro a sujeira das quase vinte e duas horas de viagem ouvindo o Caramujo tocar o solo de "Moby Dick", do Led. O guri é um monstro, no melhor sentido da palavra.

6

O Eros chega na hora marcada. Sete. De camisa azul-marinho e blazer preto. Exalando o Paco Rabanne que meu nonno comprava aos montes e estocava – efeito colateral da guerra que o obrigou a deixar a Itália. Peço para abrir um pouco o vidro, só uma frestinha, mas não adianta: o ar do carro já está poluído pelo estopim de memórias indigestas: mesquinhez, machismo, os almoços de domingo que sempre terminavam com carcamano palitando os dentes amarelados enquanto a nonna, com o nariz batatudo repleto de gotículas de suor, retirava os pratos e oferecia algo que nunca estava bom o bastante para ele. "Desde quando melon é sobremesa, Elvira?".

O Eros não tem culpa do que o ingrato fez com o perfume, contudo. Preciso aprender a separar as coisas, a não permitir que o passado contamine o presente. Abstraio o cheiro cítrico que estimula recordações amargas, então. Evoco os conselhos da Magda, minha terapeuta. Se isso aqui porventura der certo e nos tornarmos alguma coisa mais séria, presenteio com um 212, digo que minha glote fecha com esse perfume, afirmo excitada que meu ex-namorado usava Paco também.

"Chegamos", ele afirma já encostando o Audi no vallet. Até então só havia feito suspense acerca do nosso destino. Quando perguntei para onde estávamos indo, garantiu que não me decepcionaria. Nem imagina que sou vegetariana desde os treze, quando flagrei meu padrasto cortando a garganta de um carneiro. A cachoeira de sangue grosso foi demais para mim.

"Boa noite, seu Fabrício. Como vai o senhor?", o maître baixinho de smoking pergunta. "Podem me acompanhar, por favor."

O espaço não é muito grande nem iluminado. Jazz ambiente, quase inaudível. "Intimista", como os profissionais de decoração têm mania de classificar. Velas vermelhas nas mesas e, nas paredes amarelas, quadros com rolhas de vinho e frases que homenageiam a bebida, como: "Vinho é mais barato do que terapia" e "Com o passar dos vinhos, os anos ficam melhores".

Sento no sofá de couro negro e ele na cadeira, de frente para mim.

Meu último encontro desse tipo foi com o mentiroso do Átila, num bar da Vila Madalena, há mais de oito anos. Mas não quero nem posso pensar nisso agora. "Você precisa viver mais no presente, Laila. Tem que parar com os resgates e as projeções", minha terapeuta vive me dizendo. E está mais do que certa.

Começamos o papo sem grandes inventividades: ele me conta um pouco sobre a empresa de suplementos alimentares que tem, explica por que o mercado fitness é extremamente promissor e narra, com detalhes desnecessários, o dia em que resolveu deixar o Direito para apostar em todo tipo de pó, cápsulas e lanchinhos voltados para a galera interessada em estética, performance e saúde. Domo os bocejos e, a pedido dele, falo um pouco do trabalho na clínica veterinária, do meu amor incondicional pelos animais, dos arranhões, das mordidas e da dificuldade que tive para dar um comprimidinho de nada a um gato, hoje cedo. Papeamos sobre nossos cachorros também. O dele se chama Thor e tem menos de um ano. "É filho de cães premiados, tem pedigree", ele afirma atritando as palmas das mãos para se livrar da farinha do croissant. Tira as cutículas e, além do relójão, usa duas pulseiras de couro com prata que vi por quase quinhentos reais no Iguatemi.

"Eu fico de queixo caído pelas ruivas."

"Obrigada. Mas conta mais de você... O que gosta de fazer quando não está trabalhando?"

Faz crossfit todo dia, de segunda a domingo, não perde treino por nada e se orgulha de ser assim. É triatleta também. Tem quarenta e quatro anos, quinze a mais do que eu. Fala com convicção, para fora, na maior parte do tempo, soa até arrogante. Vendedor. Sempre que conta de um feito realizado, termina a frase com a palavra "gratidão".

"Minha empresa cresceu vinte por cento este ano. Gratidão!"

Não falei?

Tem casa em Riviera de São Lourenço e dois filhos de um casamento que acabou faz três anos. Um casal: Pietra e Enzo. Mora relativamente perto de mim, em um duplex nos Jardins que já citou mais de três vezes.

"Não entendo nada de vinho", confesso quando ele me pergunta se tenho alguma preferência. Malbec, Pinot, Cabernet, Sangue de Boi... Tem tudo o mesmo gosto para mim.

"Mas você toma uma tacinha, não toma?"

"Tomo... Claro!"

Ele pede um tal de Brunello Di Montalcino e conta que sonhou comigo no dia em que me conheceu.

"Você estava nadando com o Thor na piscina de fundo infinito de Riviera. De biquíni azul e chapéu branco. Ou era verde-água? Whatever. O cachorro até mergulhava, coisa que nunca fez", ele fala fazendo gestos amplos, sem desviar o olhar nem piscar. Não acredito muito nele, no entanto. Não consigo acreditar mais nas pessoas, essa que é a verdade. O Átila drenou o último pingo de esperança que eu tinha na humanidade. E algo nesse jeitão de político me diz que é cafajeste incurável, que joga esse papinho besta de sonho com todas, que não sou a primeira que traz nesse bistrozinho. Existe xavequinho mais manjado do que "sonhei com você"?

O garçom abre o vinho com cuidado e coloca só um dedinho na taça do Eros, que dá um gole e, de olhos fechados, bochecha com cara de chimpanzé; então engole e faz silêncio, quase um minuto de aflição, solta uma frase de efeito – "Perfeito e elegante. Na medida!" – e autoriza que nos sirvam.

Precisava desse suspense todo?

Além de mal-educado – não usou "por favor" nem "obrigado" até agora –, estou começando a achar que o cidadão não chupa pepeca. Ou pior: que depois de uma lambida técnica e calculada, quase sem encostar, começa a descrever as notas da xoxota:

"Hum... Notas primárias de sabonete íntimo, secundárias de... Hum... Já sei: cera de algas marinhas e suor frutado pós-spinning. É isso!"

Eu sei que é precoce, que tenho várias implicâncias e traumas, porém nem pedimos o prato principal e já estou começando a me sentir arrependida por estar aqui. Penso na minha cama, no edredom macio que comprei na semana passada, em assistir a uns episódios de *Grey's Anatomy* com meus filhos no sofá.

Ah, não... Eu deveria ter ouvido a parte racional de mim... Agora o cara não para de falar da minha boca, de como ela é bonita, irresistível e blá-blá-blá... Tem coisa mais brochante? Tento mudar de assunto, fazê-lo perceber que está sendo patético, mas ele insiste em caçar ganchos para retomar os elogios de velho babão.

"Amo mulher de cabelo comprido."

"Obrigada... Mas me fala um pouco mais dos suplementos."

"Nem toda mulher é top igual a você, não é mesmo? Então elas compram meus produtos."

Que Deus perdoe meu preconceito, os tantos prejulgamentos que estou fazendo agora, mas a palavra "top", para mim, é tão eliminatória quanto pochete. Na boa. O cidadão tinha até começado bem. Lá no parque, digo.

Escolho fettuccine ao pesto e ele pede um prato repugnante com foie gras. Foie gras, caramba? Não consigo escapar das cenas de um documentário que mostra a crueldade à qual os gansos são submetidos para fazerem essa porcaria; enfiam um tubo de trinta centímetros na goela dos bichos para engordá-los. Várias vezes ao dia. Só por causa... Ai... Não dá! Eu deveria ter ficado em casa fazendo faxina, lavando o banheiro, tossindo sem parar por causa da água sanitária. Juro. Acho que ainda é muito cedo para mim, que sempre será precoce. "A fila precisa andar", a Claudinha vive me dizendo, e não tiro a razão dela. Mas não agora: a ferida ainda está aberta e não estou com a mínima paciência. Muito menos para esse cara de quem já peguei asco.

"O que foi?", ele indaga ao me ver de pé, já de bolsa na mão.

"Não estou me sentindo legal", digo já caindo fora, sem mais palavras nem beijo de despedida.

Ele fica mudo, não deve estar acostumado a jantares que terminam antes da sobremesa no duplex dele. Pode ser, também, que seja faixa preta em pé na bunda e já esteja pensando na próxima vítima, dando match no Tinder, nem aí para os gansos que foram torturados para que tentasse impressionar alguém. Não eu!

Chamo um Uber.

O motorista me oferece balas por educação e, sem-cerimônia, como mais de dez. Uma atrás da outra. Sou tomada por um desencanto semelhante ao que rolou depois que larguei minha primeira aula de patinação artística no meio, magoada porque, ao contrário das outras meninas, eu não parava em pé por nada. Não estou preparada para cair de novo, ainda não me recuperei do meu último capote.

7

O nome do lugar é 472, um luminoso acima de uma porta grande de ferro cinza não deixa dúvidas. Viemos a pé. Eu, o Caramujo e dois copos plásticos com conhaque até a boca respingando em nossos pulsos. Já tomamos mais de meia garrafa no apê e fumamos um também. Não qualquer um, vale dizer: purple haze, igual à música do Hendrix. Inclusive no potencial de chapar.

Além das preferências musicais que batem com as minhas, do Caramujo já sei de várias curiosidades: por pouco não virou padre, foi criado pela avó materna no Sul de Minas Gerais – a provável explicação pro jeito hospitaleiro que contrasta com o ar sombrio –, teve que colocar marca-passo depois de um piripaque num show, o apelido que tem é resultado de uma confusão: por causa do cabelo cacheado, foi chamado de "Caracol" a vida toda, até que o primeiro vocal da banda viajou na paçoca e o chamou de "Caramujo". Acharam graça e começaram a repetir. Ficou.

"Não pode entrar com o copo, amigão", o segurança arranha-céu alerta com a mãozona de jogador da NBA espalmada em meu peito. Tomo tudo num só talagaço. Golão de pelicano que desce queimando as tripas. Mas redondo. O Caramujo, que vinha baqueteando o ar logo atrás, repete o ritual. Se antes eu já tava doido... Bah, que pancada!

Pedro nos aguarda com a pança encostada no balcão e ar de vilão. Em frente a mais de dez torneiras de chope, segura uma canecona já quase vazia. Ao lado dele, Ricardinho, o vocalista que usa chapéu, botas de bico fino e um cinto com fivela de escorpião. Um Kid Rock mais magro. Cogito enticar, perguntar se está vindo de algum rodeio ou afim de montar uma dupla sertaneja. Mas ainda é muito cedo, tu não acha? Apenas estendo a mão.

"Prazer, Leco."

E apesar de estar mais duro que piça de adolescente, aviso que a próxima rodada será por minha conta. Nada que bilhões de bêbados já não tenham feito.

Meu primo enxuga mais uma caneca, parece um viking que acabou de chegar da batalha. Só que, em vez de atirá-la contra a parede depois do gole derradeiro – como aparenta ser capaz de fazer a qualquer momento –, fica emotivo, vira uma máquina de abraçar e se declara feliz por estar aqui, entre amigos de verdade, deixando a banda em boas mãos; no volume máximo, animadão, narra fatos de nossa infância no arrozal, fala dos vidros de maionese que enchíamos de pólvora pra explodir cupinzeiros e do dia em que um primo mais velho nos levou pra perder o cabaço num puteirinho em São Gabriel chamado Bokarra. Ignorando a presença da guria que serve os chopes e minha expressão de "tu já pode parar por aí", conta nossa primeira vez com detalhes, desde a pinga que me fizeram beber no gargalo à puta sem dois dentes da frente me arrastando até o quartinho úmido e dizendo, em tom de mãe – e ela tinha idade pra ser minha coroa mesmo –, que me trataria com carinho. Todos riem. Principalmente o Ricardinho, que dá repetidos tapas no balcão e arqueia o corpo de grilo pra trás.

No palco da casa, mal cabe uma bateria, e sobre ele, ombro a ombro, quatro piás oleosos tocam um troço indie que não faz minha cabeça. Som sem paudurescência, cópia da cópia de bandinhas inglesas atuais que, apesar da pretensão e do ar largado que ostentam nos pubs da vida, nunca serão como os Stones. Muito menos como os irmãos Gallagher, os últimos rock stars autênticos. Só restou pose. Os roqueiros agora praticam ioga e só comem comida orgânica. Não tem como dar certo.

"Será que a gente não pode fazer um som?", pergunto. Não pego minha guitarra faz mais de vinte e quatro horas, tô com abstinência. Afim de dar um tirinho também.

"Sabia que ia falar isso, Lecão", o Pedro responde. "Tanto que já até troquei uma ideia com o Maurão, que é meu camarada há miliducas. Falou que rola de mandarmos umas três músicas, sim... Cês fecham também?"

O Caramujo e o Ricardinho topam, e um clima de estreia toma o ambiente. Uma tensão inesperada que não me impactava assim fazia tempo. Bah, hoje vai ser afudê!

Adivinhando nossas necessidades, dessa vez é o Caramujo que se oferece pra bancar uma rodada. Só que de tequila.

"Tenho filha pequena, mano. Vou passar essa", o Pedro diz afastando o copinho com o dedão de tora.

"É a sua despedida, magrão. Tu tem que beber também", insisto colocando o copinho de volta ao posto inicial, ao lado do pires que contém uma fatia de limão e um morrinho de sal. "Não foi tu que perguntou do meu fígado hoje à tarde? Agora te vira, cachorro!"

"Certo, mano... Cê venceu", ele responde. Propõe um brinde à nova fase da Vendetas e, em seguida, depois de inspiradas profundas, viramos as doses e batemos com o fundo grosso dos copinhos no balcão; no mesmo segundo, deixando claro que já estamos prontos pra tudo. Mesmo sem ensaios. Ninguém toca no limão nem no sal.

O Ricardinho diz que curtiu meus vídeos, meu jeito de tocar, que minha pegada mais blues vai renovar o espírito da banda. Pede para dar uma olhada em minhas tattoos e mostra as dele. Será que já foi preso? Diz que está pensando em fazer um microfone old school no antebraço e fechar as costas com uma parada asteca cujo significado não entendo bem. Um lance espiritualizado muito distante da minha descrença em tudo que a ciência não explica. O Caramujo já está pra lá de Bagdá, os faróis quase fechados não negam. Procuro enxergar alguma firmeza no jeito que segura a long neck que acabou de abrir com a ajuda de um guardanapo; temo que o vigor demonstrado horas atrás, enquanto eu estava sob o chuveiro fraco da minha nova casa, logo não passe de pinto mole incapaz de captar a atenção dos borrachos daqui. Não duvido que esteja pensando isso de mim também, temendo que eu não dê conta do recado.

A banda indie sai de cena e um homem com mais piercings do que carne no rosto ocupa o centro do minipalco. Pega o microfone, bate nele três vezes com o indicador e anuncia:

"Galera, hoje teremos uma participação mais do que especial aqui no 472. Coisa fina. Rock de primeira... Com vocês, a banda Vendetas!"

Frio na barriga. A vontade de cagar que sempre vem de repente e só passa quando dou as primeiras palhetadas. Não por causa das pessoas do bar, cerca de quarenta seres nem aí pra nós. Não é isso... A real é que não quero decepcionar os guris da banda nem o Pedrão. Muito menos ele. Não posso. Além do mais, já trouxe tudo pra cá, mala e cuia – literalmente –, não volto pra Santa Maria por nada. Se der errado, daqui caio pra outro canto, mudo até de país.

"Hoje eu vou ficar na plateia", o Pedro afirma e pede mais uma caneca. Cerveja escura dessa vez. Emana um misto de dever cumprido com nostalgia. Pré-saudade. Sabia que este momento chegaria, é bem provável que ele até já tenha imaginado esta passada de bastão, mas o pingo de hesitação que escorreu dessa última afirmação deixou evidente que não estava preparado. Não totalmente. É a vida, cachorro. É a vida... Ciclos se fechando e abrindo sem parar, portas e mais portas que precisamos atravessar se quisermos chegar a algum lugar, chegadas e partidas constantes com as quais precisamos aprender a lidar. Perdas. Bah, muitas delas. E o melhor que posso fazer agora é honrar o tanto que ele já fez pela banda e o rock que faz minha cabeça desde gurizinho. É isso. Dale!

Para substituir o Lemão, o baixista que não pôde vir porque será padrinho de casamento no interior, convidamos o baixista da banda dos sebosos. Só pele, osso, couro e cabelo. Peso-mosca.

Como se fosse meu vizinho de Santa Maria e já conhecesse meu repertório de cabo a rabo, Ricardinho sugere que comecemos com "White Room", do Cream.

"Depois 'Crazy Train'... Aí, véi... Pra colocar fogo na casa e terminar com chave de ouro, a gente já emenda em 'Ace of Spades'. Vamo aí?"

"Será que o piá segura no baixo?", cochicho ao Ricardinho. Evocar a imagem do Lemmy dedando as quatro cordas de maneira furiosa é inevitável.

"Claro que não... Mas foda-se!"
Afino a guitarra e, segundos depois, as baquetadas começam. Um, dois, três e... Nada de mão frouxa! Firmeza, precisão e classe. Sei que estou sob forte influência de bebida e otras cositas más, no entanto já amo o Caramujo.

8

Não é meu dia de plantão, mas tive que vir. O avô da outra veterinária acabou de falecer. Ainda não digeri o Eros nem o vinho caro e seco que ele pediu.

"O que ele tem?", pergunto ao dono do gatinho preto que está de rabo baixo e encolhido no fundo de uma caixinha de transporte.

"Não sei, mas tá estranho. Parou de comer. Nem o biscoitinho que ele adora. Até cheira, mas não pega. Anda muito quieto também. O espertão nunca perde a chance de entrar no nosso quarto, o único lugar da casa onde é proibido de ficar, porém hoje à tarde deixamos a porta aberta e ele nem se mexeu. Aí a gente teve certeza que tem algo de errado."

Pergunto se ele é bravo e peço que o homem o coloque sobre a mesa de atendimento e me ajude a segurá-lo. Apalpo, examino os ouvidinhos e coloco o termômetro.

O abdome está inchado. Tem um pouco de febre também.

"Ele tem urinado?", questiono.

"Não sei, doutora... Tenho mais três, é difícil saber qual xixi é de quem."

O rabo não levanta por nada, indica que está preocupado, com dor ou algo do gênero. E quando apalpo a bexiga, que está o dobro do tamanho normal, ele reclama.

"É provável que esteja com um bloqueio na uretra, sem conseguir urinar", explico. "O canalzinho dos machos é mais estreito e eles têm maior propensão a produzir um material denso, chamado plug uretral, que às vezes impede a passagem da urina."

Recorro ao aparelho de ultrassom, última aquisição da clínica, e confirmo minha suspeita. Sou obrigada a sondá-lo.

Depois de me pedir uma explicação mais detalhada e me contar como o felino foi parar na casa dele, em uma sexta-feira 13, o homem faz uma ligação. Deve ser a esposa. Porque usa aliança e a chama de "vidinha". Pede calma, afirma que vai dar tudo certo e jura que o Carvão ficará bem.

"Ele tem sete vidas, já esqueceu? Agora descansa porque cê entra cedo no salão amanhã."

Em seguida, promete que não vai deixar nada de ruim acontecer com o bichinho e garante que passará a noite aqui, que só arredará o pé quando o "menino" deles estiver bem para arranhar o sofá de novo.

"Não chora, não, vidinha."

Desliga o telefone e começa a roer as unhas. Quando todas ficam curtas demais, mordisca os dedos. Folheia revistas de fofoca, bebe água, café velho, levanta e senta, levanta e senta, cruza e descruza as pernas, faz alongamentos e estala os dedos. Bufa.

"Como ele está, doutora?", indaga toda vez que passo pela sala de espera.

"Vai ficar bem", eu respondo. Mesmo sem certeza.

Por volta da uma, ele avisa que sairá para comer e me pergunta se quero alguma coisa.

"Tem certeza que não quer nem um pão de queijo?"

"Absoluta. Obrigada."

"Vou ali no posto pegar um salgado e já volto então... Dois palito! Cuida bem do Carvão, por favor. Minha esposa é apaixonada por esse gatinho, só não veio junto porque nosso caçula, o Cleiton, tava delirando de febre. Teve até que tomar injeção."

O ponteiro menor dá duas voltas enquanto estudo um pouco de italiano. A grana hoje não permite, não sobra nem um centavo no final do mês, mas quero um dia poder conhecer a cidade de onde meus nonnos vieram. Corigliano, como meu sobrenome. Fica na Calábria e, de acordo com o que li na internet, tem lindos castelos e um ótimo azeite.

Três da manhã e nem sinal do homem. Começo a pensar que é vagabundo como todos os outros, que está se aproveitando da situação para dar um perdido na mulher, encher a cara, alguma cafajestagem padrão. É inevitável.

Não tem mais ninguém na clínica. Só eu, o Carvão e um coelho sem nome que comeu veneno de rato na semana passada e amanhã terá alta.

"Carvão, como você está se sentindo, hein? Eu já passei por isso, sei que não é nada confortável", falo fazendo carinho na bochechinha dele, pertinho do bigode, onde todo gatinho gosta. Sinto um prenúncio de ronronada, um terremoto de pouquíssimos graus na Escala Richter. Já é um começo. O bastante para fazer meu coração ronronar também.

Confiro o quadro dos bichos mais uma vez e cochilo um pouco encolhida na cadeira, arrependida por não ter conferido a previsão do tempo hoje de manhã.

Por um toque de campainha ininterrupto, sou resgatada de um pesadelo asfixiante. O de sempre: o teto de um quarto que não é meu descendo, e eu incapaz de me mover, cimentada, pesando transatlânticos.

São cinco e vinte da manhã, está escuro, a recepcionista ainda nem saiu do Taboão.

Caminho até a saída da clínica com receio do que vou encontrar. Pedindo a Deus para não ser assalto nem coisa pior. Já entraram aqui uma vez. De dia. Colocaram funcionários e clientes no banheirinho e levaram tudo que conseguiram, até vacina antirrábica, estetoscópio e luvas de borracha.

Com a boca entre as grades do portão, uma mulher me pergunta se tenho notícia do marido dela, o homem que trouxe o Carvão ontem à noite. Abro o cadeado e peço calma. Apesar de achar que ele está na farra, reforçando o clichê que os caras negam ser, afirmo que ele logo vai aparecer.

"Eu já liguei quinhentas vezes pro celular dele e nada! Só caixa postal. Ele nunca fica sem me atender por muito tempo. Nunca!"

Ofereço um chá de camomila e, quebrando o protocolo, permito que veja o Carvão antes das oito.

"Cadê o maldito?", penso enquanto ela faz carinho no gato com uma mão e, com a outra, tateia o celular em busca de alguma pista do paradeiro do marido.

"Eu amo esse desgraçado. Como nunca amei ninguém. Daria a vida por ele se precisasse, sem exagero... É uma coisa que mal cabe em mim, sabe?", ela confessa chorosa. Não sei se fala do gato ou do homem. Tenho a impressão de que nunca senti nada tão intenso pelo Átila. É claro que o amava, não seria louca a ponto de me casar por comodidade, mas...

"Sei como é", afirmo mesmo sem saber, torcendo para que Deus um dia me permita entendê-la.

"Estamos juntos faz mais de quinze anos e nunca ficamos um dia inteiro sem conversar. A senhora acredita? Já até brigamos, não vou mentir, mas ficar sem falar com o Alberto por muito tempo? Nem pensar! Por isso que eu tô tão preocupada... A senhora acha que pode ter acontecido alguma coisa grave?"

Falo que não, que ele logo vai aparecer para explicar tudo. Temendo as desgraças que o *Bom Dia São Paulo* pode mostrar, mudo de canal. Tento trocar de assunto também, fazê-la se esquecer um pouco da dúvida que a corrói; mas ela repete a pergunta que a está assombrando:

"Acha que pode ter acontecido alguma coisa com ele? A senhora acha que devo ligar pra polícia?"

9

Acordo num meia-nove clássico já em andamento, com o pau sendo abocanhado até o talo. Está hard rock como em todas as manhãs, do jeito que imploro pra ficar quando perco a mão nos tragos e no pó. Não consigo enxergar o rosto da guria nem me recordar dela, possuo apenas alguns fragmentos desconexos que não serviriam nem para alimentar um retrato falado. À frente, roçando em minha fuça, uma racha beiçuda e depilada. À esquerda, a um braço esticado de mim, uma janela escancarada que dá pra janela de outro prédio, quase colado ao que estou, o suficiente pra me parecer erro de cálculo, pra eu achar que daqui, com algum esforço e ajuda do vento, eu posso cuspir ou até esporrar nele. Do lado direito, bem mais longe de mim do que a janela, um mural apinhado de fotos, a favela de retratos onde procuro pela moça que me engole sem dizer nada, acreditando que ainda não despertei por inteiro.

Aproveito o mistério insolúvel pra estampar, em quem me devora, o rosto da esposa de um amigo. A guria tem cara de camponesa ingênua, uma aparente falta de malícia que me atiça. Já a comi em várias punhetas.

Agarrado às dobrinhas gostosas da cintura, caio de boca nela também. Agora sim um meia-nove de verdade, com equilíbrio de estímulos, não aquele trinta e quatro e meio injusto. Adoro o gostinho ácido que quase todas as bocetas têm e um cuzinho resvalando em meu nariz, piscando pra mim. Nada é mais humano do que um cu. Bah, que delícia.

Os lábios carnudos que afasto com os dedos e lambo não têm nem sinal de pelos. Que pena. Gosto deles, sou retrô até nisso, vivo sendo enticado pelos bruxo por apreciar umas tarântulas. A existência de pelos não significa falta de higiene: é rebeldia nesta sociedade bizarra que prega a depilação feminina com veemência quase religiosa, na qual a palavra "novinha" é campeã de busca em sites de pornografia.

Chupo a ponta do dedo do meio e a apoio sobre o cuzinho. É o melhor jeito de descobrir se ela o quer dentro ou longe. A resposta não demora a acontecer: a guria sem rosto se joga pra trás, contra meu fazedor de xingamentos em prontidão, dando a entender que o sinal tá verde, que me quer nos fundos, fundo. Abro bem a bunda, empurrando a nádega direita pro lado, e enfio a primeira falange, bem devagar. Ela tira a piça da boca pra gemer. Timbre macio de telemarketing, de funcionária do mês com potencial pra me convencer a aceitar mais um cartão de crédito, um upgrade no plano da TV a cabo, a depositar dinheiro na conta de sei lá quem pra que sequestradores de mentira não matem a filha que não tenho e nem pretendo ter.

A pedido dela, feito direto em meu microfone, o dedo todo, até o anelão de caveira que ganhei da Cris, a única namorada que tive.

"Mais um, vai... Mete!", ela ordena e depois esfrega minha dureza na cara. Lambuza até a testa. Deve ter lido em algum site que água de galo faz bem pra pele.

"Tu gosta assim, é?", pergunto já em posse da resposta, com o indicador e o do meio enterrados até onde dá.

"Quero o pau, seu filho da puta. Come meu cuzinho, come..."

Focado apenas no buraco estreito no qual me aprofundo com cautela, ignoro os riscos do sexo no pelo. Ainda sem saber que faceta ela tem, penso em espinhas explodindo pra não gozar. Ela se masturba e me manda foder sem dó.

"Assim, continua, vai...", ela pede com a voz já tremelicando, dando indícios de erupção. De rosto enfiado no lençol, com uma mão friccionando a boceta e a outra espremendo a única parte do edredom roxo que ainda permanece sobre o colchão, ela explode. Torcendo pra que os repuxões na panturrilha não acabem em câimbra, continuo com o pau entocado, pulsando, enforcado pelas contrações anais da desconhecida. Aliás... Quem é que conheço a fundo sem sequer saber que face tem? Só sei que está viva porque o corpo infla um pouco sempre que inspira. Além de cabelos negros que azulam nas pontas, no topo das costas, pouco abaixo da nuca, tem tatuado o título de uma música do U2 que prefiro na voz do Jack White: "Love is Blindness".

Tiro o pau com rastros de almoços passados, o que já é de se esperar fora de filmes pornôs. Ela se vira. Finalmente. Batom e rímel borrados, quase uma versão feminina do Coringa. Preto e vermelho.

"Ainda bem que você se redimiu... Porque ontem... Nem bem entrou e já capotou, me deixou na mão, literalmente", ela fala arrancando pro banheiro. "Vou tomar uma ducha, fica aí!"

Sem saber se estou numa ala de fumantes, saco um cigarro da calça jogada no chão e acendo me sentindo um caubói de faroeste. Gosto de bangue-bangue, música country, de tomar uns tragos ouvindo "Something You Get Through", do Willie Nelson. Sempre quis ter botas de salto e bico fino, brancas, iguais às do Stevie Ray, mas nunca consegui grana nem coragem pra comprar.

O melhor trago da vida é o pós-trepada, constato com os cotovelos apoiados no parapeito da janela, soltando anéis de fumaça. Não há vento para destruí-los. O prédio da frente tá ainda mais próximo, só não consigo ler a legenda da TV da vizinha por causa da miopia. Será que ela ouviu nossos relinchos? Ainda fode? Gosto mais das pessoas quando não passam de incógnitas, de longe.

Decidido a olhar as fotos, cruzo o quarto por cima da cama. Por pouco não dou uma guampada num lustre antigo que não combina com os móveis amarelos nem com a TV fininha. No primeiro retrato que me prende a atenção, ao lado da guria que tem tudo – inclusive o cabelo bicolor – pra ser a que acabei de comer, um rosto familiar. Bah... Não pode ser... E, pro meu desespero, a face conhecida também aparece em outras fotos, inclusive numa comemoração de aniversário lá na... Não, não pode ser...

"Posso te fazer uma pergunta?", grito de fora do banheiro.

"Entra!", ela berra. Está de costas, ensaboando o vão da bunda, em posição de bailarina. Tem lacinhos vermelhos tatuados atrás das coxas.

"Tu é a Flávia, guria?"

Ainda com a mão deslizando entre as nádegas e na ponta de um dos pés, ela confirma.

"A irmã do Pedro, certo?"

"É, porra... Sua prima! Deu tilt, é? Cê até contou que já me pegou no colo, que brincava comigo de –"

"Tu tem quantos anos, guria?"

"O suficiente pra saber muito bem o que quero, não se preocupa. Tenho carta de motorista também, se é isso que quer saber. Mas cê não lembra de nada mesmo? Não tem a menor ideia de como veio parar aqui?"

"Pior que não."

E não é desculpa. Desconfiava de quem dizia ter amnésia alcoólica até o dia em que uma moto me pegou em cheio e me atirou longe, no cruzamento da Venâncio com a Visconde de Pelotas. Quem viu o acidente diz que eu voei por mais de dez metros. Por ironia do acaso, caí bem na porta de um lugar chamado Zeppelin. A bike ficou irreconhecível, puro ferro retorcido, e eu comecei com os apagões gerais pós-bebedeira. Não acontece sempre, mas, quando rola, eu não me lembro de nada.

Minha careta entrega que tô viajando na paçoca, por isso ela faz uma retrospectiva:

"Eu colei lá pelas três da matina, quase quatro. Vocês já tinham tocado fazia tempo. Mandaram benzaço, o Maurão falou. O Ricardinho tinha acabado de sair com uma mina e o Caramujo estava apagado no sofá, não acordou nem com o gelo que colocaram no cofrinho dele. Meu irmão tava breaco também, não conseguia nem parar de pé. Aí você me ajudou a enfiá-lo no carro e foi comigo até o prédio dele falando sem parar, um monte de bosta, nada com nada, uns papos doidos de família, acaso, Teoria do Caos... Até de Nietzsche você falou, Leco. Aí o porteiro nos ajudou a colocar o Pedro num sofá do hall, onde ele sempre dorme quando chega treze. Os moradores já até acostumaram a trombar com ele roncando quando saem pra trabalhar. Aí... Bom... Aí você quis colar aqui... Ou será que eu o induzi?", ela pergunta e solta uma risadinha de bruxa, atritando as palmas das mãos.

"Bah, agora tanto faz", concluo dando de ombros.

Meto a calça e fumo mais um cigarro tentando imaginar a vida da guria do prédio do lado. Tento adivinhar os acordes ocultos da existência alheia desde piá, incentivado por uma professora de artes: ela pedia aos alunos que desenhassem o que não podiam enxergar das casas do bairro, afirmava que todo lar, até mesmo o mais triste, possui alma e sentimentos que merecem a nossa atenção. Tinha razão. Por isso, crio suposições e perguntas para a tristeza que a guria me transmite. Mais perguntas do que suposições: de quem são as camisas que ela passa? Do marido, do filho, de ambos, de alguém cuja morte ela não consegue aceitar? De quem? Minha viagem é interrompida pela Flávia de calcinha e sutiã me pedindo um "pigas".

"Que porra é essa?"

"Cigarro, caralho."

Na hora de tirar o maço do bolso, percebo que o celular não está lá. Nem no de trás. Nem debaixo da cama. Nem...

"Tu viu meu celular por acaso?"

Com a cabeça ela diz que não e me ajuda a campear pelo apartamento com cheiro de banana madura. Nem sinal dele. Peço pra ela ligar pro bichão. "Zero cinquenta e um, nove, nove de novo...". Fazemos silêncio absoluto. Nada do meu toque monofônico. Só uma britadeira vindo lá da rua, bem de longe, e o ruído constante dos motores engasgados com o qual ainda não me acostumei.

"Uma hora ele aparece", afirmo já conformado, depois de apalpar os bolsos pela última vez. Pergunto se dá pra voltar a pé.

"Cê tá no apê do Caramujo, não tá?"

"Isso."

Ela digita algumas coisas no celular e, nem um minuto depois, olha pra tela e fala:

"Quatro quilômetros e meio daqui até lá, dá pra ir camelando de boa. Cê pode pegar o metrô também... Já andou de metrô alguma vez?"

"Vou andando mesmo."

Quero suar um pouco, descobrir Sampa sem estar chapado.

Numa sacola de papelão, ela esboça um mapa que começa com "estamos aqui" e termina com "Caramujo's house".

"Buenas", e parto.

No céu, só há metade do azul de ontem. O resto tá grisalho, especialmente na direção pra qual meu All Star verde militar de cano alto aponta. Ainda tenho a sensação de que todos estranham minha presença por estas bandas largas. Talvez seja culpa dos meus brincos de Jack Sparrow nas duas orelhas. Ou da minha cabeleira que nunca viu pente. Vai saber... Preciso dar um jeito de ligar pra minha mãe, ainda não avisei que cheguei; já deve ter acionado o corpo de bombeiros, os brigadiano e tudo mais. Preciso comer qualquer troço também, só cu não sustenta. Cu de prima então... Bah, mas por que é que fui remexer nisso agora?

"Tu sabe onde posso comer uma parada por aqui?", pergunto prum taxista de camisa amarrotada e pulseiras douradas.

"Se continuar reto e virar à direita no segundo farol, vai dar de frente com uma padoca."

"Dale, irmão", e aperto o passo.

Ouço batidas secas. Pauso a caminhada pra tentar identificar de onde vêm. A princípio, suspeito que seja uma trip de LSD batendo com delay. Mas o toc-toc-toc continua. "Bah, só eu tô ouvindo essa porra?", indago fitando a expressão de plenitude do gurizão macanudo que caminha do outro lado da rua balançando os braços. Não, não é doideira minha... É meu ouvido absoluto em ação separando as camadas sonoras da cidade, evidenciando uma bateria estranha que não para de tocar a sinfonia do desespero. A sequência de batuques fica mais audível a cada passo que dou. "Tá ficando quente", alguém diria se fosse uma brincadeira. O intervalo entre as batucadas diminui ao passo que meu pulso acelera. Sério mesmo que ninguém tá ouvindo isso? O barulho vem de um Santana dois mil, do porta-malas.

"Tem alguém aí?", pergunto com a boca rente ao metal, tentando fazer minhas palavras penetrarem pelo buraco da chave. As batidas se intensificam, lembram as disparadas que meu coração às vezes dá depois de umas narigadas. Penso em chamar os brigadiano, mas logo desisto. Já tomei muito tabefe deles na cara. Já sei! Tiro o cadarço do tênis, faço um nó de pipeiro no centro e o seguro com as duas mãos, uma em cada extremidade; daí, com muita cautela e prendendo a respiração, passo o cordão pelo vão superior da porta da frente. Cagando de medo de acharem que sou ladrão. Abria o auto do pai assim, com barbante. Ele mesmo me ensinou no dia em que trancou o Golzinho com a chave dentro. Não consigo de primeira: o nó já entrou fechado demais pra abraçar o pino. Respiro fundo e repito o processo, com o nó mais aberto. Laço o pino e o levanto. Dale! Entro no carro e, com cagaço do que posso encontrar, procuro a alavanca que destrava o porta-malas. Bah, mas cadê essa piça? Aqui! Abro e topo com um homem amarrado, amordaçado com silver tape. Olhões esbugalhados. "Isso pode doer um pouco", aviso, e arranco a fita prateada num só puxão. Está em choque. Desamarro a corda que mantém os braços pra trás e afirmo que está tudo bem agora.

"Preciso avisar a Neide" é a primeira frase que ele solta. Está com a barba falhada perto do bigode por causa da depilação forçada que realizei. "Preciso avisar a Neide", ele diz mais duas vezes, daí pede pra usar meu celular. Conto que perdi na noite passada. Ele treme sem parar e tem um tufo de cabelo ensanguentado colado à testa. Desamarro também a corda que prende uma canela à outra e, como ele tá com as pernas bambeando, eu o ajudo a caminhar até o banco do motorista. A chave ficou no contato. Quem o prendeu não estava interessado no Santanão. Ele mal consegue dar partida, parece que tem Parkinson.

"Eu te levo, irmão. Fica tranquilo. Só tu me falar o caminho."

Ele passa pro banco do passageiro e eu assumo a posição de piloto. Faz um tempão que não guio um auto. Lá em Santa, só saía de magrela.

Sugiro que vá primeiro prum hospital, pra dar uma examinada na cabeça, e ele volta a falar da Neide e de um tal de Carvão. Que nome é esse? Parece apelido de traficante dos brabos. Já começo a me arrepender do meu surto de altruísmo. Ele dita as coordenadas, menciona a Neide de novo e passa a mão no topo da cabeça pra ver se o sangramento já cessou. Não entra em detalhes e eu também não tento descobri-los. Ainda está em choque, não quero piorar as coisas.

"É aqui", ele diz apontando prum cabeleireiro. *Beleza e Cuidado* escrito em rosa. Desce correndo, entra no lugar e sai um minuto depois. "Ela tá com o Carvão!"

Quem é esse Carvão? Sinto que não é sujeito bom.

O homem recalcula a rota e eu sigo as novas coordenadas.

"Pode parar nessa vaga aí da frente mesmo", ele afirma mirando o dedo trepido pruma clínica veterinária vinte e quatro horas.

O homem desata a chorar enquanto uma tiazinha corre desengonçada em direção ao carro. Soluça. Ela abre a porta e se joga em cima dele, também soluçando, tendo um piripaque. Ignoram minha presença. Não sei nem o que dizer. Ela passa a mão no rosto dele como se ainda duvidasse do que tateia, nem aí para a gosma que escorre do nariz. Deixo os dois a sós, inundando tudo.

"O que aconteceu com ele?", uma guria ruiva de jaleco branco me pergunta.

"Tava no porta-malas do carro. Amarrado e com fita na boca. Não me contou, mas deve ter sido assalto."

"Deus do céu..."

Mas Deus não existe. Se existisse, não deixaria que uma merda dessas acontecesse. Colocaria câncer só em estuprador, pedófilo, político ladrão... Não em piá que nem andar sabe. Falo "amém" só pra não desapontar minha mãe, essa que é a verdade. Porque basta tu prestar um pouco de atenção nas coisas pra ter certeza de que rezar é a maior perda de tempo. Pior até do que ficar procurando amor na internet.

10

"Foi Deus que te botou no caminho do meu marido!", a Neide fala ao moço de brincos na orelha e cara de maluco. Até que é bonitinho, alto, mas alguém precisa avisá-lo de que brinco e cabelo comprido são coisas de adolescente.

Ao se recuperar do choque e retomar a estabilidade da voz e a clareza das ideias, o homem conta que, depois de comer uma coxinha em um posto de gasolina, foi abordado por dois ladrões armados, que entraram no carro e o obrigaram a sacar dinheiro em um caixa vinte e quatro horas. Fala das coronhadas recebidas, das ameaças gratuitas, que não paravam de repetir que o matariam. Diz que não o libertavam por nada, mesmo depois de ele já ter sacado tudo que podia e dado o celular que ainda está pagando.

"O Carvão vai ficar bem", afirmo rezando para que o peludo não me decepcione. Chega de coisas ruins. "Hoje mesmo vou tirar a sonda e já poderão levá-lo para casa. Mas vocês têm que ficar de olho para ver se está urinando, ok? É normal que o xixi saia um pouco avermelhado, o importante é que saia. Beleza? Vão ter que dar uns remedinhos também."

A Neide me agradece por tudo e pergunta se podem dar uma passadinha rápida no pronto-socorro para dar uma olhadinha na cabeça do marido.

"Devem", digo. "O Carvão está seguro aqui, já até comeu um pouquinho de ração úmida."

O doidão me pergunta onde pode "bater um rango" aqui perto. Tem sotaque de gaúcho. Digo que estou indo a uma padaria onde servem comida por quilo.

"Você pode ir junto se estiver afim. Só vou pegar minhas coisas e vou."

"Dale!"

Quando pergunto o nome dele, afirma que posso chamá-lo de Leco, que é assim que todos o chamam. Fala que sou a segunda Laila que conhece na vida, que até então só conhecia a da música do Eric Clapton.

"Tu já escutou? Foi inspirada na mulher do George Harrison, por quem o Clapton se apaixonou."

"Vou ouvir quando chegar em casa. Tem no Spotify, certo?"

Ele diz que deve ter, que é famosona, e não se conforma quando eu falo que nunca a ouvi. É magro, mas tem uma barriguinha de grávida de dois meses. Usa um tênis todo destruído. Chuta pedrinhas pelo caminho e disfarça olhando as unhas quando pegam em alguém.

"Mas teu nome é com ípsilon ou i?", ele me pergunta.

"Com i, claro."

"Ah, a do Clapton é com ípsilon", informa decepcionado, batendo na palma da mão o filtro do cigarro recém-sacado do maço.

"Nós já estamos chegando, melhor nem acender."

O prato dele passa de um quilo. Nunca vi uma pessoa comer tanto. Ovos de codorna, arroz, feijão, macarrão, batata frita, purê de batata, almôndega, bolinho de arroz, bife... Tudo misturado e nada verde. Deixa muito pedreiro no chinelo. Come quase sem falar, uma garfada atrás da outra, não larga os talheres. Pergunta ao garçom se tem cerveja.

"Só long neck, senhor."

"Pode ser. Tu quer uma também?"

Recuso. Quem é que bebe no almoço?

Ele já terminou a montanha de comida, eu ainda estou na metade. Mastigando bem devagar, como minha nutri mandou. Pergunto se mora aqui faz tempo e ele me fala que chegou ontem, que é guitarrista de uma banda de rock que um dia ficará muito famosa e vai tocar em tudo quanto é rádio do Brasil. "Vendetas, tu pode anotar esse nome."

"Eu até tenho vontade de ter um cachorro, mas não cuido direito nem de mim", ele diz depois de me ouvir falar um pouco sobre o dia a dia na clínica. A aparência de vira-lata confirma a veracidade da afirmação.

Na hora de pagar, depois de uma autorrevista com direito a palavrões a cada batida nos bolsos da calça, coçando os cabelos da nuca, ele diz:

"Ontem o celular e agora a carteira... Tu é muito burro, Leco!"

Falo que acontece, pago o meu e o dele e explico ao perdido como chegar à Augusta a pé. Não parece estar mentindo. Ele me agradece e parte fumando e chutando pedrinhas, nem aí para os pingos pesados que já começaram a cair.

11

"Mano, onde cê tava? O Pedro te ligou mais de vinte vezes. Só caixa postal. Ficamos preocupados. São Paulo não é Santa Maria, fica esperto. Aqui o bicho pega, Leco. E você chegou ontem, ainda não tá ligado nos esquemas", o Caramujo fala assim que eu piso no apê.

Sem dar muita explicação, afirmo que estou bem e vou direto pro banho. Tomei uma tempestade na cabeça, lavei até a alma. Mas ainda deve ter alguns vestígios de fezes de família em minhas partes íntimas.

Sob o chuvisco que cai do chuveiro, bato minha primeira bronha na terra da garoa. Imaginando a veterinária sardenta e baixinha abrindo o jaleco pra me mostrar que se esqueceu da calcinha e dos bons modos que parece ter, em breve jorrarei filhos que nunca serão filhos, os netos que nunca darei à minha mãe se a sorte estiver do meu lado e eu parar de trepar sem camisinha. "Hoje eu vou te pagar pela comida gostosa", declaro amolando a piça pra versão imaginária da doutora Laila que projeto sobre o sofá azul da sala de espera da clínica; de joelhos e empinadinha pra mim, me olhando por cima do ombro – que também deve ter uma constelação de ferrugem – e me pedindo pra ocupá-la de jeito. Meu tesão líquido escorre pelo ralo. Sem confiar muito na força das pernas, termino o banho de joelhos, rezando à minha moda.

De toalha enrolada na cintura e ainda pingando, pergunto ao Caramujo se por acaso não ficou com meu celular, se não viu o aparelho lá no bar. Busco qualquer pista capaz de promover meu reencontro com o objeto em extinção, ameaçado por smartphones que só faltam fazer café.

"Nem ideia, Leco."

"E minha carteira?"

"Também não."

Tostamos um ouvindo um álbum chamado *Canción Animal*, da banda argentina Soda Stereo, pela qual o Caramujo é apaixonado. Tem até um pôster deles na sala, direto de Córdoba, onde passou seis meses de mochila nas costas. Entre as puxadas no beck, ele toma chá gelado de pêssego e me conta que o show de ontem foi tão bem que o Maurão quer a gente tocando lá toda semana, duas vezes, "seiscentos conto para a banda por duas horas de show". Pra quem ganhava sessenta pila, cento e cinquenta tá ótimo. Ele avisa que amanhã tem ensaio na casa do Lemão e que hoje vai dormir no namorado. Com um timbre acolhedor que só pode ter herdado da vó, fala que é pra eu ficar à vontade, ligar a TV, pegar amendoim no armário e haxixe na primeira gaveta do criado-mudo, fazer o que quiser. "Menos apagar a luz das plantas, Leco!". Diz que vai deixar uma chave pra mim dentro do vasinho de cacto da cozinha e entra no quarto.

Não imaginava que fosse gay. Mas o que eu tenho a ver com as coisas que ele curte fazer entre quatro paredes, tu não acha? O rabicó é dele. A piça é dele. Sem contar que o Brian May da Transilvânia – Ou Marilyn May? – toca muita batera e é um guri gente fina como poucos. Se acreditasse em pataquadas metafísicas, afirmaria que fomos amigos numa vida passada. Parceiros de Woodstock. Pena que a maioria não pensa assim a respeito da intimidade alheia, e fica se metendo onde não deve, até onde os outros metem e são metidos. Meu coroa, por exemplo, vivia de cara por causa dos meus brincos; chamava todo mundo de marica, de veadinho; dizia que, se fossem filhos dele, ia dar surra de relho, expulsar de casa, ensinar a ser macho. Eu não tô mais lá, consegui escapar daquele atraso, do mofo que já não tinha mais jeito, mas sei que ele continua achando tudo cada dia mais ao contrário e afirmando que logo será errado gostar de boceta, que as novelas querem acabar com a família tradicional brasileira colocando aquele monte de bicha em tudo, "como se fosse normal". "Mas quem definiu o que é normal, pai?", eu vivia perguntando pra fazê-lo entender que é tudo uma questão de ponto de vista e que nunca saberemos ao certo como é estar na pele de outro. Mas ele não aceitava. Baita dum chucro. Daí a peleia começava. A mãe apartava e pedia pra voltarmos a falar de futebol, o único assunto seguro pra nós. Ela tinha razão, sabe... Nunca iríamos concordar. Até hoje eu não sei de onde ele tirou a ideia de me dar uma guitarra. Devia estar é muito borracho, só pode... Porque cansou de dizer que música é passatempo, que esse meu lance de ser artista não dava futuro, que construiu tudo que tem acordando cedo, trabalhando duro, arando a terra e suando a camisa. Até milico ele defendia na minha frente. Bah, meu sangue chega a ferver só de lembrar! Não sei se era só pra me irritar, mas falava de intervenção militar como se fosse a cura pra todos os males do país. "Aí tu vai ver os vagabundo tremer, guri. Tá faltando é laço, tchê!"

O Caramujo deixa duas notas de vinte sobre a mesa da cozinha e diz que tem uma barraquinha firmeza de yakisoba em frente à Universidade Mackenzie. "A breja lá também é barata e dá pra ir andando de boa". Parte cantarolando em espanhol, perfumando tudo.

Ligo a TV, mas não demoro pra ficar de saco cheio. No *Jornal Nacional*, o Clooney tupiniquim noticia catástrofes que já se repetem faz anos, as mesmas enchentes e malas de dinheiro, os mesmos absurdos com os quais acabamos nos acostumando. Zapeio. Piás prodígios cozinhando, cantando e conjugando verbos como adultos. Zapeio. Largados e pelados e famintos num planeta lotado de seres que, por falta de opção, "vivem" só com um kit básico de sobrevivência, e olhe lá. Zapeio. Um velhaco com papada discutindo com outros inchados se foi ou não impedimento no lance que deu a vitória pro Flamengo no último domingo, no Allianz Parque. Zapeio. MTV? Bah, o que fizeram com a MTV? Onde estão os clipes? Cadê o Gastão? Passo vinte minutos tentando entender a graça de um programa no qual gurias gostosas e ocas dividem o espaço de uma mansão com seus ex-namorados. Aperto o botão vermelho. Vá te fodê, TV! Visto uma camiseta na qual o Cash mostra o dedo do meio – a primeira que consegui sacar do bololô da mochila –, meto as notas de vinte e uma bolinha de haxixe no bolso de trás da calça e caio na noite úmida me sentindo um desbravador urbano. Com o peitoral inflado pela perigosa coragem que às vezes me invade, cantando "It's Hard to Be a Saint in the City", caminho lomba acima me sentindo à prova de balas e dos tiros que tenho dado com frequência, apesar de já ter jurado, diversas vezes, que só ficaria na erva, na ceva e no docinho.

12

Quando veio buscar o Carvão, o homem me mostrou os sete pontos que tomou na cabeça, agradeceu por tudo que fiz e me deixou a carteira do Leco.

"Ficou no meu carro, e, como ele não sabe onde a gente mora, pode ser que venha procurar aqui. Ah... Se ele aparecer, a senhora pode fazer o favor de entregar isso também e pedir pra ele me ligar?", perguntou me dando um cartãozinho com os contatos dele anotados no verso. "A gente quer fazer um churrasquinho pro rapaz."

Dentro da carteira de couro marrom e surrado, além de uma nota de dez colada com Durex, cartão de crédito e um RG no qual parece até um homem apresentável – sem barbichinha nem brincos e com o cabelo mais curto e jogado para o lado –, uma seda com um estranho recado:

"Só fume quando tu quiser me apagar mesmo."

O que foi? Acha que eu não fiz bem em fuçar? Foi mais forte do que eu, juro. Igualzinho ao dia em que peguei o Átila no pulo. E eu precisava ver se encontrava algum contato, oras! Mentira: o dono do Carvão já tinha me falado que na carteira não havia formas de achá-lo.

Estou em uma temakeria com a Claudinha. Acabei de pedir mais um Califórnia sem kani.

Ela contou que conheceu um carinha na balada e que já saiu com ele duas vezes. Não o chama pelo nome, só de "Tamagotchi". Já prevendo o desenrolar da conversa, pedi que me poupasse das intimidades. Não adiantou: ela me disse que o pinto do japa é grande e mais preto do que o restante do corpo, e lamentou o fato de ele transar com muita fofura, pedir permissão para tudo e ter mãozinha mole.

"Odeio esse negócio de fazer amor, essa coisinha melosa, fico até irritada", falou cuspindo salmão com cebolinha. "Gosto que me peguem gostoso, sabe? Sem dó! Depois, se quiser me fazer massagem, eu até aceito."

Contei do Eros e do papinho besta dele. "Aposto que ele estava de mocassim", ela chutou. Acertou. Falou que saiu por um tempinho com um protótipo de Justus também, um cara que só gozava nos pés dela e morria de tesão quando era chamado de "pai". Nojento. Acabei mostrando o RG do Leco.

"Gatinho! Só não sei se é muito novinho."

"Aqui ele deve ter uns quinze anos, amiga... Isso aqui já está até vencido. Agora tem até uma barbicha... Mas faz o estilo eterno adolescente, sabe? Usa brinco nas duas orelhas, camiseta de banda, All Star."

"Mas não dá nem pra cuidar um pouco numa terça fria?"

Rimos bastante, como sempre. Somos amigas desde o primeiro dia de aula, dupla inseparável nos trabalhos e na vida. O gênio dela nunca bateu com o do Átila, mas ela deixou para meter o pau nele só quando terminamos. Disse que eu estava muito feliz, apaixonada, que não queria colocar nossa amizade em risco por causa do babaca – assim ela o chama até hoje. Fez bem: eu estava tão embriagada pela paixão que, se ela tivesse falado mal do Átila, acho que eu teria considerado inveja, já que a Claudinha só se estrumbica em matéria de relacionamento. Tem o dedo podre.

Não são nem nove e meia e eu já estou sonhando com minha cama. Tenho dormido cada vez mais cedo. Mas o mais bizarro não é isso: agora eu inventei de madrugar até de final de semana. Acordo seis e meia, sem despertador, igualzinho em dia de semana. Toda sexta eu vou deitar afirmando que dormirei até tarde no dia seguinte, mas, quando vejo, já estou de banho tomado e passeando com meus filhos. Eu e as senhorinhas de cabelo roxo aqui do bairro. Sem contar que agora dei para tomar chá. Comprei infusor, xícara que conserva a temperatura, um livrinho que explica os benefícios de cada erva, o kit completo. Meu Deus, como estou velha. Sair à noite então... Só mesmo para casamentos; e, assim que o povo começa a descer até o chão na pista de dança, eu chamo meu Uber e saio à francesa, já pensando no meu lugar preferido na Terra: minha cama. Gosto bastante daqui também, pois a alga não é borrachuda e difícil de rasgar como na maioria das temakerias. Enfim... Só vou esperar a Claudinha abater mais um temaki e correr para casa. Quero – preciso! – assistir a pelo menos um episódio do *Grey's Anatomy*. Com sorte, ainda sonharei com o doutor bonitão, o Derek. Esse sim eu pegava! Homão da porra. Meu crush. Ele e o Santoro. Se ele me der bola, uma bolinha de pingue-pongue que seja, eu já começo a me perguntar com que cara nascerão nossos filhos. Que homem!

13

Já dei duas voltas ao redor da faculdade e nada da barraquinha de yakisoba. Só a gurizada segurando cadernos e uma Kombi vendendo um lanche mirrado, nem metade dos xis de Santa Maria, apesar de custar o dobro. E nem prensado é... Bah!

Encostei num templo etílico então, não resisti. E aqui tem rango também, certo? Tô num tal de Mack Bar, onde a ceva é cinquenta centavos mais barata do que nos outros desta rua atulhada de bares atulhados de estudantes e perdidos como eu. Já que não tem Polar, com os cotovelos apoiados no balcão engordurado, peço:

"A mais gelada que tu tiver, por favor."

Na mesa plástica ao lado, quase uma extensão da minha, uma guria de cabelo curtinho e nariz pontiagudo de Meryl Streep tenta explicar prum piá a diferença entre significante, símbolo e significado. Ele não entende nada, sobrancelhas franzidas não mentem. Eu muito menos. Ela é paciente, ensina tudo de novo, aumenta a pausa entre as frases. "Entendi", ele diz, "mas agora tanto faz, já me fodi bonito." Mais um guri chega à mesa. Com uma garrafa na mão. Enche três copos plásticos até a espuma transbordar e propõe um brinde:

"Ao fim da semana de provas!"

Uma menina, que não deve ter nem doze anos, surge do nada e me pergunta se quero comprar um pano de prato. Descalça e encardida. Já tem cecê. Não vejo adultos por perto, ninguém com pinta de responsável por ela. "Três por dez, tio", e fica esperando por uma reação minha. Ferra com meu coração. Dou vinte pila pra ela e digo que não preciso dos panos. Ofereço um salgado e uma Coca. Ela aceita com um "quero" dito pra dentro, que só eu ouvi. Pergunta quem é o moço da minha camiseta enquanto bebe o refrigerante e mastiga, tudo ao mesmo tempo. "Um cantor famoso que de vez em quando fazia shows em prisões", respondo. Não sei por que fui tão sincero e escolhi bem essa parte da história do Cash. "Então meu pai deve conhecê", a menininha afirma, arrota, mete o resto do salgado na boca e sai sem me dar tchau.

Peço um rabo de galo e observo um casal que se engole com vontade do outro lado da rua. Lambe-lambe afobado de lascar dentes. Será início de casamento ou só mais uma ficada que não vai dar em nada? Difícil adivinhar. De acordo com as juras da única namorada que tive, por exemplo, éramos para sempre; mas onde ela tá agora? Deve ter até filho crescido com o engenheiro engomadinho que ela começou a namorar logo que me largou, quando eu ainda estava na fossa testando tudo quanto é tipo de suicídio homeopático, fechado no quarto acendendo um cigarro no outro e tentando compor alguma merda capaz de reverter o que já estava feito. A Cris já devia estar metendo a guampa em mim fazia tempo, não consigo pensar em outra versão. Passou nossos três últimos meses dizendo que estava bem, que aquela falta de empolgação e olhar escorregadio não passavam de preocupação com o TCC; daí me ligou numa segunda-feira, me chamou de Leandro e, num tom fúnebre, disse que precisava de alguém com os pés mais no chão, que eu não estava afim de nada com nada e só queria ficar chapando e tocando, que ia acabar afundando se permanecesse comigo. Abandonou o navio sem sequer me olhar nos olhos, isso é que machucou mais.

Uma parte de mim diz que devo tomar só mais essa bomba alcoólica e descansar pra estar com a cabeça boa no ensaio de amanhã, o primeiro oficial; mas a outra, a dominante, apesar de saber que meu dinheiro só vai dar para o rabo de galo, a cerveja, a Coca e o salgado – se é que acertei na conta –, quer ficar mais, endoidar mais, me meter em alguma situação imprevisível e capaz de me afastar do fantasma da mesmice, que me apavora mais do que a morte. Tem coisa mais nociva do que a rotina, afinal?

"Mais um desse, por favor!", lanço ao garçom levantando o copo que acabei de virar. Não sei como vou pagar por mais esse veneno, já estourei o limite da preza feita pelo Caramujo. Sei que vai dar merda, mas...

"Uma porção de fritas também, por favor."

14

Não é a primeira vez que preciso vir ao pronto-socorro por causa disso. E acho que não será a última: apesar das duas crises que tive antes desta e das recomendações médicas que recebi depois delas, eu quase não bebo água. Não tem jeito. Começo o dia com a garrafinha de dois litros sobre a mesa, como manda o figurino, mas depois de alguns golinhos acabo me esquecendo dela. Vira foco de dengue. Tenho o péssimo hábito de segurar o xixi também, só vou ao banheiro quando a bexiga já está quase explodindo. Sem contar que adoro sal. Faço nevar sobre meu prato todo dia. E não venha me dizer para temperar as coisas só com ervas e especiarias, pelo amor de Deus!

Ainda estava na temakeria quando a cólica começou. Do nada eu senti uma pontada violenta na lombar, do lado direito, uma punhalada de dentro para fora. Fiquei branca – mais ainda, se é que dá – e posição alguma melhorava a dor. Aí veio uma ânsia de vômito que me obrigou a correr para o banheiro e colocar para fora os dois temakis que tinha acabado de comer.

Estou rolando no chão do hospital faz quase duas horas e nada de me chamarem. Até gente com resfriado e mindinho colidido já entrou antes de mim. A Claudinha, que me trouxe até aqui, está fazendo o maior barraco. Entre outras ameaças, já falou que é jornalista de um grande jornal e que amanhã vai escrever uma matéria de capa se não me atenderem em um minuto.

"Não estou brincando, minha filha!", ela ameaça cuspindo e, pelo sessenta, começa uma contagem regressiva.

"Precisa ter um pouquinho mais de paciência, senhora. Existe um protocolo e precisamos segui-lo", responde a mocinha de uniforme e cabelo repuxado para trás.

"Laila Corigliano", uma enfermeira chama. Ufa! Pede que eu a acompanhe até uma sala pequena onde um médico de jeans e tênis de corrida pigarreia.

Olhando para a minha ficha, só para ela, ele pergunta o que eu tenho, e me manda sentar sobre a maca coberta por papel, antes mesmo de eu mencionar as crises anteriores. Com o punho fechado, sem aviso prévio, dá dois soquinhos em minha lombar e pergunta se dói.

"Muito!", respondo me segurando para não revidar.

"É cálculo renal mesmo", ele assegura e me manda tomar analgésico intravenoso.

O remédio entra e o alívio é imediato. A dor era tamanha que hoje não temi a agulha nem a enfermeira com jeito de novata que, depois de me perfurar algumas vezes em vão e colocar a culpa na "finura" das minhas veias, pediu auxílio a uma colega, que acertou de primeira.

Não sou a única recebendo algo direto na corrente sanguínea por aqui: na cadeira verde ao lado da minha, um senhor de cabelo acaju ronca enquanto é abastecido com soro e sabe-se lá mais o quê. Já deve estar acostumado, bater ponto aqui no Samaritano. Ou morto, né? Porque não mudou de posição desde que cheguei. À minha frente, um menininho se debate como um sagui recém-capturado. A provável mãe, de olheiras fundas e face marcada pela vida, já sem paciência, ordena que pare de escândalo.

"Você quer que a agulha quebre dentro de você, moleque? Então fica quieto! Se isso sair do seu braço, vai ter que furar de novo. É isso que você quer?!"

Minha dose de analgésico acaba e volto à sala do pigarreador.

Focado apenas no papel grosso sobre a mesa, deixando evidente que não passo do número da pulseirinha que colocaram em mim, o médico me pede um ultrassom e avisa que uma enfermeira me acompanhará até o setor. Já não sinto quase dor, o remédio é milagroso. O que tenho é vontade de fugir sem terminar os exames. Mas não posso: preciso saber onde o cálculo está, quanto mede, essas coisas. Dependendo do tamanho do filho da mãe, posso acabar sondada como o Carvão.

"Só esperar aqui", a enfermeira diz. "Logo a chamarão pelo nome."

Entro no Facebook e rolo a tela até uma foto do barrigão imenso da minha prima. Umbigo saltado e peludo. Credo. Sonho em ter filhos, um casal, em transmitir meus melhores valores a eles, mas, só de pensar em ficar com o corpo assim, já me dá aflição. Não consigo nem tocar em barriga de grávida, juro. Só de cadela mesmo. Mas agora não preciso me preocupar com isso: pelo tempo que não transo, deve ter até teia de aranha em minha periquita. Só quero saber quando vou parir esse pedregulho e voltar para casa.

"Laila", alguém me chama. Nem médico nem enfermeiro. Meu nome sai da boca do Leco, que está com a camiseta toda rasgada, pescoço marcado e uma pulseirinha igual à minha fazendo companhia ao bracelete de couro esverdeado, da cor dos tênis que calça. Ele se senta ao meu lado, geme um pouco até encontrar uma posição e pergunta:

"Tu tá fazendo o que aqui?"

"Pedra no rim. E você?"

"Me meti numa briga... Tão achando que quebrei umas costelas. Dói pra caralho quando respiro."

"Nossa, que droga. E como foi que –"

"E o mais foda é que não tenho nem documento comigo. Tão me tratando como indigente nessa porra. Achei que não fossem nem me atender."

"Quer uma notícia boa então?"

"Bah, além de um cigarro, é tudo que mais quero!"

"Sua carteira está comigo. Ficou no carro do homem que você ajudou, e ele deixou lá na clínica hoje. Eu não sabia como entrar em contato com você."

"Dale! Agora só falta achar o Nokião."

"Quem?"

"Meu celular. Perdi na mesma noite."

"Caramba... Então já chegou causando!"

Para nossa surpresa e dos outros que aguardam aqui, a Claudinha entra na sala de espera correndo e berrando, reforçando uma das principais características dela: não tem a mínima vergonha de agir como se estivesse sozinha no planeta. Aos gritos, ela reclama que não informavam onde eu estava por nada, que chegou a pensar em enfiar a caneta no pescoço da mocinha da recepção, que rodou o hospital feito louca, de cabo a rabo, e estava preocupadíssima. Pouco mais de um e sessenta de pura revolta. Pergunta se estou bem e, como sempre, não perde a piada:

"Acho que sim... Já até arrumou um amigo!"

E continua piscando para mim sem a mínima discrição. Era sempre a primeira a perder quando jogávamos detetive, fosse vítima, assassina ou polícia.

"Lembra que eu comentei do moço que ajudou o sequestrado? É ele."

"Nossa, hein... Bem diferente da foto do RG!", ela afirma fazendo uma análise minuciosa do Leco. Quero cavar um buraco e me enfiar. A rainha dos foras age mais uma vez.

"Tô melhor ou pior agora?", ele nos pergunta fazendo certo esforço para falar, após uma sequência de murmúrios.

"Tá muito melhor!", a Claudinha afirma. "A Laila tinha razão quando disse que –

"Claudinha!", eu a corto com cara de "puta que pariu, não fala mais nada, pelo amor de Deus!" Eu sei do que ela é capaz.

O Leco começa a rir, mas acaba gemendo, tossindo e xingando.

"Laila", alguém chama. Agora, sim, a enfermeira. Peço para a Claudinha procurar a carteira do Leco na minha bolsa e sigo a corcundinha de passos velozes até a sala da ultrassonografia.

Nem três minutos depois, batidas na porta. A enfermeira que me lambuza de gel vinca a testa. Então o Leco moribundo invade a sala e pergunta se pode me pagar um almoço um dia desses.

"Vou pensar no seu caso", respondo segundos antes de um enfermeiro grandalhão aparecer para tirá-lo de cena.

15

"Vou fazer uma sopa de mandioquinha procê", o Caramujo diz. "Minha vó que me ensinou. Quando eu ficava doente, era tiro e queda."

Fodi o primeiro ensaio da banda e, em vez de dar uma bronca, ele diz que vai me fazer uma janta. Não estou acostumado com bondade desacompanhada de um "bah, mas tu me deve uma". As pessoas estão sempre calculando os passos, agindo como se a vida fosse um imenso tabuleiro de xadrez, preocupadas demais com as próximas jogadas, com o que podem ganhar se fizerem o movimento certo. "E depois, Leco? E o futuro?", elas me perguntam, fazem com que eu me sinta um ET por não conseguir pensar muitas casas à frente. Mas eu prefiro ir levando, improvisando de acordo com o ritmo que a vida toca. De que adianta fazer planos pro ano que vem se eu posso bater as botas hoje mesmo, atropelado por um bêbado como eu? O amanhã não passa de uma suspeita que vivemos a confundir com certeza absoluta; e marcar nossos planos numa folha de calendário, por mais que a gente queira concretizá-los, não vai deixar o depois menos incerto.

Há pouco eu liguei pra minha velha. Estava desesperada, já pensando no pior, prevendo a hora em que precisaria pegar um avião pra reconhecer meu corpo. Eu cansei de falar que ver o *Cidade Alerta* não é bom pra ela, mas entra por um ouvido e sai pelo outro, não adianta. Ela já tinha até ligado pra alguns hospitais de São Paulo, tu acredita?

Não contei que tô com a costela trincada, fiz de tudo pra manter a voz estável. Do celular perdido eu tive que falar, não encontrei melhor desculpa pro tempo que demorei a avisar que cheguei bem. Aliás, falando no bichão, tu acredita que ele estava no prédio do Pedro? Deve ter caído enquanto eu levava o mamute mamado até o sofá do hall. O importante é que o aparelho mais retrô do Brasil tá de volta à ativa. E sabe a melhor parte? Dentro dele, além de números de pessoas que nem sei que rosto têm, que não apago por um apego inexplicável, agora tem o telefone da Laila. Como foi parar lá? Bom, primeiro preciso contar o que rolou na última madrugada, a obra do acaso que, pra quem acredita em destino – é teu caso? –, parecerá evidência inegável de que existe uma intersecção entre meu caminho e o da doutora pet.

Eu estava num bar perto do Mackenzie, ensaiando um discurso para explicar por que caralho eu tinha pedido três rabos de galo, fritas e uma água a mais do que podia pagar. Já tinha me preparando psicologicamente pra dizer que lavaria pratos quando dois playboys começaram a atirar amendoins no vira-lata manquinho que encanou em mim, pra quem eu pedi a água – antes que tu me chame de vira-casaca e ache que tô afrouxando.

"Tu pode parar com isso, por favor?", eu pedi. Mais educado do que devia, visto que faziam aquilo por maldade, não pra matar a fome do cusco. Mas eles continuaram.

"Tu vai parar ou não, caralho?!", pedi de novo. Mas, além de terem continuado a jogar amendoins em direção ao pretinho, que já estava todo encolhido sob minha cadeira, com uma entonação debochada que me tira do sério, um deles falou:

"Nossa, como a gauchinha é brava!"

Devem ter achado que me fariam enfiar o rabo entre as pernas e sair de lá com a cabeça baixa. Os guris eram mais macanudos do que eu, afinal. Porém menos loucos, disso eu tenho certeza. Muito menos! Porque voei pra cima do que estava mais perto, não dei tempo pra reação. Montei no filho da puta e sentei o braço. Até que o outro, com uma gravata, conseguiu me tirar de lá, e me imobilizando por trás me deixou exposto às bicudas do guri que já sangrava por uma pererreca no supercílio. Daí os latidos começaram, um bando de gente se aproximou, baita confusão. A sorte é que um homem, que se identificou como delegado, apareceu pra apartar.

"Se vocês não sumirem daqui, eu darei voz de prisão!", o coroa ameaçou mostrando o documento aos dois cuzões, que arrancaram com tudo. Depois, rindo do próprio teatro, ele confessou a verdadeira identidade – professor de história – e, todo orgulhoso, assumiu nunca ter encostado numa arma.

"Isso que mostrei a eles é o documento do meu carro!", disse rindo. E depois falou sério:

"Você fez bem, rapaz. O Brasil só virou esse monte de estrume porque a gente não reage. Os políticos não têm medo de nós, sabem que podem sambar na nossa cara e sair ilesos. Por isso que continuam, compreende? A coisa só vai mudar no dia em que a gente começar a distribuir sopapo do jeito que você fez agora. Falo todo dia aos meus alunos, contudo eles estão cada vez mais alienados, enfiados em uma bolha. E, quando resolvem brigar, brigam pelo celular. Não percebem que manifestações virtuais são tão inúteis quanto bater panelas."

Só então se apresentou – "Prazer, Sócrates. Xará do filósofo e do jogador" – e perguntou se eu estava bem. E, quando o dono do bar falou que eu não podia mais ficar lá, me deu o copo dele e disse que acertava a minha conta.

"Vá em paz, rapaz. E pense no que eu lhe disse. Você é o futuro. O futuro! Entendeu?"

"Anjo Sócrates", teriam dito os tantos que creem em babaquices sobrenaturais. Mas não acredito nem no futuro. Por isso, louco por mais uns tragos, apenas tentei caminhar até um posto de gasolina. O luminoso alaranjado não estava longe, mas me faltou ar. Entrei no primeiro táxi que viu meus acenos contidos e pedi que me levasse ao hospital público mais próximo. Paguei com a nota de vinte que, não sei como, não fugiu do meu bolso no quebra-pau. Ainda recebi onze reais de troco, tu acredita? Estava a poucas quadras do Samaritano.

E se tu acha que minha sorte acabou no Sócrates, te liga: após mais de duas horas esperando pra ser atendido, sendo tratado como um zé-ninguém, me levaram pra tirar uma chapa. E sabe quem estava no mesmo setor por causa de pedra no rim? A veterinária ruivinha que me pagou um rangão outro dia. Ela e a minha carteira.

Não conseguimos conversar muito, logo ela foi chamada pra fazer exame. Mas a amiga dela – Marcinha, acho –, ficou comigo.

Morreu de rir quando eu invadi a sala de ultrassom. Gargalhou como se estivesse sozinha no hospital, e depois que eu insisti um pouco, escreveu o telefone da doutora num papelzinho de chiclete e me deu uma dica valiosa:

"Ela é vegetariana."

Daí eu fui chamado, tirei as chapas, esperei mais um tempo e recebi o diagnóstico: duas costelas trincadas.

"Nada sério, mas precisará repousar por alguns dias e tomar esse remédio aqui, de oito em oito horas, e esse aqui uma vez ao dia, em jejum", o médico receitou apontando prum garrancho pior do que o meu.

Voltei pra casa de táxi. Deu exatamente onze pila. Nem precisei pedir arrego. Daí, por ter esquecido de levar a chave, esperei uma pessoa sair pra entrar no prédio. Quando finalmente aconteceu, subi as escadas com dificuldade e toquei a campainha. O Caramujo ainda não tinha voltado. Só apareceu horas depois e, quando me viu encolhido sobre o capacho, ficou assustado. Contei a história toda e pedi desculpa por foder tudo. Ele me disse pra relaxar, que essas paradas acontecem, e sugeriu que eu deitasse um pouco.

O Pedro não levou muito tempo pra aparecer. Respirando pela boca e suando. Fiz uma nova retrospectiva e pedi perdão. Ele me deu uma resposta bem parecida com a do Caramujo, me entregou meu celular – encontrado pelo porteiro do prédio dele – e bolou um fininho pra nós. "Não existe analgésico melhor, irmão", afirmou prendendo a fumaça, avermelhando. Disse, também, que conversaria com o Maurão pra cancelar os shows da semana.

16

Saí da sala de ultrassonografia toda lambuzada, com a sensação de que nem uma ducha forte conseguiria tirar todo o gel do meu corpo. Na sala de espera, ainda elétrica, a Claudinha batia papo com uma senhora cujo pé ia do verde ao roxo, do tamanho de uma jaca. Quando me notou chegando, em vez de me perguntar sobre a pedra, já foi afirmando:

"Ele é gatinho, amiga!"

"Ele quem?"

"O gauchinho, quem mais? Vai dizer que não o imaginou falando umas besteiras no seu ouvido daquele jeitinho cantado?"

"Claudinha!"

Mas ela continuou, desconhece o significado da palavra "limite", fez a mais forçada e engraçada imitação:

"Bah, guria. Se te pego pela cinturinha de jeito, tu gama! Tu vai me achar trilegal e não vai mais querer parar de tomar chimarrão e na pepec—"

"Claudinha!", eu a repreendi mais uma vez, ciente de que ela sempre consegue baixar mais o nível.

Uma enfermeira me entregou um envelopão branco e eu o levei ao doutor catarrento, que, mais engasgado do que nunca, colocou as imagens contra a luz e disse:

"A pedra tem pouco menos de meio centímetro, você conseguirá expelir com facilidade. Ham-ham! Tomará um analgésico de oito em oito horas e um anti-inflamatório de doze em doze. Ham-ham. Ham! Por uma semana. E vai urinar em um coador de café para descobrirmos o tipo de... ham-ham-HAM... HAM... de pedra. Além disso, quero que beba muita água. Combinado?"

Pedi para a Claudinha passar em uma farmácia e voltei para casa.

Fui recebida com lambidas e acrobacias aéreas: meus filhos não estão acostumados a chegadas tardias.

Jantei torrada murcha com geleia de morango, tomei um banho rápido, fiz xixi e procurei por pedras no fundo do vaso. Nada. Então me deitei. E, apesar de estar aprendendo a amar minha própria companhia e do carinho incondicional que o Miguel e o Luis me dão, senti que algo me falta, preciso confessar. Em momentos assim, nos quais a fragilidade que vivo a disfarçar vem à tona, sinto falta de ter outras pernas para encostar sob o edredom, de um peito que encaixe na minha cabeça e fique à disposição da minha carência, de alguém para apagar a luz do quarto quando eu estiver morrendo de preguiça até de levantar para esvaziar a bexiga e escovar os dentes. O amor-próprio é essencial, não tenho a menor dúvida. Minha terapeuta e blogs de relacionamento vivem enfatizando. Mas, além de me amar, de me achar gostosa e absoluta, também quero ser amada como acho que fui um dia pelo Átila e pelo Bruno, meu outro ex. Sinto falta de começar a planejar o fim de semana já na terça-feira, esquentando meus pezinhos de iceberg entre as coxas de alguém que não hesitará em trocar de prato comigo quando eu não gostar da minha escolha, que não me abandonará por causa das minhas crises de ciúme e grosserias tepeêmicas, que mesmo sem certezas vai me garantir que o amanhã será melhor do que hoje.

17

"Bell Bottom Blues" girando no discman e uma certeza que não paro de ruminar: *Layla and Other Assorted Love Songs* é o melhor disco do qual o Clapton participa. Bah, até arrepia.

    Depois de uma semana de molho e noites dormindo mal, sem encontrar conforto em posição alguma, já consigo dar tragos de nadador. Já dá pra apoiar a guita nas costas também. Ontem ensaiamos na casa do Lemão, na Vila Madalena, e correu tudo bem. Temos química. Definimos o setlist do show de amanhã no 472, o primeiro que faremos lá após a palhinha que demos no dia em que cheguei, e depois saímos pra tomar umas cevas. Desceu redondo como havia tempos não descia. Comemos empanadas, falamos de música, mulher, futebol e sobre a possibilidade de existir vida fora da Terra. Mesmo atarefado com as coisas da mudança que vai rolar no sábado que vem, o Pedrão também deu as caras. Ele e a Mariazinha. Pediu empanada de queijo e cebola, cortou em pedacinhos bem miúdos e, depois de encostar um nos lábios e concluir que não oferecia riscos de queimadura, deu na boca da guriazinha que do pai só tem o branco dos olhos e o sobrenome. Minha prima de segundo grau. É isso?

    "Bah, eu não quero ter filhos", declarei lá pelas tantas. Fiquei com a sensação de que me encaravam como fariam com um serial killer especializado em decapitação de bebês de colo. Mas eu não odeio cabeças de joelho nem crianças, que fique bem claro. Até gosto. Só não quero a responsa de um pai. Podem puxar meu brinco, pedir pra eu fazer mais rosquinhas de fumaça no ar, desafinar minha guitarra... Só não quero deixar de sair por não ter com quem deixá-las. Muito menos a obrigação de me manter sóbrio pra que não tenham um fim trágico como o do filho do Clapton. Tu me entende? Pode até achar egoísta, mas é meu direito.

Ontem também definimos que vamos tentar compor algumas músicas, pra quem sabe gravá-las no estúdio de um amigo do Ricardinho e mandá-las pras gravadoras brasileiras. A onda do momento agora é funk, um monte de "quica na piroca" e de outras putarias "cantadas" por guris que ainda têm espinha no rosto, entretanto precisamos acreditar que ainda existe gente afim de música mais elaborada neste país.

Bah, mas a melhor parte da noite, sem dúvida, foi o SMS que recebi quando eu já tava trilouco num puteiro perto de casa, escalando um daqueles postes em que as gurias dançam e fazem manobras corporais. A Laila respondeu a mensagem que mandei um dia depois que a gente se encontrou no hospital. Até que enfim! Disse que a pedra já tinha "nascido", perguntou das minhas costelas e aceitou jantar comigo. Ela me transmite uma onda boa, não sei nem como explicar. Até contei pruma puta estalada que não parava de pegar no meu pau e perguntar se eu não queria ir pro quarto com ela.

"Bah, hoje eu vou passar... Mas aceito se tiver um pouco desse negócio que tu cheirou", eu disse. E terminei a noite num cubículo rosa e perfumado por sei lá quantas fodas; cafungando sobre um espelhinho de maquiagem e me escancarando todo. "Tem certeza que não quer me comer mesmo, gostosão?", ela me perguntava, e eu não parava de repetir que um dia ela me ouviria na rádio, tocando sem parar. Que até meu pai se orgulharia de mim e se arrependeria das tantas vezes que tratou meu sonho com desdém, como se ele não passasse de um devaneio infantil e pretensioso demais pro filho de alguém que fez a vida mexendo na terra.

"Tu ainda vai ouvir muito sobre mim, guria!"

"E sentar no seu pauzão gostoso, vai deixar?"

18

Leio à Claudinha o SMS – "Como tá tua pedra preciosa? Já pensou se topa almoçar comigo? Se tu não quiser almoçar, não tem problema, a gente janta. É o Leco" – que recebi na semana passada.

"Ah, ele foi bonitinho, vai... Você respondeu o quê?"

Digo que ainda não respondi, que estou pensando no caso dele. Minto por impulso, para que não coloque expectativas no improvável, e quando me arrependo não encontro coragem para desmentir.

Peço uma fatia de red velvet e um cappuccino médio, a Claudinha vai só de espresso curto, sem açúcar. Começou um regime pela milésima vez. Low Carb. Nada de glúten, lactose e açúcares refinados. Recomendação de uma blogueira que tem mais de um milhão de seguidores no Instagram e faz jabá de tudo, até do papel higiênico que usa.

"Como assim, amiga? O mercado não está nada fácil para ficar desperdiçando gatinhos como o gauchinho. Além do mais, você não precisa se casar com ele... Só dar uns beijinhos, uma chupadinha, uma sentadinha..."

"Mas eu não sei. Ainda não me sinto pron–"

"Bah, tu quer ver meu pau, não quer?", ela me corta mostrando, mais uma vez, que não leva o mínimo jeito para imitações e que só pensa em sexo. Sugere um chope depois do doce.

"Ué, mas você não acabou de dizer que está de dieta?"

"Ah, segunda que vem eu começo... Sem contar que um chope por dia faz tão bem quanto caminhar por trinta minutos. Você sabia? Li hoje."

Falo que estou cansada, que amanhã acordarei bem cedinho para operar. Ela insiste, diz que ainda não são nem oito e meia, promete que não vai me deixar virar abóbora e, como sempre, me convence.

"Fará um favor ao seu rim empedrado, amiga! Cerveja tem água, logo..."

Caminhamos da Conselheiro Rodrigues Alves até a Joaquim Távora, onde há um barzinho a cada esquina. E, apesar de ser dia de semana, todos estão fervilhando de gente. Coisa de São Paulo.

"Vamos nesse aqui?", a Claudinha me pergunta apontando ao único transitável. Da Vila, chama.

Peço dois chopes e a Claudinha pega carona na pauta da mesa de trás: quer que eu passe o Réveillon deste ano com ela, diz que eu não tenho escolha e, antes mesmo do primeiro gole, confessa:

"Eu morria de ciúme quando via as fotos que você postava com o Átila na casa dele em Ilhabela. Neste ano, seremos só nós duas, como nos velhos tempos. Não quero nem saber!"

Aceito pular sete ondinhas com ela e afirmo que o cara da mesa de trás não para de me encarar. "Mas disfarça, por favor", peço. Entra por um ouvido e sai pelo outro: ela se vira com tudo e analisa o cidadão na cara dura, vai dos sapatênis ao topetão que nem se move.

"Muito topzêra para o meu gosto", ela diz. "Muito arrumadinho... Aposto minhas tetas que não sai do carro quando começa a chover. Não estou zoando, amiga. O Juninho era assim... Lembra do Juninho, aquele orelhudinho? Por muito tempo, eu pensei que ele não abrisse os vidros do carro por medo de ser roubado, aí, no dia em que eu abri a janela na estrada e ele teve um chiliquinho, eu descobri que era medo de desarrumar o cabelinho. Tem coisa mais desanimadora, amiga? Não sou contra homem vaidoso, mas tudo tem limite, né? Inclusive minha paciência!"

Não contente em ficar me medindo como se eu fosse um pedaço de carne, fazendo caras e bocas ridículas que me remetem aos personagens do Teste de Fidelidade, o topzêra cola em nossa mesa e pergunta se ele e o amigo – também topzêra, embora uma versão menos pavônica – podem se juntar a nós.

"Hoje a noite é só das meninas, queremos ficar de boa", digo.

Mas ele insiste:

"Você não vai se arrepender, ruivinha."

"Valeu, mas hoje –"

"Vai gostar de mim", ele me corta, já se sentando ao meu lado. O amigo, que observava tudo a um passo de distância, se aproxima e faz o mesmo: ocupa a cadeira mais próxima à Claudinha.

"Você é surdo ou retardado?", a Claudinha pergunta.

"Calma, moça... A gente só quer –"

"Só quer o caralho... Cai fora!"

"Ih, a gordinha dormiu de calça jeans!", o topetudo diz. Racha o bico.

"Além de sentarem aqui sem a nossa permissão, acham que podem rir da nossa cara?", a Claudinha manda e, logo em seguida, dá um banho de chope no topzêra. Não é a primeira vez que faz isso.

"Sua puta!", ele grita. Pingando e passando a mão no cabelo, preocupado com o penteado, que permanece intacto.

"Vamos embora daqui, amiga", sugiro.

"Nós? Eles é que vão!", ela responde.

"Saio se eu quiser", o topzêra gotejante diz. Ainda sentado.

"Tem certeza?", a Claudinha pergunta, de pé ao lado do folgado que troca olhares de gozação com o amigo, subestimando os riscos que corre. "Não vai sair mesmo?!", ela insiste, ainda mais ameaçadora, e não dá margem a respostas: agarra o pavãozinho pelo topetão e o puxa para trás com toda a força, veloz, um movimento similar ao das depiladoras quando estão arrancando a cera. O escroto cai com cadeira e tudo. Um barulhão que atrai a atenção do bar inteiro, até dos que pareciam decididos a ignorar nossa confusão.

Um garçom corre para ajudar o topzêra, que continua no chão, sentado, procurando sangue na palma da mão que levou à nuca. Expressão de tonto. Ainda mais. O amigo fica sem reação, deve estar habituado a incomodar gente que não reage.

"Podem ficar com a mesa, seus merdas!", a Claudinha grita e, rumo ao caixa, parte batendo o salto grosso. Vou atrás, perseguida pela câmera do iPhone dourado de uma moça. Mais um barraco registrado e com chance de virar entretenimento em grupos de WhatsApp. Ninguém nos oferece apoio nem pergunta se estamos bem. Nem as mulheres. Pelo contrário: as pessoas parecem animadas por causa da briga, eufóricas devido à garantia de assunto que nossa legítima defesa gerou. Vivem pedindo mais amor e empatia no Facebook, mas na vida real preferem assistir aos quebra-paus de longe, de um lugar cômodo. Se possível, comendo pipoca. Não metem a colher.

Deixo uma nota de cinquenta ao senhor do caixa que nos fita com desdém, deixando claro que nos considera culpadas pelo incidente.

"Pode ficar com o troco", digo e saio andando, nem aí para o sermão que ele começou a dar.

Aceno para o primeiro táxi que vejo.

"Eu vou para Vila Mariana mesmo, aqui pertinho. Ela vai para Aclimação. Beleza?"

Chego em casa em menos de dez minutos e, para variar, sou recepcionada com lambidas e rabos frenéticos. Não tem nada de interessante na TV nem na geladeira. E, apesar de saber que preciso estar descansada para a cirurgia de amanhã cedo, não consigo dormir. Quanto mais eu tento, mais desperta e irritada fico. Rolo sem parar de um lado ao outro, a cama já está muito quente para o meu gosto. A barriga ronca. Peço um lanche? Abro um livro, *Os segredos da felicidade*, mas não consigo me concentrar, continuo estagnada no mesmo parágrafo de sempre. Entro no Facebook, mas logo perco a paciência. Depois de escrever, apagar e reescrever um SMS mais de dez vezes, envio um "oi" ao Leco, que não leva nem cinco minutos para me mandar um parágrafo cheio de exclamações. Pergunto das costelas e conto que estou com insônia. Ele fala que já estão bem e sugere que eu fume "unzinho" para relaxar. Confesso que nunca experimentei, que fico apavorada só de pensar em perder o controle. "Nunca experimentou? E a música com teu nome, tu já ouviu?" Coloco "Layla" para tocar no Spotify, no repeat, e a ouço prestando atenção na letra, até pegar no sono.

19

"Tu tem um ferro de passar pra me emprestar?", pergunto pro Caramujo.

"E desde quando cê passa roupa, Lecão? Tá sempre amassado."

"Hoje é uma data especial. Vou sair com uma guria aí."

Ele larga a biografia do Bowie no braço do sofá e parte em busca do ferro. Está só de cueca, tem a bunda negativa.

"Qual roupa que cê vai usar? Eu passo procê."

Digo que não precisa, pra não se preocupar comigo. Já dei muito trabalho, afinal. Mas ele insiste, diz que aprendeu a passar e lavar com a vó, que não custa nada me dar uma mãozinha. Mais uma.

"Estava pensando em usar essa camisa aqui, ó... O que tu acha?"

"Essa camisa de Agostinho Carrara? Mano, na boa, parece a estampa do sofá da casa onde morei em Minas. Um móvel do século passado que foi devorado pelos cupins. Posso te emprestar uma?"

"Depende."

"Confia em mim", ele diz, já correndo em direção ao quarto. Nem um minuto depois, volta com uma camisa preta pendurada num cabide.

"Que tal?"

Apesar de ter alguns quilos a mais do que o Caramujo, tudo concentrado na região pançônica, a camisa me cai bem.

"Ficou da hora, mano. Cola na minha que é sucesso!", ele diz. "E perfume, cê tem?"

Digo que não, que não costumo usar.

"Mas hoje é um dia especial, certo?", ele me pergunta e, em seguida, depois de um pique até o banheiro, sem me dar chance de resposta ou esquiva, começa a borrifar em mim o cheiro amadeirado que vive a espalhar pelo apartamento. Por fim, com cara de sabichão, dá duas espirradas em direção ao meu pau, quase à queima-roupa.

"Agora, sim, cê tá pronto. Ou quase...", ele afirma. E trota mais uma vez pro quarto.

Tô com medo do que ele foi buscar. Só falta ser gel ou creme. Bah, tu não imagina como odeio esses troços que lambuzam. Tenho uma baita aflição. Nem protetor eu passo, pra tu ter uma noção. Sempre fico um camarão quando vou pra praia, às vezes tenho até febre depois. De delirar. Tudo porque prefiro não me untar.

"Cê já fumou charas?", ele me pergunta segurando um cubo escuro.

"Que porra é essa?"

"É tipo haxixe, manja? Mas é lá da Índia. Do Norte, pra ser mais preciso. O bagulho é artesanal, o puro creme do THC, muito mais potente do que os paraguaios que rolam de vez em quando por aqui. Alguns hindus usam para fins religiosos há séculos, afirmam que o charas ajuda no encontro com Xiva. Tá ligado aquele deus cheio dos braços que a galera dos orgânicos tatua nas costas?"

Não tô ligado, mas topo na hora. Aceito o passaporte pra experiência, mesmo sabendo que a doutora virá me apanhar daqui a cinquenta minutos.

O Caramujo abre a caixinha preta com interior de veludo vinho e saca o tal do charas. Segura a pelota com delicadeza, entre o dedão e o indicador, como se ela fosse mais frágil e valiosa que aqueles ovos cravejados de pedras preciosas pelos quais os mafiosos russos dos filmes vivem derramando sangue. Tem o tamanho de uma bola de gude. Brilha. Fica entre o marrom e o verde, muito mais clara do que os haxixes negões que já fumei. Pergunto onde conseguiu e ele me diz que o namorado trouxe de uma viagem que fez no começo do ano.

"Ele é professor de ioga, vai duas vezes por ano pra Índia. Já tinha fumado algumas vezes por lá e, da última vez, resolveu correr os riscos de ser preso por tráfico internacional e me trouxe essa belezinha aqui. Isso sim é amor!"

"Só fazer cobrinha e colocar na seda junto com tabaco, tipo hash normal?", pergunto.

"Pode ser... Mas já que se trata de uma ocasião especial, vamos seguir o ritual, fumar no cachimbo que, pros hindus doidões, simboliza o corpo de Xiva."

Ele mete um teco do charas – do tamanho de uma ervilha – num cachimbo de madeira e pergunta se estou pronto.

"Um segundo!", digo.

Corro pro quarto e reviro minha mala de CDs em busca da trilha sonora ideal pra ocasião tantricodélica inédita. Tu tem alguma sugestão? Já sei... *The Concert for Bangladesh*, um álbum composto por gravações de dois shows beneficentes que o George Harrison realizou no Madison Square Garden, em Nova York. Concertos que contaram com a participação de músicos fodas, como Eric Clapton, Bob Dylan, Ringo Star... Bah, perfeito!

"Cê não vai querer fumar, não?", o Caramujo grita da sala.

"Calma, magrão! Tô tentando achar um CD!"

"Mano, só falar o que quer escutar e eu coloco no Spotify. Logo a mina tá aí, depois cê acha."

Conto minha ideia de trilha sonora pro Caramujo e ele não leva nem dois minutos pra achar as músicas no celular e sincronizar com a TV. Puta som.

"Viu só como a modernidade funciona?", ele debocha. "Quer escolher algum som especial, Lecão?"

Peço pra gente começar com "While My Guitar Gently Weeps" e ele gosta da sugestão.

"Não é a mais indiana", ele diz, "mas me arrepia sempre, não importa quantas vezes eu ouça."

Aponto a chama azul do maçarico pra preciosidade alucinógena, puxo a fumaça com vontade e prendo o máximo que consigo. O gosto é adocicado, bem forte. Se eu fosse um sommelier de ervas, diria que tem notas de curry e zero mijo, bem diferente dos prensados que eu pegava na boca do Sapão, em Santa. Tusso até ficar vermelho. O Caramujo me aconselha a pegar leve, diz que a parada é "uma bicuda na cabeça". Mas pegar leve nunca foi a minha: dou mais um pegão na parada, um tragão de praticante de apneia. Puxo a névoa densa com tudo e a aprisiono até começar a lacrimejar. Passo o cachimbo e o maçarico pro Caramujo, que vai mais na manha.

"Bah, isso sim é que é barato!", afirmo ao notar que um torpor delicioso me invadiu, me deixando com a sensação de que sou capaz de flutuar, de que a vida é muito melhor do que é. Penso no George Harrison de cabelão e bigode, todo de branco, na existência memorável que ele deve ter tido. Por um momento, eu me imagino no lugar dele, mudando a história do mundo, influenciando gerações, comendo tietes escandalosas em camarins e em carros velhos, experimentando tudo quanto é tipo de doideira. Viro espectador do meu próprio sonho, de uma multidão sedenta pela minha palheta, por um chumaço de cabelo se eu der bobeira. Não precisa ser em Liverpool. Nem fora do Brasil. No Beira-Rio já tá ótimo. Eu sei que nasci pra isso, que um dia vai chegar a minha hora. Sei e não sei como sei. Só sei que sei, sabe? Tu não sabe, né? Deve estar achando que é efeito do charas, papo de doido. Mas não é viagem, não. Pelo menos não parece.

O telefone vibra pra me resgatar do devaneio. É a doutora pet avisando que chegará em dez minutos. Dou mais uma puxada no negócio do Oriente, pingo um colírio, escovo os dentes e bocheco enxaguante bucal até queimar a língua.

"Tô bem?", pergunto ao Caramujo.

Ele me mede dos pés à cabeça e arranca pro banheiro de novo. Volta e me dá mais três borrifadas de perfume. Agora no pescoço, na nuca e no cabelo. Dá mais uma no ar e me manda atravessar a nuvem cheirosa.

"Pronto", ele declara com a expressão envaidecida que assumem os pintores após darem o toque final em grandes obras.

Desço as escadas contente, pulando degraus como eu fazia quando piazinho, mandando manobras com um skate imaginário. Apesar de já ter tirado minha fantasia de Beatle, ainda me sinto capaz de voar. O que me dá asas não é o energético do comercial.

Depois de alguns minutos do lado de fora do prédio emendando um pensamento maluco no outro, sem pensar em nada direito, ouço uma buzina de navio. De dentro de um carro prata com o pisca-alerta ligado, a Laila acena pra mim. A visão não é o meu forte, está longe de se equiparar à minha audição de ninja, mas o pouco que consigo enxergar dela é lindo. Será que é ruiva em tudo, até nas partes... Bah... Será?

20

Vim o caminho todo pensando em desistir, me controlando para não pegar retornos nem mandar mensagem pedindo desculpas, mil desculpas, afirmando que estou com cólica, ebola, enxaqueca, que fui abduzida, mordida por um pinscher demoníaco... Meu coração está frágil como uma taça de cristal; as canalhices – que antes nem o lascavam – hoje o estilhaçariam, o tum-tum receoso não nega. E não sei se sou capaz de colá-lo mais uma vez, estou falando sério. Se é que ele já está inteiro, né? Porque a sensação que tenho é de portar cacos que abraço nenhum é capaz de juntar.

Além disso, é a primeira vez que sou a motorista de um encontro. Eu sei que é besteira minha, influência cultural, preconceito... Mas não consigo me livrar da incômoda impressão de que os papéis estão invertidos. Se eu contar isso à Claudinha, até já sei o que ela dirá:

"Eu aqui me contentando com o japonês com excesso de fofura no sangue e mão de alface, e você sofrendo por ter que buscar o gauchinho gatinho? Meia hora de cu, amiga. É disso que você precisa... No mínimo!"

Buzino e ele vem correndo, atravessa a rua sem olhar para os lados, por pouco não é atropelado por um caminhão caindo aos pedaços, enferrujado, de onde transbordam caixas de papelão, entulhos e restos de móveis.

"Você é doido!", afirmo depois do beijo na bochecha de "oi".

Ele sorri orgulhoso, como se tivesse sido elogiado. Diz que já foi atropelado uma vez, que não vai acontecer de novo.

"Tu já viu raio cair duas vezes na mesma pessoa?"

"Se continuar atravessando a rua assim, não sei, não."

"Tu sabe como o Stevie Ray Vaughan morreu?", ele me pergunta.

"Quem?"

"Bah, vai me dizer que tu nunca ouviu o mestre?!"

"Acho que não."

"Vou te emprestar um CD."

Quem ainda ouve CD? Não tenho nem aparelho para ouvir. Mesmo assim, digo:

"Aceito... Mas fala aí, como ele morreu?"

"Depois de um show, numa noite de muita névoa, ele entrou num helicóptero que voou pro lado errado e, poucos minutos depois, bateu numa pista de esqui artificial. Um dos quatro helicópteros que decolaram depois daquele show. Por pouco, o Eric Clapton não entrou nele."

"Nossa, que trágico... Mas por que você está dizendo isso?"

"Pra mostrar que, quando chega nossa hora, não tem jeito. O Stevie podia ter escolhido outro helicóptero, não ter voado por dor de barriga, ter se apaixonado por alguém da plateia e resolvido ficar por lá... Tu me entende? O acaso é implacável, quando tu menos espera, ele arma pra ti."

"E por isso você atravessa a rua sem olhar?"

"Não... Só não queria te deixar esperando."

"Está perdoado então... Só não faça mais isso, ok?"

Ele diz que não pode me prometer. "É pra ser sincero, certo?"

Apesar do papo pessimista de maluco, gostei da sinceridade. Só espero que não seja fake como a honestidade da qual os engravatados têm se gabado em campanhas eleitorais.

Outro ponto positivo é o perfume dele, que já está por todo o carro. Não é o mesmo do meu avô fascista. Nem tão doce como os do Átila. É diferente, cheio de personalidade, cheiro de...

"Que perfume é esse?"

"Sei lá... O Caramujo me emprestou quando falei que a noite seria especial", ele responde.

É sincero até demais... Mas não posso reclamar, não acha? Eu acho, pois estou cansada de joguinhos. E, pensando bem, entre sincericidas e pinóquios, eu fico com os sincericidas. Sem contar que ele me considera motivo para noite especial, não é mesmo? Então estou no lucro.

"Pensei em irmos a um bar aqui perto que faz uns drinques bem gostosos. Pode ser?", sugiro.

"Claro. Tu que manda. Não conheço muita coisa por aqui."

O bar está transbordando. Pessoas até na calçada. Animadas e com copo na mão.

"Acho que não vamos conseguir mesa... Teremos que ir a outro lugar. Tudo bem?"

"Claro... Tu não quer ir a um restaurante vegetariano?"

"Você é vegetariano?!"

"Não... Mas tu é, não é?"

"Como sabe?"

"Tua amiga me contou naquele dia do hospital."

"Ai que raiva da Claudinha! Não perde uma oportunidade de abrir a boca. É uma fofoqueira", penso alto.

"Eu nunca fui num restaurante vegetariano, mas gosto de experimentar coisas novas. Hoje mesmo experimentei um haxixe lá da Índia", ele declara com a maior naturalidade do mundo, como se estivesse contando de um novo sorvete que provou. Odeio drogas. Mas, por causa de uma menina que morou comigo por uns meses, a maconha eu aprendi a relevar. Se bem que não sei se haxixe é só maconha...

"Tem o Seu Vagem, lá na Vila Madalena. É um bar que só serve petiscos vegetarianos. Quer ir lá?"

Ele diz que sim, que já foi à Vila Madalena uma vez e adorou.

Pergunto o que o levou a querer ser músico e ele me fala do dia em que ouviu um solo de guitarra pela primeira vez e de como se sentiu tocado pelo instrumento. Conta que passou meses insistindo para que o pai o matriculasse numa aula, até que resolveu aprender sozinho, com um violão empenado que emprestava de um vizinho em troca de passeios com o cachorro dele.

"Mas o coroa só me matriculou depois de me ouvir tocando 'Something' inteira", ele me fala. "Tu sabe qual é?"

O Seu Vagem não está lotado, ainda bem. Tem até vaga em frente. Estaciono.

"Posso dá uma olhada no seu carro, dona?", um moleque de rua me pergunta.

"Pode."

Por causa de histórias que já ouvi, que nem sei se são verdadeiras, tenho medo de contrariá-lo e acabar com o carro riscado. Tenho dó também. Onde estão os pais desse moleque? Com a idade dele, eu brincava de boneca e só podia ir sozinha até a padaria da esquina.

O Leco me pergunta se podemos nos sentar na área externa, perto da saída. Ele pede Campari e água tônica. Eu vou de chope mesmo.

"Tu tá com fome?", ele me pergunta.

Respondo que sempre estou e sugiro uma batata frita.

"Bah, mas isso eu já comi... Quero experimentar um troço vegetariano de verdade, o que tu recomenda?"

"O hambúrguer de grão-de-bico com maionese de avocado, com certeza. Tem também uns bolinhos de tofu com espinafre que são uma delícia."

"Vamos pedir os dois? A larica tá braba!"

Não sei se é a luz avermelhada ou o ângulo, mas ele tem um quê daquele vocalista do Guns. O... O... Axl. É isso, né? Acho que é o nariz arrebitado, não sei direito. Não parece muito, mas lembra, sabe? Está mais arrumado do que nas outras vezes. Nada de camiseta de banda com a gola esgarçada. Veste uma camisa passada e tudo. Continua com os brincos e o All Star destruído, no entanto.

As bebidas chegam, ele as mistura sem pompa de bartender, brindamos e, enquanto dou uma bicadinha no chope, ele bebe metade do líquido avermelhado num gole só. Não muda a expressão.

"Tu quer experimentar? Eu chamo isso de Camptônica! Bebia direto com os bruxo lá de Santa."

"Bruxos?"

"Meus camaradas."

Nunca ouvi ninguém falar assim. Mas fico feliz por ter um sentido menos assustador do que imaginei.

"Tu não vai experimentar?"

Já esperando pelo pior, dou um gole e...

"Meu Deus, que negócio ruim, tem gosto de um remédio que minha mãe me dava para abrir o apetite quando eu era criança. Eca!"

Ele ri como se tivesse acabado de me pregar uma peça. Só sei que não se trata de uma porque ele dá mais um golão e acaba com o mata-rato.

Pergunto sobre as costelas e ele me diz que já estão ótimas, "prontas pra mais umas bicudas". Conta, também, o que motivou a briga na qual as trincou. Apesar de ficar com taquicardia ao menor sinal de violência, gostei da atitude. Ainda há esperança, sabe?

Leco me pede licença e vai fumar na calçada. Odeio cigarro, mas, de longe, o jeito como ele esprime os olhos quando traga até que é charmoso. Conversa com o manobrista do vallet e gargalha. Solta fumaça e gesticula como italiano, embora seja de família alemã. Oferece um cigarro ao manobrista. Parecem amigos de infância. Mando uma mensagem à Claudinha para me livrar do piano que se instalou em minha consciência no momento em que menti a ela.

"Amiga, tô tomando umas com o gauchinho. Depois eu conto tudo, tá bom? Amo você."

Assim que ele retorna à mesa, os bolinhos chegam. Sem qualquer cerimônia ou medo de queimar a língua, ele mete um inteiro na boca. Faz cara de suspense e...

"É bom, mas um pouco sem gosto."

É frustrante e não é. Queria que ele tivesse amado, que declarasse aos quatro ventos que vai virar vegetariano amanhã. Contudo, fico feliz por ter sido sincero como espero que todos sejam. Sem contar que eu xinguei o drinque dele até não poder mais, né? Ele tem direito.

Outra coisa me deixa feliz: ele ainda não me elogiou. Não agiu como a maioria, que não demora a falar da minha boca, dos meus olhos, do meu cabelo... Principalmente do cabelo! Claro que elogios fazem bem ao ego, mas precisam sair na hora certa, de maneira sutil, sem forçar a barra, compreende? Se você é mulher, com certeza me entende.

Peço mais um chope, ele pede uma nova dose de Campari. Ainda tem tônica na latinha para a alquimia. Ele me conta de novo a história da música com meu nome, agora com mais detalhes. Diz que o Eric não foi desonesto, que fez bem em declarar ao amigo que estava apaixonado pela esposa dele. Pergunta se tenho bichos e acabo falando da minha nonna e dos fusilli que ela fazia com a ajuda de uma agulha de crochê, um a um.

"Fusilli é o parafuso?"

"Também... Mas o que ela fazia era mais comprido, oco. Parecia um... Como vou explicar? Parecia um fio de telefone. Vou achar uma foto."

Dou uma googlada e, sem muita dificuldade, encontro um fusilli parecido com o da minha nonna.

"Bah, comeria uns duzentos fios de telefone desses!"

"Quem sabe eu não faça para você um dia."

"Tua vó te ensinou?"

"Não tudo... A massa eu compro pronta de um lugar na Mooca. Mas ela deixou a receita do molho em um caderninho."

Os hambúrgueres chegam e ele abocanha quase metade do lanche. Sem exagero. Fica com avocado na ponta do nariz.

"Esse, sim, é gostoso!", ele declara de boca cheia.

Digo que sei fazer também e ele assume que nem ovo sabe fritar.

"Mas sou um baita lavador de louças!"

"Fechou então... Eu cozinho e você lava."

"Combinado", e me estende a mão. Sério. Como se estivesse me propondo o fechamento de um negócio milionário.

Apertamos as mãos e assim, sem necessidade de um combinado ou uma formalização verbal, permanecemos vinculados; movidos por um desejo mútuo de provocação, pela vontade óbvia que temos de ampliar nossos pontos de contato. Os olhares também estão entrelaçados. Mais até do que os dedos. Não precisamos de juiz nem de definição de regras: não se trata de um jogo, apesar de ter toda a pompa de um. Quero soltá-lo, virar o rosto, sair correndo até perder a força das pernas. Desejo permanecer exatamente assim. Não! Preciso ficar ainda mais próxima, o suficiente para saber se tudo em nós encaixará tão bem, contrariando nossas tantas oposições. É gostoso e assustador. Agridoce. Aos que nos observam – se é que alguém neste bar tem interesse em nós –, não passa de uma aposta; contudo é mais íntimo, há troca, eletricidade, uma exigência de entrega que me apavora só de pensar, e me reapresenta ao calafrio que eu já tinha dado como extinto, o choque que sobe pela espinha e estaciona nas têmporas, a prova de que o Átila não me deixou emocionalmente paralítica: em algum cantinho, ainda me restou coração para correr os riscos inerentes às relações.

21

Bah, quero mais do que a mão pequena que quase some dentro da minha. Muito mais! Tô com uma baita vontade de puxá-la na minha direção, até que fique ao alcance do meu bote. Não sei por que, mas ela parece ter sabor de goiaba. Até na boceta. Talvez seja a cor dos lábios, que não sei se têm esse tom ou se estão cobertos por batom. Penso nos lábios de baixo também, é inevitável, imagino que são da cor da carne das goiabas às vezes bichadas que eu roubava lá em Santa; abertos pra minha língua, macios, babados, suculentos, engolindo minha piça dura de vontade, que, agora – mas já? –, nem aí pro ambiente em que estamos, rebelde como sempre, força a cueca como um alien querendo ganhar o mundo. Desisto do aperto de mão e vou direto pro banheiro dando longas passadas. Será que ela percebeu? Pior: será que minha saída abrupta a fez pensar que estou com diarreia? Merda, Leco. Por que tu é assim?

Jogo água fria na nuca e no pulso. Funciona. É a técnica que o médico me ensinou depois que operei da fimose, quando qualquer princípio de ereção já oferecia riscos pros pontos. Encaro meu reflexo. O efeito do colírio já tá passando, há pequenos raios vermelhos ao redor das retinas. A ponta do meu nariz está verde. Bah, além de suspeitar que tô com caganeira, a guria deve estar me achando porco.

Volto e ela não me pergunta nada. Das duas, uma: ou notou meu pau querendo fugir da calça jeans ou tem medo da minha resposta. Tarado ou cu frouxo, não sei o que é pior.

"Não posso voltar muito tarde", ela diz. "Vamos pedir a conta?"

Acho que fodi tudo. Sempre fodo. Eu, não: meu pau desobediente, que vive ficando duro quando precisa sossegar e vice-versa.

"Vamos dividir?", ela sugere.

"Tu pagou meu almoço outro dia, hoje é a minha vez", digo. E passo tudo no cartão.

Aproveito a ida dela ao banheiro pra dar uns tragos. Pro guri que estaciona os carros, digo que o Corinthians vai tomar de quatro do meu Colorado no próximo domingo.

"Nem fodendo, irmão!", ele responde. "Cêis são nossos fregueses!"

Sinto saudade do meu pai, de ver os jogos com ele, ouvi-lo mandar o técnico à merda de minuto em minuto, da felicidade que ele só deixou escapar quando o Inter foi campeão. Mas logo lembro que a vida é muito mais que o Brasileirão, e das discussões que começavam por qualquer faísca e terminavam num berreiro, e das vezes em que me chamou de veado por causa dos brincos e tentou me expulsar de casa, e das cintadas nas costas e dos castigos sem sentido, e do dia em que me empurrou na piscina do sítio pra me ensinar a nadar, e... Fim da saudade.

A brisa macia que começou logo cedo varreu o céu: é a primeira vez que a lua mostra a carona toda pra mim por aqui. E que lua! Uma bola amarela que destoa do resto, um efeito especial que o acaso colocou no meu filme.

"Quer ouvir alguma rádio?", ela me pergunta dando a partida. Continua linda. Dirige com os peitos quase colados no volante. O vestido sobe uns centímetros quando ela pisa na embreagem. Invejo o câmbio.

"Não... Eu quero mesmo é descobrir se tua bocetinha tem mesmo sabor de goiaba, e te colocar no colo, de frente pra mim, e perseguir tua boca e teus seios enquanto tu cavalga e testa o amortecimento do auto. Também quero saber se tu tem sardas nas costas, pelos vermelhos por toda parte, se fica arrepiada com lambidas nos biquinhos e geme com mordidinhas no interior das coxas. Vamos aproveitar que não tem quase ninguém na rua e trepar até tudo embaçar?", é o que tenho vontade de responder. O tipo de coisa que já mandei em encontros anteriores. Mas não estou borracho o suficiente. Nem com moral. Se partir pra essa linha, vou foder tudo. Menos o que eu quero. Então...

"Tem alguma rádio que só toca rock?"

"Acho que tem... Só não sei qual. Pode procurar, é só apertar a setinha."

Mas só acho pagode, funk, música de elevador, pop feito pra vender e pastores que aceitam cartão e exploram o sofrimento humano. Como é que alguém acredita nesses salafrários que prometem milagres? Como é que alguém ouve esses lixos sonoros sem melodia nem letra? Funk de verdade é outra coisa, não essa merda. Tu já ouviu Funkadelic?

"É esse aqui, né?", ela me pergunta já em frente ao meu lar paulistano. Ainda aperto a seta em busca de um som com potencial pra renovar minhas esperanças.

Bem que a noite poderia terminar com um beijão, né? Mas preciso segurar a onda, guardar a gana pra outra oportunidade. Se é que vai rolar.

"Gostei do hambúrguer. De verdade. Da sua companhia também", digo.

"Eu também."

Acompanho o carro prata com o olhar, já arrependido por não ter feito mais. Será que ela tem gosto de goiaba? Vai ficando miúdo, longe demais pras retinas que deveriam estar cobertas por lentes. Vira à direita e some. Estou sem sono. Ainda tenho fome, e não é de comida.

Subo a rua Augusta tentando me lembrar em que altura fica o boteco que o Pedrão me indicou na manhã em que cheguei; onde, segundo ele, a vodca sai por cinco pila.

A fauna noturna deste lugar é incrível, é mistura humana da boa, do tipo que eu não via nem no underground de Santa. Do outro lado da rua, por exemplo, uma guria de cabelo verde e meia-calça de redinha rasgada troca ideia com um piá de salto plataforma, daqueles que a galera do Kiss usava. Ele tem sobrancelhas e cabelos brancos que contrastam com o preto do couro brilhoso e agarrado que veste. Algo meio andrógino, alienígena, um Ziggy Stardust gótico. Talvez seja albino. Talvez tudo não passe de tinta e maquiagem. Tanto faz. Gosto de topar com gente incomum, que parece ter vindo de outro planeta, de onde ninguém arregalaria os olhos pras minhas tatuagens nem ousaria me barrar por causa do meu All Star ferrado. "*Oh! Oh! Seu moço! Do disco voador, me leve com você, pra onde você for*", canto. Cruzo com uma ruiva de mentira – tem sobrancelhas pretas – e a Laila pousa em meu espaço mental. Temo que esteja me achando um ET e parta pra outro. Ela tem algo de especial.

Achei o boteco. Se não for, é bem parecido. Tem mesinhas plásticas sobre a calçada, do jeito que eu gosto. E pelo visto a fumaça é liberada. Sento, acendo um cigarro e chamo o garçom.

"Quanto é a vodca?", pergunto.

"A nacional é cinco."

É aqui mesmo.

Peço uma dose de vodca e um suco de laranja. Um pouco de vitamina C de vez em quando é importante, tu não acha?

Tenho amigos que se sentem mal quando saem pra tomar uns tragos sozinhos. Não é meu caso: eu até gosto. Consigo pensar com mais clareza quando não estou interagindo com outras pessoas, observo melhor as coisas, reparo nas conversas, em mim. Posso fazer minhas merdas e, no dia seguinte, acordar sem aquela sensação de que não vão querer me chamar pro próximo rolê. Sem contar que, quando tu sai solitário, acaba se obrigando a deixar zonas de conforto, escapa dos papos de sempre com as pessoas de sempre.

A bebida desce fácil, como se só tivesse suco no copo fino e alto. Peço mais um drinque antigripe e não levo nem cinco minutos pra liquidar. Tudo fica mais leve e apaixonante. A vida me parece melhor, e eu, imbatível como o Keith Richards. Imbatível e rico... O bastante pra levantar o braço e pedir:

"Uma dose de uísque, por favor."

"Gelo?"

"Sim, mas não precisa de muito."

Experimentei uísque com oito anos, achando que era guaraná. Dei um gole e comecei a tossir. Fiquei roxo. Meu tio ficou igual, de tanto rir. A única que não achou graça foi minha mãe, que disparou na hora pra tirar satisfação. Meu pai a chamou de "exagerada" e "maluca". Ela passou o churrasco todo de cara amarrada. Demorei anos pra beber de novo. Precisei insistir pra gostar. Hoje penso como o Vinicius de Moraes: considero o uísque o melhor amigo do homem, o cachorro engarrafado.

Dou uma bicadinha e... Bah, isso é afudê! Poucas coisas são tão boas quanto uísque acompanhado de um cigarro. Se tivesse uma farinhazinha então... Aí só faltaria um boquete!

"Amigo, tu sabe onde eu posso arrumar uma branquinha?", pergunto baixinho pro garçom, que se curva pra tentar me compreender.

"Pinga?"

"Não... Pó", sussurro.

Ele afirma que não sabe e me dá as costas depois de uma expressão parecida com a que minha mãe fazia quando me pegava mentindo. Deve ser do tipo que não vê mal algum em drogas lícitas, mesmo as mais venenosas. Ou deve ser crente... Porque consigo imaginá-lo de gravata e terno dois números maior num culto de domingo, segurando uma bíblia e gritando "amém" e "aleluia"; doando parte de um salário miserável, que mal paga as contas, pra enriquecer pastores que têm até jet ski. Deus é uma mentira, mas a igreja é muito pior.

Peço mais uma dose de uísque, "no copo plástico", passo tudo no crédito e parto em busca de farinha.

Não sou viciado. Não cheirei mais do que cinquenta vezes – talvez sessenta, setenta, não conto – desde que dei meu primeiro tiro, com dezesseis anos, na casa de um amigo em Porto Alegre. Ele arrumou dois papéis e perguntou se topávamos. "Claro!", eu disse enquanto os outros, atucanados, pensavam nos riscos, em overdose, nessas merdas. Esticamos algumas carreiras sobre um violão e, depois de ouvir "não" de todas as gurias pras quais ligamos, assistimos ao DVD do *Scarface* três vezes seguidas, parando apenas pra cheirar mais e fazer imitações do Tony Montana. Eu me sentia o próprio. Uns miligramas pra dentro e compreendi por que o Sabotage chama a cocaína de "moralina" numa música.

22

"Ficou de pau duro só com um aperto de mão?"

"É, amiga... Acredita nisso?"

"Se acontece comigo, eu caso, juro! Tem elogio mais sincero do que um pau duro?"

"Mas não é estranho?"

"Estranho é pinto molengão, que não acorda por nada. Isso, sim! Já chupou uma piroca-defunto? Pois eu já! Chupava, chupava, chupava... E nada, amiga! Até que o desgraçado afirmou que não ia conseguir e colocou a culpa na bebida. Não imagina a raiva que fiquei por ter me empenhado naquela coisa mole e fina, que parecia uma broca de borracha. Aliás... É grosso?"

"Claudinha!"

"É ou não é?"

"Como é que eu –"

"Recheou bem a calça?", ela me corta. "Porque piroca boa precisa de grossura, tem que preencher a gente. Comprimento nem faz tanta diferença, só não pode ser um anjinho barroco nem cutucar o útero como o Paulão fazia quando me pegava de–"

"Poupe-me dos detalhes sórdidos, Claudinha. Por favor."

"Tá bom... Mas e o resto, você curtiu?"

"Ah, foi legal... Gostei do papo, da sinceridade. Eu me senti à vontade perto dele, sabe? Consegui ser eu. Só fiquei meio encanada quando ele começou a falar de haxixe, que tinha fumado e tal."

"Mas haxixe é de boa, amiga. É tipo maconha."

"Mas é droga, né?"

"E cerveja, não é?"

"Com certeza, e isso também me preocupa no Leco: acho que ele bebe muito."

"Ah, amiga... Relaxa um pouco! Tem muito canalha por aí que paga de esportista, só come comida integral e bate em mulher, por exemplo. Não é por causa de uma maconhazinha que você vai desencanar do gauchinho, não é mesmo? Muito menos por causa de um pauzão louco por você. Porque, se fosse pauzinho, você nem ia perceber, essa é a conclusão a que eu cheguei. E se você percebeu, é porque estava de olho no pimpolho dele que eu tô ligada! Pensa que eu não te conheço, amiga? Santinha do pau oco!"

Desligo o telefone com a sensação de que não sei relaxar. Talvez deva me matricular na ioga, fazer mais terapia, comprar um livro de autoajuda, contratar um coach, sei lá! Porque tenho a impressão de que sempre vai dar errado, acho poréns em tudo. Mas não é fumando um baseado que vou relaxar, né? Já passei da idade. Tive uma porção de oportunidades e nunca coloquei na boca. Eu até consigo tolerar, mas é droga e faz mal. Se bem que o açúcar também faz e eu sou uma formiga, a doida do chocolate. Como a vida é confusa, né? Ou eu é que complico tudo? Eu só quero mais certezas, um spoilerzinho dos próximos capítulos, qualquer indício de que eu não vou me ferrar mais uma vez.

"Miguel, você me entende, não entende?" Ele não move nem a orelhinha. Continua com a cabeça apoiada sobre minha barriga e com o corpo esparramado, perpendicular ao meu. Vai me obrigar a dormir de barriga para cima pela milésima vez. Dorme tão bonitinho que não tenho coragem de acordá-lo. Estou segurando o xixi faz tempo, contrariando tudo que o médico pigarrento recomendou.

"Boa noite, filhos", e capoto. Sonho que estou fumando maconha com a Glória Maria na Jamaica. Eu e uma versão do Leco mais morena, de dread. Um baseado do tamanho de uma garrafa PET. Mal consigo segurá-lo. Uso as duas mãos como apoio e puxo a fumaça. "Não quero mais", digo. Mas o Leco e a Glória insistem para que eu continue. Perco o autocontrole, é horrível. A fala sai lenta, os braços ficam bobos, que aflição! "Não quero mais", declaro. Mas eles me algemam e me obrigam a tragar de novo. Tento dizer que não consigo respirar, que vou asfixiar se não tirarem esse baseado de Itu da minha boca, mas eles apenas gargalham. Apontando para mim. A Claudinha aparece, ignora meus gestos que clamam por socorro e me pergunta se o pau do gauchinho é mais grosso do que o baseado que me engasga. Acordo assustada, num pulo que catapulta o Miguel para fora da cama, coitado. Na TV ainda passa o *Jornal da Globo*, sinal de que não dormi nem duas horas. A repórter com gel no cabelo informa que o estado de saúde do candidato à presidência que tomou uma facada é estável. "Entretanto ainda não há previsão de alta."

A lua continua grande e amarela, posso vê-la da janela que esqueci aberta. Tiro uma foto, quero postá-la no Instagram, mas a desgraçada quase não aparece. Por que é tão difícil fotografar a lua, hein? Um pernilongo dá um rasante à minha frente, a centímetros do meu nariz, e fica invisível. Fecho os olhos, puta porque não o encontro e fico à espera de um zumbido que nunca vem. Sou campeã brasileira de sofrimento por antecedência.

23

Ela tá de costas pra mim, só de sutiã e calcinha de renda ainda mais vermelha do que os cabelos. Quase vinho. Cor de sangue pisado. Debruçada sobre uma mesa de madeira toda enfarinhada, faz cobrinhas de massa com as mãos delicadas; infantis quando comparadas com as minhas. O esmalte também é vermelho, vivo, igual ao que meu coroa classificava como "coisa de puta". Laila enrola as cobrinhas pra frente e pra trás, movimentos curtos, até ter fios de telefone antigo, daqueles que tu precisa girar número por número pra discar. Depois, com todo o cuidado do mundo, enfileira os fios numa travessa de vidro grande. Assobia "Layla", só o refrão. Mentalmente, canto junto.

Não quero desconcentrá-la. O que observo é, sem dúvida, uma das cenas mais bonitas da minha vida. Mais até do que a guitarrada que o Keith Richards deu no guri que invadiu o palco enquanto Mick cantava "Satisfaction", em... Bah, foda-se quando foi; nada me parece mais incrível do que o agora. Tão afudê que, por alguns segundos, me arrependo por não ter comprado um celular com câmera: filmaria e assistiria sem parar por horas e horas, pra espantar a bad que às vezes me pega do nada, sem causa aparente.

"Quer tentar?", ela pergunta sem se virar, concentrada nas frágeis e roliças obras de arte que faz. É surpreendente que tenha notado minha presença: cheguei na ponta dos pés, não dei um pio, até prendi a respiração.

Não sei o que dizer. Não quero estragar a massa nem o momento. Não quero colocar em risco a intimidade que parece existir entre nós. Apesar de a gente ter se conhecido faz pouco tempo, tenho a sensação de que somos um casal antigo, desses que cagam de portas abertas e se entendem apenas com silêncios.

"Tenta!", ela insiste. Passa farinha na ponta do meu nariz.

Colo a barriga na mesa e começo a afinar um cilindro preconcebido. Ela tá atrás de mim, com as mãos sobre as minhas, ditando o ritmo e a pressão; passa por baixo dos meus braços como se estivesse na minha garupa numa moto imaginária. "Isso", diz pertinho da minha orelha, resvalando no brinco. "Continua." As mãozinhas já não estão mais encostadas às minhas, apenas acompanham meus movimentos pra que eu não perca o compasso, só pra me dar segurança. Faço sozinho, já peguei a manha. "Concentre-se", ela diz desatando o botão da minha calça de sempre. Depois baixa o zíper e desce o jeans preto até os tornozelos. "Foca na massa!", ordena ao me flagrar de olhos arregalados pras lambidas que dá no quebra-molas que a piça formou na cueca. Com a língua, só com a ponta, vai do saco até a cabeçona do cogumelo; daí faz o caminho inverso, sem pressa, como se ainda tivéssemos uma vida pela frente, uma eternidade só pra nós. Por causa de momentos como este, todo o resto faz sentido. Só por isso. Por tudo isso. Minhas mãos já não têm mais coordenação nem firmeza, estão vacilantes como na primeira vez em que toquei ao vivo, numa festa do colégio. Ela abocanha meu pau por cima da cueca branca, deixa nela um círculo transparente por onde o roxo da piça, que pulsa, pode ser visto. Já não enrolo mais a massa. Coordenação de um recém-nascido. A cueca desce devagar, atritando coxas abaixo. Ajoelhada, ela agarra meu cilindrão com as duas mãos e se aproxima dele devagar, de pálpebras cerradas, como um cantor prestes a mandar o maior sucesso da carreira. Os lábios, ainda fechados, roçam no pau por alguns segundos. Daí se escancaram. Há um fio de saliva entre eles; uma ponte curva prestes a ser rompida pela parte de mim que não se parece em nada com as serpentes de farinha sobre a travessa. Eu a seguro pelos cabelos; ao ruivo, misturo trigo, restos de massa e tesão. O pau aos poucos vai sendo encoberto e lambuzado. É acolhedor. Ouço gemidos, mas ela está de boca cheia. Gemidos que aos poucos vão ficando mais fortes, turvando esse momento, atropelando minha chance de descobrir se ela tem gosto de goiaba, se é ruiva por inteiro, se não vai perder a graça quando eu esporrar. "Só isso?", seguido de "Você gosta, piranha?". Perguntas que me expulsam da boca dela, de dentro da cozinha onde passaria séculos.

Eu tô sozinho num quarto de paredes azuis. Esparramado sobre uma cama de casal do tamanho do quarto em que durmo no apê do Caramujo. Na minha frente, uma TV quase tela de cinema, muitas polegadas, e nela meu reflexo descabelado e sem muita definição. Além dos gemidos e das falas típicas de filmes pornôs, o barulho do mar. Ondas se chocando contra pedras, suspeito. Tenho certeza. Fecho os olhos e tento apagar rápido como numa endoscopia, mas não volto à cozinha da Laila. Apenas breu. E gemidos cada vez mais empolgados indicando que alguém tá se aproximando do fim, de uma pequena morte que tanto alivia o peso da vida; gemidos estridentes intercalados com gritos guturais que me lembram do Sepultura. E as ondas rolando em algum lugar perto daqui. Daqui onde? Procuro pistas no criado-mudo, nos porta-retratos recheados de gente que nunca vi, dentro dos bolsos da calça embolada sobre um chão frio e claro. Na carteira, apenas uma nota de um dólar. Como isso veio parar aqui? O celular está sem bateria. "Assim, assim... Não para! Continua, vai... Ahhhhhhhh!" e, por alguns segundos, o barulho do mar é calado. Mar de que praia, hein? Respiro fundo e abro a janela de madeira que fica ao lado de um quadro de uma caravela enfrentando uma onda gigante.

"Até que enfim ele acordou!", um guri alto e magrelo grita. Não posso mais me esconder.

"Vai brincando com o Lecão!", uma guria que não deve pesar mais do que quarenta quilos afirma e todos riem.

É certo que me conhecem, mas deles tenho apenas flashes desconexos.

"Cola aí, meu rei", um negão fala. Tem um quê de Lenny Kravitz. Alto e magro como os outros que seguram copos plásticos coloridos ao redor da piscina.

Visto a calça e parto em busca de um caminho que me leve até onde eles estão. A casa é imensa, há muitas portas e enfeites geométricos que nada dizem, mas que combinam entre si. Foram escolhidos por uma decoradora muito meticulosa ou alguém com TOC. Tudo é branco e tem aparência de limpo. O cheiro é parecido com o das lojas chiques de shopping nas quais minha ex me fazia esperar por horas. Nas paredes, quadros contendo embarcações. A maioria com mares revoltos. Cruzo com uma guria esquelética, com os ossos pontudos da bacia esticando a pele. Ela me cumprimenta com um selinho e pergunta se dormi bem. Age como se fôssemos íntimos. Não me é estranha como o resto. Não passa de uma mancha familiar em meio a um bolo de memórias embaralhadas. Ela despeja uma vodca cara num copo rosa e me fala pra segui-la. Mais quadros de barcos e, finalmente, a porta que dá acesso pra área externa, pra piscina que emenda com o horizonte azulado desta manhã. Ou tarde?

"Onde estamos?", pergunto assim que me aproximo da gangue dos magrelos.

Eles riem. Não os culpo. Mas preciso muito saber que caralho de lugar é esse.

"Sério, galera... Aqui é litoral de São Paulo, certo?"

"Barra do Sahy", a caveirona que me deu uma bitoca diz. Tem íris de cores diferentes. É mais alta do que eu. Pele, osso e biquíni de zebra. Só.

Fecho os olhos pra tentar resgatar algum fragmento das últimas horas. Música eletrônica no talo, pó sobre a tampa de uma privada preta, garrafas de champanhe faiscantes, ventania e cabelos esvoaçantes batendo no rosto. É isso. Só isso. O sonho com a Laila me parece mais real.

Levanto as pálpebras e todos estão me encarando. Há mais um casal agora. Eles cochicham e, em seguida, o único guri que não tem costelas aparentes por aqui me pergunta:

"Você não se lembra de nada mesmo, brother?"

A voz rouca deschaveia um armário da minha memória, e dele despenca uma enxurrada de recordações. Entre elas, um nome.

"Henrique?"

"Isso!", ele afirma sorridente.

Todos parecem aliviados.

"Nos conhecemos na Gold, lembrou? Eu te vi conferindo no espelho se suas narinas davam pala e perguntei se me arrumava algum. Lembra?"

"Mais ou menos", minto.

"Aí você me disse que tinha acabado de pegar vários gramas. Contou uma história doida de como convenceu um taxista a levá-lo até o drive da Espraiada."

"Bah, claro! Agora tá voltando...", digo. "Mas tu pode contar um pouco mais?"

"Estava comemorando meu aniversário com o pessoal da agência e você foi nosso anjo! Fez nossa balada sem miséria. Então, no fim da noite, eu sugeri que viesse com a gente para cá e você topou. Disse que não tinha nada importante hoje."

"E de quem é essa casa?"

"Do meu pai, ele é o dono da Fox Models, onde a galera toda trabalha."

Preciso marcar um neurologista com urgência. Ou parar de exagerar na bebida. Não posso mais passar por isso. Bah, tu não imagina como é desconfortável. Estou em outra cidade e não lembro de quase nada.

Eles me oferecem vodca, mas eu recuso. Meu humor não condiz com o clima. Invento que preciso voltar para ensaiar com a banda.

"O Raul te leva", o Henrique me diz.

"Que Raul?"

"Meu motorista. Ele que trouxe a gente."

"Não precisa."

"Claro que precisa, brother. Faço questão!"

Não sei se insiste na gentileza só por causa do pó ou se fiz algo mais. Tanto faz: ficará na caixa-preta que não consigo acessar por nada, junto com coisas que, pensando bem, talvez seja melhor nem saber.

Saio sem dar beijos nem abraços, sem saber o que dizer.

Estou numa BMW conversível e cheia de botões luminosos. Mas a alegria que me invadiu no instante em que entrei termina quando cruzo com uma família de índios tentando vender bananas e caranguejos na beira da estrada. Pai, mãe e um piá de colo que suga uma tetona com formato de mamão. Eles me perseguem com as faces castigadas pelo sol. Sinto vergonha por estar aqui, com os cabelos voando dentro deste "supositório para enrabar o mundo", como o autor de um livro cujo título não me lembro bem definiu os carrões importados. Já é tarde demais pra encostar. Não há retornos à vista. Perdi a hora pra me desculpar por todos os estupros e assassinatos culturais cometidos pelos primeiros portugueses que aportaram aqui. Não tenho dinheiro pra oferecer também, apenas um dólar que deve estar sujo de pó. Se pudesse, apagaria essa cena. Mais essa.

Depois de alguns minutos de silêncio fúnebre, o Raul puxa papo. Inicia uma sessão de histórias absurdas, do tipo que só se encontra em biografia de rock star; fala de orgias com top models, de piras lisérgicas na companhia de um ex-presidente, das celebridades de quem ficou amigo íntimo quando trabalhava pra maior emissora de TV do país.

"Não existe famoso que não tenha passado por este carro", declara.

"Bah, e por que tu não escreve um livro então? Já tenho até um título: *As Fantásticas Viagens de Raul!*"

Ele acha graça, mas afirma que ninguém acreditaria. Tem razão.

24

Hoje cedo, entre espreguiçadas e goles de café, enquanto esperava pelo primeiro paciente – Gohan, um gato branco que teve metade do rabo arrancada por um portão eletrônico –, eu li um post sobre a importância de aprender a curtir minha própria companhia. "A solidão só existe para quem ainda não se encontrou", o autor escreveu. Um texto tocante. Soou como a mais absoluta das verdades. Terminei empolgadona, com vontade de ir ao cinema sozinha, eu e um baldão de pipoca doce; mesmo sem dinheiro, apenas pela graça de sonhar, cogitei um mochilão só comigo em algum país diferentão do Oriente. Cheguei até a me imaginar visitando templos na Indonésia de calças folgadas e rasteirinha de couro, desbravando partes exóticas do planeta acompanhada apenas por uma coragem que, agora, parece ter murchado por completo. Não somente a coragem: graças a uma frente fria que veio do Sul e a uma cena que vi agorinha – um casal de velhinhos dançando em uma praça de alimentação como se não houvesse mais ninguém por perto –, o desejo de ser exploradora solitária também definhou; deu lugar à vontade de ter estabilidade, alguém à minha espera no final de cada dia, com quem eu me sinta à vontade para dividir o edredom, as contas, a senha da Netflix; de quem eu não queira esconder nadinha, nem o pavor que agora me invade, de envelhecer sozinha, largada às traças, dando trabalho para as amigas; o oposto do que aconteceu com minha mãe, que recebeu do segundo marido o mais incondicional zelo até o último suspiro, quando o câncer a levou para os braços de Deus.

A maior parte de mim não se sente pronta para um relacionamento, tem vontade de se esconder sob a cama só de pensar na palavra "namoro"; uma fobia muito parecida com aquela que algumas pessoas sentem depois de perderem um bicho de estimação. Em dias como hoje, porém, nos quais fondue e cachecol caem bem, descubro que há um pedacinho meu afim de abraços demorados, ansioso por uma companhia para atividades corriqueiras, como idas à lavanderia e exames de sangue. É frustrante, confesso. Porque quero ser autossuficiente, igual às moças utilizadas como exemplo no texto de hoje. Quero ser uma heroína solitária, de nariz sempre empinado, sem essa sensação de incompletude que às vezes me bate. Mas me sinto sozinha muitas vezes. Uma solidão que não passa com lambidas e abanadas de rabo. Amenizam, não posso negar. Porém o buraco não se fecha. E sabe a pior parte? Só vejo tranqueira por aí. Um cara pior do que o outro. Não querem nada com nada. Só querem me comer, aliás. O mesmo papinho mole, um clichê atrás do outro, sempre em busca de uma deixa para levarem a conversa ao campo sexual; e, se eu não cortar a tempo, acabo recebendo um nude. Mesmo sem pedir. Como se uma piroca dura sem contexto nem preliminar fosse capaz de me deixar molhada. "Nossa, que grande e cabeçuda... Acho que vou dar para ele agora!" É isso que eles acham que vai acontecer?

Não tenho paciência para aplicativos de relacionamento e não confio nem um pouco no crivo da Claudinha, que só se envolve com traste e, mais de uma vez, já me colocou em encontros torturantes, dos quais tive que fugir antes do fim. Só de pensar em balada, já sinto dor nas pernas e vontade de me esconder. Na clínica só me aparece velho, maluco e casado safado. É... Não vai ser fácil! Até tenho cogitado uma segunda saída com o Leco, mas ele é muito diferente de mim, fico um pouco insegura quando penso nisso. Bastante. É maconheiro. Perdidão. Vive num mundo paralelo. Sem contar que trabalha na noite, né? Ao passo que eu estou cada vez mais caseira e diurna, virando abóbora antes das dez e estudando a possibilidade de fazer apenas um plantão semanal. Comprei até pantufas. Apesar da atração que rola, de ter sentido um negócio diferente no final da nossa saída e ter conseguido ficar à vontade perto dele – o que é difícil –, não sei se vale a pena arriscar, ou se estarei dando corda a algo sem futuro. Gosto dele, e isso me dá medo. Ele me mandou uma mensagem nem oito horas depois que o havia deixado em casa. "Queria ter ficado mais tempo contigo. Quinta a gente toca no 472, na Augusta. Tu não quer ir?" Mostrei para a Claudinha quando almoçamos no tailandês e ela só faltou chorar. "Foi fofo sem ser meloso", disse. E insistiu para que eu respondesse pelo menos com um emoji feliz. Mas não mandei nada. Quero e não quero mandar, sabe? Quero e não quero ir. Agora mesmo escrevi uma mensagem e, minutos depois, apaguei. Parece cedo demais. Perigoso demais para alguém que precisou cancelar um casamento.

25

A casa tá lotada. Dá pra sentir o calor do sangue humano em ebulição, a euforia frágil de quem se refugiou aqui pra esquecer um pouco o caos lá de fora, que só tem aumentado por causa das eleições. Mulheres e homens de todos os estilos se espremem, ombro a ombro, de tímidos engravatados com cara de economistas a pin-ups exaltadas conversando aos berros.

Ensaiamos a tarde inteira ontem. À base de água mineral e amendoim, até dar câimbra no dedo. A gente estava empolgado com a possibilidade de tocar no festival organizado por uma tradicional escola de inglês paulistana no qual o Arctic Monkeys também vai se apresentar. Ainda não é um Rock in Rio nem um Lollapalooza, mas, se rolar, será o maior de nossos passos. Nossa empolgação preencheu a garagem do Lemão, tocamos muito. Tu tinha que ter visto a sintonia, os agudos do Ricardinho, o jeito que o Caramujo botou pra quebrar. Não errava um solo. Nem uma nota. Nada. E meu feeling diz que hoje será igual.

Um guri de cabelo cacheado e óculos escuros arredondados toca violão e canta pelo nariz; uma imitação barata e adolescente do Bob Dylan. Folk de boutique sem pegada nem experiência. Sem botas sujas das merdas da vida. Deve ser a última música dele, depois já é nossa vez.

"Vou dar um mijão e já volto", digo pro resto da banda, que bebe ceva perto do balcão.

Coloco minha long neck entre as pernas, fecho a privada cheia de urina escura e pinceladas amarronzadas, limpo a tampa com papel e, com a ajuda do cartão de crédito que tenho usado mais do que posso, como se já fosse famoso, estico uma carreirona. Aspiro quase quinze centímetros do pó branco que arrumei hoje à tarde num bar da Frei Caneca. Gengiva e dentes adormecem. Levanto-me sentindo um Hendrix gaúcho pronto pra trepar com qualquer guitarra, confiro a narina pra ver se não ficou nevada e, de peito estufado à la Liam Gallagher, cantando "Supersonic", costuro a multidão dando esbarrões até chegar ao bar. Trombo mesmo, como se fosse faixa preta em alguma arte marcial.

"Quatro doses do melhor uísque que tiver, por favor", peço pra guria do bar depois de um tapão no balcão. "Essa é por minha conta, cachorrada!"

O projeto de Dylan sai de cena. Ufa! Depois de um brinde proposto pelo Ricardinho, que deve ter emprestado a calça jeans amassa-saco do Zezé Di Camargo, mamamos os uísques maiores de idade e caminhamos em direção ao palco em fila, como lutadores prestes a entrar num ringue. E é mais ou menos assim que me sinto. Um Mike Tyson.

Começamos com "Born to Be My Baby", do Bon Jovi. Com direito a backing vocal do Lemão e tudo. Bela escolha! Todos se viram pra nós. Alguns cochicham e apontam pra cá. Não sei o que dizem, mas bah, é coisa boa, com certeza é. *"You were born to be my baby, and baby I was made to be your man"* em coro. Eu solo como o Sambora, com o pé direito sobre o amplificador, transpirando tesão real, do tipo que não se vê em filme pornô. Aplausos e meia dúzia de assobios. Sons humanos que agora dividem o espaço com o riff de "Paranoid". Fecho os olhos, e é como se o Ozzy estivesse aqui. Se o príncipe das trevas já tivesse batido as botas, acreditaria em reencarnação. Só que não... É apenas o Ricardinho inspirado, usando a clássica fivela de escorpião que, segundo ele, veio do Texas.

Quando comecei a me apresentar em público, por sugestão de uma professora de teatro da escola, eu permanecia focado em uma pessoa da plateia durante todo o show. Escolhia um rosto conhecido e mirava só nele. Turvava todo o resto. Hoje, já muito mais calejado e quase sempre amparado por substâncias que inflam o ego, eu curto fazer varreduras minuciosas na multidão enquanto me apresento. Observo as reações de todos, uma a uma. Gosto de encarar umas gurias também, pra testar a receptividade delas.

E hoje, não sei se é impressão minha, mas todas parecem me dar sinal verde. Da cavalona com roupa de executiva da primeira fila à ruivinha mais pro fundo, quase na saída. Pera aí... Será que tô vendo certo? Bah, é a Laila! Se não for, é uma sósia. É ela, sem dúvida! Está até com aquela amiga gente fina que me deu uma força no hospital.

De acordo com o setlist que combinamos ontem, agora seria a hora de "Whiskey in the Jar". Seria... Porque peço tempo, reúno a banda e pergunto se podemos tocar "Layla". Eles não entendem nada, até o momento em que pego o microfone e digo:

"Essa aqui vai pra Laila. Não a do Clapton, nem a do Harrison... A vegetariana mais bonita de Sampa!"

Toco só pra ela, como se não tivesse mais ninguém nesse inferninho. Enxergá-la com precisão, no entanto, não é possível. Daria tudo pra saber se está sorrindo, envergonhada, me achando bizarro ou tudo junto e misturado, numa só careta, como suspeito que esteja rolando. Acho que preciso de óculos. Para dificultar ainda mais minha mirada de velho, um lenhador de barbearia saltitante, de camisa xadrez e barbona, às vezes a eclipsa. Tu não percebeu que tá atrapalhando nosso lance, pirulitão?

"Ricardinho, tu sabe 'Still In Love With You', do Thin Lizzy?", pergunto assim que "Layla" acaba, sem dar tempo pra que voltem ao set combinado.

"Tá apaixonado, é?", ele grita no meu ouvido.

"Sabe ou não sabe, Zezé?"

Com a cabeça ele consente, chama o Lemão e o Caramujo de canto e, poucos minutos depois, com o celular na mão pra não errar a letra, faz sinal pra que eu comece a introdução.

A música lentinha embala alguns beijos na plateia. Atiça meus sonhos também: consigo me enxergar embolado com a Laila sobre a cama redonda de um motel cheio de botões, cadeiras e apetrechos que nem sei como usar. Fodendo com amor. Trepando como só consegui com minha ex, sem aquele medo de me bater desespero depois de gozar. Dedilho a guitarra ruiva com carinho, como se meus dedos estivessem entre os possíveis pelos incandescentes da Laila.

O lenhador parte em direção ao bar e não a vejo mais. Nem ela nem a amiga. Solando sem perder o compasso, procuro a Laila como se isso aqui fosse uma grande página de um livro do Wally. Cadê a guria, caralho?

O lenhador volta com dois copões na mão, mas ela não reaparece.

"Gimme Shelter" inteira, e nada de Laila.

"Infinita Highway" e... Bah, por onde anda a ruivinha?

Talvez nem fosse ela. Talvez tenha ficado com medo de mim, dos meus próximos passos, achado que tô indo com muita sede ao pote depois de me imaginar, num segundo encontro, ajoelhado numa praça de alimentação com uma caixinha de aliança aberta.

26

"Amiga, se você não sair com ele de novo depois disso, eu juro que vou me candidatar! Puta que pariu! O cara dedicou uma música inteira para você. No improviso. Sabe o mais perto disso que já aconteceu comigo? Quando o Miltinho me comprou uma rosa toda molengona de um menino num bar. 'Pra você', ele disse. Só! Nem um 'eu te amo' o desgraçado mandou. E sabe o pior? Depois ele me confessou que só comprou por dó do menino", a Claudinha me falou quase sem respirar, assim que "Layla" acabou.

"É, realmente foi –"

"Se isso não foi um vale-boquete, na boa, não sei mais o que é!", ela me cortou. "Sem contar que ele toca muito, o que me leva a crer que tem dedos habilidosos... Né? Né? Né?", disse dando soquinhos em meu ombro. Bateu forte, sem noção da força que tem. Mas o que doía mesmo era a minha cabeça. Acho que estou desacostumada com música alta, não sei. Ou foi o tempero do mexicano onde comemos antes de ir. Parecia que tinha um Carlinhos Brown batucando dentro da minha cabeça, que ela ia explodir a qualquer momento e espalhar meus miolos até no palco. Estava meio zonza também. Não tinha bebido nada e as coisas pareciam rodar.

"Claudinha, a gente precisa ir embora. Não tô me sentindo legal", afirmei.

"Agora? Não vai nem se despedir do Leco?"

Tudo girava e havia algo zumbindo dentro de mim. Com o braço apoiado sobre o ombro da Claudinha, repeti que precisava voltar para casa. Na hora ela percebeu que não se tratava de frescura e chamou um Uber, já sem aquele sorrisinho malicioso no rosto.

Assim que abriu a porta de trás do carro que demorou séculos para chegar, a Claudinha já pediu ao motorista com cara de pagodeiro dos anos noventa para desligar o som. Fui deitada no colo dela até em casa. O Katinguelê de óculos brancos no topo da cabeça puxou papo e ela não deu trela. Tudo girava como no dia em que tomei um porre de tequila em Ilhabela com o Átila.

"Vou dormir com você hoje", a Claudinha afirmou quando o carro parou em frente ao meu prédio.

Falei que não havia necessidade, que ficaria bem, mas ela insistiu.

"Já está decidido, amiga. Não vai ficar sozinha nem se o Paulo Zulu me ligar!"

Ainda bem... Porque estava me sentindo bem estranha.

"Não quer dar uma passada no pronto-socorro?", ela perguntou.

"Não precisa. É só uma dor de cabeça forte."

"E a tontura?"

"Deve ser por causa da dor de cabeça."

"Hum..."

Engoli dois comprimidos, escovei os dentes de qualquer jeito e topei com a Claudinha só de calcinha. Esticada sobre a cama.

"Não quer um pijama emprestado?"

"Eu não sou tamanho infantil como você, amiga. Olha esses melões!", ela afirmou balançando os peitos sem a ajuda das mãos.

Rir piorou as coisas.

Deitei ao lado dela, agradeci por tudo, fechei os olhos e tentei não pensar em nada, o que é impossível. O silêncio assustador logo foi quebrado por uma sequência barulhenta de gases que espantou o Miguel do quarto.

"Desculpa. Não consegui segurar. Não posso comer guacamole que –"

"Eu ainda te amo, relaxa."

Mas logo surgiu um cheiro de enxofre que me fez repensar nos limites do amor.

"Caramba, Claudinha... Você está podre?"

Ela não demorou a apagar e começar uma sinfonia de roncos que, muito provavelmente, foi ouvida pelo vizinho de cima.

Mesmo assim, não troco essa Harley emissora de gases venenosos por nada. Acredite se quiser.

27

Acordo com o Nokião tremendo. Mensagem da Laila. Não deu nem tempo pra sentir a bad pós-narigada.

"Você toca bem mesmo, hein? Adorei a música que dedicou para mim. Quase morri de vergonha também. Hahahahahah. Desculpa por não ter ficado até o final. Tive uma dor de cabeça insuportável, precisei voltar para casa correndo."

Taco fogo num cigarrão e, feito criança, corro pra mostrar a mensagem pro Caramujo, que acabou de passar um café e deixou no ar o cheiro delicioso que sempre me transporta pra minha infância: as manhãs de mesa farta e família reunida no sítio de São Gabriel, as apostas com o Pedro pra descobrir quem conseguia fazer a pedra quicar mais vezes na superfície do lago, as raladas no joelho que sempre acabavam em Merthiolate e os sopros que não eram páreo pra ardência, as guerras épicas com mamonas e outras coisas que perderam a graça quando comecei a tocar e a ficar de pau duro. Que saudade... Bah!

"A Laila me mandou uma mensagem, magrão!", digo e, em seguida, mostro o celular pro Caramujo.

Já contei do dia em que nos conhecemos, das vontades que ela desperta em mim. Falei, inclusive, do sucesso que o perfume dele fez em nosso primeiro encontro. "Pode passar sempre que quiser, mano. Não precisa nem me pedir", ele disse. Baita sujeito.

"E já respondeu pra mina?"

"Ainda não... O que tu acha que eu falo?"

"Ah, mano... Convida ela pra dar um rolê, bater um rango da hora, essas coisas."

"Quero sugerir algo diferente do que já fizemos. Um lugar onde eu possa ter mais intimidade com ela. Mas não quero chamar a guria pra colar aqui nem me convidar pra baia dela, tu me entende?"

"Cinema, mano. Foi lá que dei o primeiro beijo no Jonas. *A pele que habito* era o filme. Cê já viu? Mó doideira."

Nem me lembro da última vez em que fui ao cinema. Mas gosto da ideia.

"Tem como tu olhar pra mim os filmes que tão passando e me ajudar a escolher um?", pergunto.

Sem pestanejar, o Caramujo pega o celular dele e, depois de alguns cliques e franzidas de testa, sugere um suspense.

"É a história de uma mina que some do nada, sem deixar pistas. Aí começam a suspeitar do marido dela. Uma parada assim. Parece da hora."

"Qual horário?"

"Onde?"

"Em qual cinema dá pra ir a pé?"

"Tem vários por aqui, mano. Cola no Shopping Cidade São Paulo. Fica bem no meio da Paulista."

Ele me fala o horário e não perco tempo, mando pra Laila:

"Que bom que tu gostou! Achei que tivesse te assustado. A cabeça já melhorou? Porque vi que tem um suspense legal no cinema. Queria que tu fosse comigo. Amanhã às oito. Topa?"

Envio e permaneço vidrado na telinha trincada do meu celular. Sem piscar.

"Logo ela responde, mano. Relaxa que vai dar certo", o Caramujo afirma.

"Como é que tu sabe, cachorro?"

"Eu sei e ponto", ele diz. E o celular vibra logo em seguida.

"Combinado. Quer que eu pegue você?"

"Claro. Eu também vou te pegar gostoso, não te preocupa. Vou pegar na tua cinturinha, nos teus cabelos, bem forte na tua bunda. Tu vai amar!", é o que tenho vontade de responder. Mas sei que ela tá falando de carona. Não sou tão louco assim. Então, agradeço e digo que vou a pé mesmo, "pra me exercitar um pouco".

28

"Não vou conseguir mais ir", diz a mensagem. Só isso. Nem um pedido de desculpa. Fico puta, da cor do meu cabelo. Experimentei várias roupas, fiz maquiagem, peguei um trânsito do caramba, venci minhas inseguranças, projetei coisas.

"Homem é tudo igual mesmo, minha nonna tinha razão!", declaro.

"Não é, não!"

Olho para trás e lá está o Leco. Semblante de criança que aprontou.

"Filho da mãe", digo.

Ele veste uma camiseta rasgada na altura da costela e ri sem parar, de um jeito quase inocente. Tira uma flor toda amassada do bolso de trás e me dá.

"Peguei de uma casa no caminho. Nunca tinha visto tão azul. Na hora que fui pular o muro, a camiseta prendeu num ferro. Bah, bem a dos Stones!"

"Você invadiu uma casa para pegar a flor?"

"Só o pátio. Tinham várias. Saíam do tronco de uma árvore. Mas tive que sair correndo por causa de um dobermann que apareceu do nada. Bah, nem sei de onde saiu."

"Você é doido!"

Ele me pergunta se quero comer algo antes e digo que ficarei só na pipoca.

"Acho que vou pegar uma batata frita pra molhar no sorvete", ele fala. "Tu já experimentou?"

"Batata com sorvete?"

"Claro."

"Você não é normal."

Ele pede um sundae com calda de chocolate e uma batata grande e seguimos para o cinema falando sobre nossos gostos estranhos. Conto que curto rechear pão francês com leite condensado e ele acha absurdo.

"E como tu tem coragem de dizer que sou louco por gostar de batata com sorvete, guria? Pão com leite condensado?! Bah, isso deveria ser crime."

"Um dia você vai experimentar e me agradecer, só isso que tenho a declarar."

"Só se tu provar batata com sorvete."

"Fechado", falo estendendo a mão.

Ele a segura firme e me encara fundo. Bem no meio do corredor, entre uma loja de lingeries e uma farmácia, fazendo com que pessoas com sacolas na mão tenham que driblar nosso trato em andamento. Não desvio o olhar: apesar do medo, é gostoso permanecer de mãos dadas. Torço para não flagrar mais uma ereção pública. Torço, pero no mucho. O dedão do Leco acaricia o dorso da minha mão. É áspero e grosso. Sou preenchida pelo mesmo gelo na barriga do nosso primeiro aperto de mão. Um pouco mais potente, até. É isso que chamam de química?

29

"Já acabou a batata?", ela cochicha no meu ouvido depois de enfiar a mão na caixinha de papelão vermelha e amarela, vazia e engordurada.

"Não disse que tu ia gostar?", falo empolgado e, milésimos depois, recebo um "xiu!" de um tiozão musculoso, o único ser que tá sentado na mesma fileira que nós, a mais distante da tela. Peço desculpas mostrando a palma da mão. Um pedido que ele nem vê. Deve tá aqui por motivos diferentes dos meus.

Ela tá de vestido florido um pouco acima do joelho e sapatilhas vermelhas. Não consigo parar de olhar pra boca dela. Parece comestível e macia além da média. As coxas também são lindas. Brilham mesmo no escuro. Não tô entendendo nada do filme nem consigo acompanhar a legenda.

"O que foi?", ela pergunta depois de me flagrar hipnotizado por ela feito um cusco babão.

"Tava analisando tuas sardas."

"Não gosto delas", ela fala baixinho, chegando mais perto.

"Me gusta mucho", declaro e, evitando movimentos bruscos, pra não assustá-la, a seguro pelo queixo com delicadeza, como se fosse examiná-la. A pele é fina, dá até certo receio de machucar. Meu dedão sobe até o lábio inferior e o percorre de um lado até o outro. Vai e volta. É macio mesmo. Liso. Tá da mesma cor das sapatilhas.

"O que você está fazendo?", ela me pergunta com a voz já um pouco amolecida, como se tivesse tomado uma tacinha de qualquer troço etílico de estômago vazio.

"Sentindo você", e a puxo bem devagar em direção à minha boca, ao som de tiros e carros capotando.

Não há qualquer resistência.

Roço meus lábios nos dela, bem devagar. Os narizes também se esbarram. Não tem gosto de goiaba. Não nos lábios de cima. Quero engoli-la de uma só vez, ser comido por ela, mas vou bem na manha, ainda sem língua, como se ela fosse uma uva que não pudesse ter a casca rompida. Quero atiçá-la, despertar nela a mesma gana que provocou em mim sem fazer muito esforço. Ou me ignorou uns dias de propósito, só pra me provar que sou refém dos meus instintos e das minhas vontades, que o desejo é alimentado, de fato, pela falta?

Meus dedos agora encontram abrigo entre os cabelos grossos da nuca. Puxo a cabeça dela pra trás, de um jeito que deixa o pescoço exposto à pontinha da minha língua, que desce bem devagar, provando o gosto amargo de um perfume adocicado sem ser enjoativo; cheiro do qual me lembrarei por meses, não importam os próximos capítulos. "Ó como eu fico", ela diz depois de colocar minha mão sobre o braço dela, arrepiado. Será que a bunda também está assim? Tesão em braile. Tenho vontade de pousar a mão dela sobre meu pau e dizer o mesmo. Quero fazê-la sentir o poder que exerce sobre o rumo do meu fluxo sanguíneo. Mas ainda não é hora. Não quero foder tudo antes do momento certo de foder, quando ela vai me querer enterrado até o fim, despida deste ar casto que se dissipa pouco a pouco por causa das mordidinhas no pescoço e pegadas fortes na cintura com carne – muito diferente das gurias esqueléticas da Barra do Sahy. Eu gosto de carne e pelos, abomino a ditadura das depiladas de abdome tanquinho conquistado à base de jejum intermitente, dietas sem carboidratos e sei lá mais que porra fit do caralho. Espero não ferrar tudo desta vez, foder só a parte da Laila que a fará gemer e se lembrar de mim como sei – não me pergunte como – que vou me lembrar dela.

Bah, são momentos como este que dão sentido a todo o resto. Miúdos intervalos entre gigantes tristezas, seguindo a sábia lógica do Vinicius de Moraes; recortes memoráveis numa existência cruel, na qual reis e mendigos estão sujeitos a perdas abruptas sem direito a abraço de despedida e ao peso das palavras impossíveis de apagar da memória; danos permanentes que somos obrigados a carregar em nossa bagagem, que tento amenizar enchendo a cara, entupindo o nariz e desabafando com a ajuda da minha guitarra.

Os créditos sobem, luzes acendem e continuamos atracados, feito adolescentes. Do filme, só sei a sinopse que o Caramujo me resumiu. Nem o título eu lembro. Da Laila também sei muito pouco perto do que gostaria: os pelos dos países baixos também são ruivos? Geme escandalosa, nem aí pros vizinhos de sono leve? Ou goza introvertida, cheia de culpa, tapando a boca como gueixa? Capota logo depois de trepar ou vai direto pra geladeira, em busca de qualquer tapa-estômago? Ela se incomodaria se eu bolasse um fininho pós-trepada ou daria uns tapinhas também e filosofaria comigo sobre vida extraterrestre e outros assuntos que me fascinam?

"Tu topa tomar umas?", pergunto depois de mais um beijão. Não há mais ninguém na sala.

"Hoje?"

"Já!"

Ela respira fundo e tenta se recompor. Amansa os fios de cabelo que deixei revoltos. A pele ao redor da boca está avermelhada.

"Amanhã eu opero logo cedo. Não sei se é uma boa ideia, Leco."

"É a melhor ideia do mundo", afirmo.

"Não sei se –"

"Uma só! Tu já tomou old fashioned?"

"Ih, lá vem você com essas bebidas com gosto de xarope para tosse."

"Vamos combinar uma coisa, então... Se tu não gostar, tem direito a um pedido. Qualquer coisa."

"Qualquer coisa mesmo? Olha lá, hein..."

30

"E aí, amiga, como foi o cinema com o gauchinho?", a Claudinha me pergunta no Whats.

"Ainda está sendo. Estamos em um bar agora. Estou tontinha já. Bebemos um drinque maluco que não sei como chama, com uísque e laranja."

"Uísque, amiga?!"

"Mas não é forte, juro. Depois eu conto tudo, ele está voltando. Amo você, sua vaca!"

"Não faça nada que eu não faria, viu?"

E que cazzo a Claudinha não faria? Tripla penetração, talvez. Talvez...

"Demorou", digo ao Leco. "Está tudo bem?"

"Bem é pouco!", ele diz animado. Parece recarregado. Dá um golão no restinho do drinque, levanta-se e, cambaleando, meio de lado, como se estivesse atravessando uma ventania, caminha em direção ao tablado sobre o qual uma moça de cabelo joãozinho se prepara para o segundo round, depois de um intervalo de quinze minutos.

Ele diz algo no ouvido dela, que sorri. Ele faz sinal de súplica, fala mais algumas coisas que não consigo decifrar daqui, e ela manda um like do mundo real.

"Voltei, galera. E, antes de recomeçar, vou deixar nosso amigo aqui tocar uma música. Hoje ele comemora cinco anos de casado. Cinco anos! Quem disse que não existe amor em São Paulo, né? Por isso, vou quebrar as regras e torcer para ele mandar bem", a cantora diz.

O bar inteiro aplaude. Já tem gente filmando. "O amor é lindo", um bêbado grita.

O Leco pega o microfone e meu coração dispara. De vergonha. Igualzinho quando chegava a minha vez de apresentar trabalhos na faculdade.

"Boa noite, gente!", e alguns segundos de silêncio, como se estivesse tentando relembrar uma fala ensaiada. "Hoje não faço cinco anos de casamento. Eu menti. Desculpa. A verdade é que eu tô apaixonado por aquela guria ali", ele declara apontando para mim, já vermelha como molho ao sugo. "E quero muito mandar uma música que o Jim Morrison, do The Doors, compôs pra companheira, que é era a cara da Laila. Se chama 'Love Street'."

Procuro a mina no Google na hora, enquanto ele afina o violão de olhos fechados e orelha colada ao instrumento. Pamela Courson é o nome dela, e realmente se parece comigo.

"Amiga, ele pegou o violão da moça que estava se apresentando e vai tocar uma para mim. Quero me esconder debaixo da mesa!", mando à Claudinha, que está on-line e responde na hora:

"Toca uma para ele depois!", e vários emojis de diabinho.

A música é linda, e o Leco, como cantor, até que quebra um galho. Faz uma voz grave, igual à que meu pai fazia nas poucas lembranças boas que tenho dele, cantando Elvis no chuveiro. "*She lives on Love Street*" é a única parte da letra que consigo entender. O inglês dele é engraçado.

A música termina e ele recebe uma chuva de aplausos, assobios e piadinhas de duplo sentido. Principalmente piadinhas. Alguns caras parecem nunca ter saído da sala de aula.

"Tu gostou?", ele me pergunta assim que volta à mesa.

Respondo trançando minha língua na dele. Nem aí para os olhares e smartphones voltados para nós. Em todos os anos que passei com o Átila, nunca recebi uma declaração pública de amor. Não que tenha me feito falta, mas me senti valorizada agora. Faz tempo que não me sinto assim.

Pedimos mais um old fashioned, a conta e dois Ubers. Amanhã eu pego o carro que ficou estacionado na rua de trás. Se ele não tiver sido roubado, é claro. Porque as coisas por aqui estão cada dia mais feias.

Já em casa, depois de vinte minutos ouvindo o motorista teorizar sobre política, coloco "Love Street" no Spotify e imploro para que o sono chegue e o teto pare de rodar. Em menos de três horas preciso estar de pé. Ficarei uma zumbi amanhã, eu sei. Mas hoje estou feliz. Gostei de ser a mina do Jim Morrison por um tempo.

"Será que vocês vão gostar do Leco, filhos?", pergunto. Luis e Miguel não mexem nem a orelha. Respiro fundo para ver se a ânsia e o medo do que estou sentindo passam. *"She lives on Love Street..."*

31

Ontem o Pedro voou pra Portugal. Deveria ter ido antes, mas teve uns problemas com a documentação.

A banda inteira o acompanhou até o instante em que embarcou com a filha no colo, mochila camuflada nas costas, carregado de malas e sorrindo de maneira exagerada pra tentar esconder a parcela de bagunça da qual não conseguiu se desfazer antes de partir.

O Pedro se casou, virou pai, se convenceu – ou foi convencido? – de que havia chegado a hora de sossegar. Não foi o primeiro nem será o último a dar adeus às delícias da boêmia. Mas o conheço o bastante pra acreditar que nunca deixará de ser como eu: há em nós – talvez coisa genética – uma atração inevitável pelo caos, uma espécie de magnetismo que nos deixa de pernas inquietas quando a rotina se instaura e todas as coisas entram nos trilhos. É um demônio que ele não assume pra ninguém, nem pra si mesmo. Mas eu consigo notar. Vive com o Pedro desde que o conheço. Escapou na última recomendação que me deu enquanto esmagava meus ossos com os braços de caminhoneiro:

"Aproveita essa porra, irmão. Uma hora a festa acaba."

Odeio despedidas. Já devo ter dito isso. E aeroportos estão sempre infestados por elas, pra qualquer canto que tu olha; gurias prestes a ganhar o mundo e pais aos prantos, incapazes de aceitar que elas cresceram; namoradas desconfiadas de que a relação não vai aguentar mais um ano de distância, por mais indesatável que tenha sido o último abraço daquele que fez um avião todo esperar.

De Guarulhos fomos direto prum bar da Augusta. Mencionamos o Pedro em todos os brindes que fizemos. Havia um quê de luto pairando no ar. Sensação de abandono. Ele já não se apresentava mais com a Vendetas, mas saber que ele tava sempre por perto nos dava confiança.

    Liguei pra Laila depois da saideira. Todos foram embora e eu fiquei sozinho com ela na mesa, conversando e fumando um cigarro atrás do outro. Reabri a conta, chamei um rabo de galo e pedi pra ela me ensinar umas palavras em italiano. "Como se diz 'quero te ver de novo'?", perguntei. E depois repeti o que ela disse várias vezes, até acertar a pronúncia. Ela falou que o segredo é comer bastante macarrão, que, quanto mais carboidrato no sangue, melhor se fala italiano. Deu fome. Fome da massa que ela, mais de uma vez, prometeu fazer pra mim. Fome do que talvez tenha gosto de goiaba. "Vamos sair amanhã?", perguntei quando estávamos pra desligar. Não tinha mais ninguém no bar e os garçons já me olhavam feio. "Pode ser", ela respondeu. Pedi mais um rabo de galo pra comemorar. Dose dupla. "É o último, juro", afirmei. Ou não teriam me servido. Depois caminhei até a Paulista. Eu e o copo plástico que encheram até a boca.

    Apesar do horário, a maior parte das janelas dos grandes edifícios comerciais ainda estava acesa. Sentei nos degraus do banco ao qual devo vários cachês, perto de um mendigo quase todo coberto por jornais, e tentei me imaginar na pele dos executivos que trocam todo o tempo que têm por dinheiro; grana que morrerão sem conseguir gastar; notas e mais notas que não os protegerão de doenças corrosivas nem de infartos fulminantes. "Nem fodendo!", gritei. O mendigo nem se mexeu. Talvez já estivesse morto. Deveria tê-lo sacudido. Não o fiz: fiquei devaneando em frente ao banco, até que os primeiros trabalhadores apressados começaram a ziguezaguear na calçada à frente, portando celulares, olheiras e pretensões que não tenho. Nunca tive. Voltei tentando compor algo, uma música pra Laila, sobre ela. Nada à altura do Clapton, porém. Nem perto da pior merda que ele já escreveu. Já próximo ao apê do Caramujo, cruzei com o cachorro manco do dia do yakisoba. Atravessou a rua no instante em que me viu e começou a me seguir. Tive que diminuir o passo pra que ele pudesse me acompanhar. Gosto da companhia silenciosa dele. Acho que é recíproco. Parei numa padaria e comprei duas esfihas de carne. Ele me esperou plantado na porta, como aqueles cachorros adestrados de madame. De alguma forma, ele sabia que ganharia algo. Comemos feito esganados, fumei um cigarro enquanto ele se lambia e depois caminhamos mais um pouco. Ele tinha feridas feias nas costas. Arranhões rosados dos quais saía uma lava amarelada. Acho que pus. Foi comigo até o apartamento, só não entrou junto porque o impedi dando um pisão forte no chão – o que me causou remorso instantâneo. Então, pelo vão das grades do portão, fiz um pouco de cafuné nele. Pedi desculpas e o deixei me encarando como se soubesse o que estava se passando dentro de mim. Onde será que vai dormir hoje à noite? Quando comerá de novo?

32

Passar para pegá-lo é estranho. Sempre será, acredito. Digo o mesmo dos brincos de cigano e da cabeleira que parece ser alérgica a pentes. Alguma coisa mudou, contudo. Embora não saiba ao certo o que é, acho que já consigo enxergar algo além do maluco beleza perdidão que me causou certa estranheza à primeira vista. É provável que eu ainda esteja sob considerável influência do tesão e de outros sentimentos despertados pelo primeiro beijo, e isso é perigoso, nem precisa me alertar. Mas, por trás do guitarrista doidão e bebum que parece viver num universo paralelo ao meu, sei que existe uma força boa, possivelmente até rara, o que me faz relevar os mais de vinte minutos que estou à espera dele dentro do carro, do meu vestido preferido – de flamingos – e da calcinha fina que quase some entre minhas nádegas.

Lá vem ele...

"Bah, mil desculpas pela demora. Não achava o perfume por nada. E, quando estava saindo, já chaveando a porta, o Caramujo chegou chorando. De soluçar. Brigou com o namorado."

Se foi uma desculpa eu não sei, porém já me convenceu. Além do mais, imaginá-lo tentando consolar o amigo de coração recém-partido só me deixa mais convicta de que fiz bem ao tirar a calcinha fio dental do fundo da gaveta. Ela estava esquecida havia mais de um ano. Até mais. Já que, nos últimos meses com o Átila, mesmo depois de termos noivado, não transávamos tanto e, nas vezes em que rolava, não era um momento para o qual me preparava. A grande verdade é: apesar de ter passado anos achando que não seria capaz de sobreviver se ele me deixasse, eu não sentia tanto prazer com ele. Nunca foi incrível nesse aspecto. Na maioria das vezes, eu nem chegava ao orgasmo, se quer saber. Não dava tempo.

Depois de gozar, ele tirava o pinto com pressa e sintonizava a TV em algum daqueles programas nos quais velhos com bolsas inchadas sob os olhos passam horas discutindo futebol. Nem para o babaca me masturbar, chupar, falar umas besteiras no meu ouvido, sei lá... Isso deixava a Claudinha louca da vida. "Compra um consolo e deixa sobre o criado-mudo para ver se ele se toca. Homens morrem de medo de vibradores. Mais do que odiamos baratas", ela me dizia. É... Ter terminado com o Átila foi um livramento.

Estava pensando em sugerir uma ida ao Seu Vagem ou a um restaurante tailandês, mas, quer saber?

"O que você acha de passarmos no supermercado e comprarmos uns queijos e um vinho? Aí você conhece a minha casa. Que tal?", pergunto.

"Bah, baita ideia. Dale!", ele responde. E permanece de sorriso no rosto até chegarmos ao "lugar de gente feliz". Tipo criança quando descobre que logo ganhará um Playstation, sabe?

"Apesar de já ter bebido muito lá em Santa, não entendo nada de vinho. Tu entende?"

Pego uma garrafa de vinho tinto, encaro o rótulo por alguns segundos e, com biquinho de selfie e nariz empinado, afirmo:

"Esse é magnânimo. Esplendoroso. Harmoniza com queijos curados e homens de brinco e barbicha. É feito de uvas idosas e raras. Tem sabor de trufas negras belgas, contentes e livres de glúten e TPM. Pode ser?"

"Tu entende mesmo?", ele me pergunta de testa enrugada. Ingenuidade? Duvido. Pelo jeito faminto que está me olhando, me dando a impressão de que vai me agarrar a qualquer momento, sei que está com a cabeça transbordando pensamentos tarados, louco para levantar meu vestido.

"Claro que não. O máximo que sei é diferenciar os tintos dos brancos. E olhe lá! Desse eu gostei da girafa do rótulo", respondo.

"Ahhhhhhh... Vinhos com girafas no rótulo nunca decepcionam. Vamos levar mais um então!", ele afirma já colocando mais uma garrafa no carrinho, que já tem um saca-rolhas, brie, gorgonzola, emmenthal e outros pedaços de queijos que, apesar de amar, sempre desisto de comprar por causa do preço. Preciso aumentar o valor da consulta.

O que será que meus filhos vão achar dele, hein? Dizem que cachorros têm a capacidade de detectar pessoas ruins. Apesar de já ter sido salva por eles algumas vezes, não sei se é verdade. De qualquer forma, quero muito que o Leco seja aprovado pelo Luis e pelo Miguel. Porque, quando encanam com alguém, é um saco. Principalmente o Luis. Late como se estivesse diante do capeta. Com exceção do técnico da TV a cabo e do porteiro, que às vezes chamo para matar uma barata ou trocar a resistência do chuveiro, meus filhos não veem outro homem dentro de casa desde que terminei com o Átila. Não sentiram a mínima falta dele também. Cagaram e andaram, literalmente. Só eu que sou trouxa mesmo...

33

"Miguel, comporte-se!", ela ordena. Em vão: o cachorro continua pulando sem parar em mim. Bate com as duas patas da frente na minha camiseta, quica no chão e volta.

Abaixo e faço carinho no outro, o mais gordo, que já ficou um tempinho de barriga pro teto e agora abana o rabo como um limpador de para-brisa em modo tempestade, farejando fundo a barra da minha calça. Acho que sentiu o cheiro do vira-lata manquinho que vive me seguindo por aí. Ou já foi cão farejador da polícia e tá suspeitando de mim. Vai saber.

"Você sabe usar esse treco?", a Laila me pergunta, segurando o saca-rolhas de um jeito que demonstra total falta de intimidade com o objeto.

Digo que sei, que já usei outras vezes, mas faço merda: não penetro a rolha até o final e acabo arrancando apenas a metade superior. A outra se esfarelou, flutua na superfície do vinho.

"Ainda bem que você sabe usar, né?", ela debocha.

Peço um coador de café emprestado e resolvo o problema.

"Um brinde ao acaso, que nos apresentou!", proponho perseguindo as retinas da Laila com as minhas. Bato a taça na dela e esvazio tudo num só talagaço. Está quente. Amarra um pouco a boca, igual caju verde. Não tem gosto de girafa nem de goiaba. Mas, pra alguém acostumado a beber vodca de garrafa plástica no gargalo, está ótimo. Sem contar que as melhores bebidas não são as mais caras nem as mais premiadas: são aquelas que desfrutamos em boa companhia.

"Vou cortar os queijos", a Laila diz. "Fica aí."

Encho minha taça até a boca e, mais uma vez, mando tudo pra dentro. Repito o processo.

Ela tá de costas pra cá, debruçada sobre a bancada de mármore acinzentado da cozinha. O cabelão ruivo bate no meio das costas, as pernas parecem ter luz própria. Bah, eu não aguento...

"Posso te ajudar?", pergunto colando a boca na orelhinha dela, inclinando um pouco o rosto pra direita, quarenta e cinco graus, só o bastante pra dar à barbicha a chance de tocar a parte da nuca que não está protegida pelos cabelos, cujas chamas nunca apagam.

"Não precisa", ela diz.

"Tu tem certeza?", pergunto aproximando o corpo ao dela, a segurando pela cintura com as duas mãos.

"Assim eu vou acabar me cortando, isso sim!"

"Assim como? Não tô fazendo nada!", e a pego pelos cabelos, improvisando um rabo de cavalo apertado, que a deixa de nuca nua. Beijo o ossinho pontudo que sinaliza o fim da espinha. Depois, sem tirar os lábios dela, escalo alguns centímetros. Mordo.

"Juro que vou acabar arrancando um dedo se continuar!"

"Te concentra, guria. Tu consegue!", e continuo intercalando mordidas com beijos e deslizadas de beiço. Continuo me vingando da versão da Laila que me provocou no sonho do qual eu nunca deveria ter sido expulso, ao qual torço todas as noites pra voltar.

Ela pega minha mão que está na cintura dela, coloca na parte da frente da coxa esquerda, um pouco acima do joelho, logo depois do fim do vestido, e diz:

"Olha como eu já estou!"

Forço ainda mais meu corpo contra o dela. Também quero que ela sinta o efeito que causa em mim.

"Tu tá toda arrepiada, assim que eu gosto", afirmo quase dentro do ouvido e, em slow motion, arrasto as pontas dos dedos coxa áspera acima, sentindo o arrepio enquanto ela esfrega a bunda contra minha piça, cada vez mais forte.

Minha mão se esconde toda embaixo do vestido, e ela suspira, carta branca pra matá-la de tesão e, se possível, morrer junto – o que acho bem difícil, sério! Porque agora ela começou a rebolar de um jeito que está me deixando doido. Bah, onde é que escondia esse remelexo?

Com o indicador, faço movimentos circulares e suaves por cima da calcinha dela. Sem muita pressão. Controlo minha vontade de arrancar tudo num só puxão.

A mão que segurava a faca agora me agarra pelos cabelos da nuca, me puxando sem parar em direção à boca dela, que às vezes deixa escapar um "hum" dentro da minha. Engulo os uivos dela enquanto tateio a calcinha melada em todas as direções possíveis, atento às reações que causo. Coloco o dedo por dentro da calcinha, escondendo apenas a primeira falange entre a pele e o tecido fino, mas recuo rápido. Ela fica louca. "Coloca", murmura. Puxo a calcinha toda pro lado e apoio o dedo do meio sobre os lábios que queria tanto conhecer, tão macios quanto os de cima. Nada de pelos. Idealizações sempre são perigosas.

Ela segura forte em meu pau enquanto eu massageio a bocetinha, lubrificando meu dedo com o tesão que dela brotou. "Coloca", murmura de novo, com a voz falhando, depois de abrir o zíper da calça jeans, se esforçando pra desabotoá-la. Atendo ao pedido: a penetro devagar. O dedo todo. Entro e saio sem minha urgência de sempre. Algumas vezes. Os suspiros ficam mais altos, desafinam quando enterro meu dedo nela. "Você tem camisinha?", ela pergunta enquanto, de pernas flexionadas, bato com meu pau na boceta, de baixo pra cima. "Não", respondo esfregando a piça nela, que geme e rebola rápido, como se o atrito entre nossas carnes íntimas já não fosse mais suficiente. E não é! "Ai, caralho!", ela diz apontando meu pau pra entrada da fenda e dando ré em direção a ele. "Ai, caralho!", de novo, quando nota que a cabeçona desliza fácil corpo adentro. "Ai, caralho!", e a pego forte pela cintura e coloco tudo, até o fim. Ela me segura pela bunda enquanto a fodo. "Ai, assim... Continua!", ela pede. Gosta quando entro rápido e saio bem devagar, até a piça quase escapar. "Não para!" Meu pau pulsa, está prestes a explodir. "Ai, caralho!", e tem um tremelique gostoso de presenciar, cravando todas as unhas em minhas nádegas, quase me tirando sangue.

34

"Conta tudo, amiga... É grande ou não é?", a Claudinha já chega indagando assim que entra no café. Para variar, quase me mata de vergonha.

"Senta e sossega a periquita!", digo. Ela pede um refrigerante light e eu, um café bem curto. Começo a contar da hora em que fomos ao supermercado.

"Tá... Mas e o pau, é grosso pelo menos?", ela me interrompe. Não está nem aí para queijos e vinhos.

Então, para evitar crises de ansiedade, pulo direto à parte em que o Leco chegou por trás, enquanto eu fatiava os queijos que comemos bem depois que eu gozei, já no fim da noite, assistindo a um show do Queen que estava passando no Bis.

"Que delícia!", ela dispara depois de cada descrição que faço me esforçando para contar só os grandes fatos, evitando palavras muito obscenas. "Que delícia!", afirma com cara de ninfomaníaca, como se estivesse assistindo a um filme pornô estrelado por mim e, a qualquer momento, fosse sacar um pinto de borracha da bolsa e começar a se masturbar aqui mesmo, entre executivos trabalhando em notebooks e gente solitária de olhar vago, em outra galáxia. Ela quer saber detalhes até demais, do tipo: "Ele geme alto? Bateu na sua bunda? É da grossura desta lata?", insiste para que eu repita até as coisas que ele dizia enquanto me comia. Insiste tanto, de um jeito tão espalhafatoso, que me obriga a contar.

"Bah, então foi trigostoso, guria!", ela fala empregando o gauchês forçado de sempre, ignorando o fato de eu estar arrancando os cabelos por ter feito tudo sem camisinha.

"Você gozou, não gozou? Então já pode soltar fogos de artifício, tatuar o nome dele na costela, sair por aí dando cambalhotas de alegria! Porque o mercado não está fácil, amiga. Sério! A maioria dos caras agora gosta de piroca, e os poucos que ainda curtem pepeca, que não tenho ideia de onde estão, ficam mais preocupados com a própria performance do que com qualquer outra coisa. Metem sem parar, imitando britadeiras, achando que são os fodões.

"Eu sei, Claudinha... Eu sei... É que eu fico preocupada. Você sabe como eu sou."

"Mas ele gozou dentro?"

"Não, ele gozou no banheiro me vendo tomar banho."

"Como assim?!", ela grita empolgada e, com um tapa de dorso de mão, sem querer, arremessa a latinha de refrigerante longe, respingando na calça de um moço que, agora, faz cara feia para nós e ergue a mão para chamar o garçom. Ela pede desculpas ao moço e, para mim, ainda mais exaltada, repete a pergunta:

"Como assim?!"

"Depois que gozei, perguntei se ele podia terminar de cortar os queijos e fui para o banho. Fechei a porta, mas não tranquei. Ele entrou, sentou sobre a privada e começou a bater uma e a falar várias safadezas."

"Que delícia! O que ele falava?"

"Ah, amiga... Dá até vergonha de dizer..."

"Fala, vai!"

"Ah, ele começou a perguntar se eu não queria sentar no pau dele, a pedir para imaginar que me chupava de quatro até eu gozar de novo."

"Nem conta mais... Ou eu que vou gozar aqui! Aliás, só mais um pouquinho, vai..."

"Aí eu entrei na brincadeira, comecei a me tocar também, a me soltar um pouco mais, falar umas besteirinhas, provocar... Você sabe... Foi quase como um sexo virtual, mas estávamos separados por um vidro apenas. Entendeu?"

"Opa, se entendi! E aí?!"

"E aí que eu gozei de novo quando ele gozou mordendo a boca, segurando o pau com as duas mãos."

"Gozou bastante?"

"Amiga!"

"O que foi? É que eu não curto Zé Gotinha, sabe? Gosto daqueles caras que jorram mesmo. Erupção de porra! Adoro quando sai aquel–"

"AMIGA!"

Conto, também, que deixei o Leco fumar um baseado em casa e que a fumaceira deixou meus filhos bem lentinhos. Para ter uma noção, até o Miguel, que parece sempre ligado no duzentos e vinte, capotou no colo no Leco. Sono de sedação. Deixava mexer nas patinhas e tudo.

"Liberou geral, amiga! Quem te viu, quem te vê, não é mesmo? Só faltou fumar um também!"

"Aí já é demais, né? Fiquei só no goró. Ficamos, aliás... Porque o Leco, depois de fumar um negócio que parecia um charuto, começou a beber como se fosse água. Não fazia nem careta. Uma taça atrás da outra, até que o vinho acabou. Isso é o que mais me incomoda."

"Aí ele foi embora?", ela me pergunta, querendo mais putaria, nem aí para o que acabei de falar sobre a bebida.

"Que nada! Comprou umas latinhas de cerveja no boteco da rua do lado e pediu para eu colocar um álbum do Neil Young no Spotify. Um tal de *On the Beach*. Nunca tinha ouvido. Até que é bonito. Escuta quando puder... *On the Beach*."

"E depois?"

"Ué... Ficamos conversando sobre a vida e bebendo cerveja. Ele me falou um pouco da família dele, da mãe superprotetora que o sufoca desde moleque, do pai metido a machão que vive desmerecendo a profissão dele, dizendo que música não dá futuro, que não passa de brincadeira. Essas coisas, sabe?"

"Sei... E você, contou da sua família?"

"Ah, não muito... Só disse que não tenho mais mãe nem pai. Ele ficou mega sem graça por ter perguntado a respeito e mudamos de assunto. Pediu desculpas e tudo. Tive que jurar que estava tudo bem, que já estou mais do que acostumada com isso. E estou mesmo, você sabe... É o que tem para hoje, não é?"

"E quando vão sair de novo?"

"Não sei ainda, amiga. Hoje ele vai tocar numa casa de shows nova lá no Morumbi. Parece que vai se apresentar uma vez por mês lá, com chance de virar quinzenal se a galera animar. Até me chamou para eu ir, mas não vou, não. Nem a pau! Estou muito cansada. Vou até pedir mais um café. Um duplo."

"Para comemorar as duas gozadas que deu, né, safadinha? Assim que eu gosto!"

35

Peço um pino e o gurizão me manda dar uma volta na quadra. Não tem nem quinze anos e já tá armado. Coronha de madeira escapando da bermuda jeans caída, mostrando também a cueca. Se não gostasse de exibir o berro, decerto estaria de camiseta. A brisa é fria, remete à minha terra. Ele não deve ter nada de gordura no corpo, é só costela e uma tatuagem apagando no peito. Palhaço com charuto entre os dentes que cismaria qualquer brigadiano.

É a primeira vez que venho pegar umazinha por aqui. Hoje passei lá perto da Augusta, onde tenho me abastecido, e a tiazinha com pinta de professora de matemática aposentada que me vende não estava tricotando no banquinho. Ontem também não. Deve ter esquecido do suborno da semana, ou ido comprar uma geladeira nova. Daí sentei pra tomar uns tragos no boteco da frente, campeando um novo canal, e me disseram pra encostar aqui, no tal do Piolho, onde o *move* rola sem parar, vinte e quatro horas por dia, sete dias por semana.

Termino minha volta olímpica e entrego uma nota de dez pro guri. Ele a estica contra a luz do poste, de onde saem vários fios retorcidos, de todos os tamanhos; gatos que garantem o circo televisionado. Daí guarda a grana no bolso de trás e me dá o pino. "Vaza, boy!", ordena com a mão no cabo do revólver. Tem raiva de mim e eu o entendo. É uma versão armada da família de índios com quem cruzei na Serra do Mar. Filho revolto do despedaço, das chibatadas que começaram em 1500. Ou antes, ainda na África. Provavelmente não conhece o pai nem o afeto.

Vim de ônibus. "Busão", de acordo com o dialeto local. Demorou uma eternidade. Tempo suficiente pra cruzar Santa Maria de magrela umas dez vezes. Ouvi o cobrador falando que um motoboy caiu no caminho e que a perna dele foi parar quase no Tietê. Algumas janelas estavam emperradas e não parava de subir gente. Não descia ninguém, só embarcava. "Tá cheio, motorista", um senhor alertou, espremido contra a porta que já o quase tinha beliscado as costas. Mas o bigodudo continuou parando nos pontos e abrindo as portas. E ninguém descia.

Hoje eu ia sair de novo com a Laila, mas a guria desmarcou em cima da hora. Vi a mensagem assim que saí do banho. Sorte que eu ainda não tinha passado o perfumão afrodisíaco do Caramujo. Bah, que decepção! Tu não imagina a vontade que eu tava de sair com ela. Já tinha até batido a clássica punheta de precaução, pra evitar gozadas precoces. Ela pediu desculpa e disse que tava com uma enxaqueca muito forte. Um zumbidinho no ouvido também. Mas não sei, não... Vai ver que fiz alguma merda, que ela não gostou de trepar comigo, que tem outro na jogada. Sempre tem vários atrás de uma guria dessas. E se for isso, o que posso fazer?

Vou é curtir a noite. Chutar o pau da barraca. Comemorar o sucesso do show de ontem. Baita apresentação! Tu precisava ter visto o Caramujo. Não sei se por causa do coração partido ou do acidinho que tomamos antes, mas ele parecia possuído pelo Keith Moon. Estava até fazendo aquela careta de lunático. Só faltou babar. Não errou uma nota, conduziu a banda com maestria. Foi afudê. Depois ainda bebemos uns conhaques no bar de sempre, até sermos varridos pelos garçons, que só nos amam até a hora em que começamos a implorar por saideiras. Daí fomos prum posto de gasolina e lá ficamos compartilhando uma garrafa de uísque nacional, até que o sol nasceu pra iluminar nossas olheiras. Hoje tá todo mundo morto, nem sequer atenderam minhas ligações. E o Caramujo, bom... Ele tá na fossa comendo chocolate e vendo sem parar um filme no qual o Bon Jovi faz o papel dele mesmo. Tu deve saber qual é. Enfim. Só sei que saí sozinho e que a canseira vai acabar quando eu der um tirinho.

Hoje eu tô com dinheiro vivo na carteira, coisa rara; grana que deveria usar pra pagar parte da dívida do cartão que só cresce. Mas foda-se! Vou é chamar um táxi e dar uma banda por aí. Ficar de cara só porque a guria desmarcou? Capaz!

Levanto o braço e um táxi freia com tudo. Faz até barulho de pré-acidente.

"Qual o destino, amigo?", o motorista me pergunta. Desconfiado.

"Gostaria de ter um, mas não tenho. O que é que tu me indica?"

"Pô, meu camarada... Aí vai depender muito do que você gosta."

"Bah, gosto mesmo de boceta e de ficar doidão. Se possível com um rock setentista de fundo. Um Free ou Lynyrd Skynyrd", penso em responder, em ser exceção neste mundo de aparências e máscaras. Ainda não temos tanta intimidade, porém. E não sei se ele ainda tá com receio de ser assaltado por mim. Então, pra tranquilizá-lo, digo que gosto de rock e de jazz, que tô afim de ouvir música boa e tomar uns tragos.

"Tu tem alguma indicação?"

"Um segundo", ele me pede, pegando o celular que tá preso a uma garra no painel.

"Filho, estou com passageiro que gosta de rock. Acho que é do Sul. Ele quer alguma indicação para hoje."

"Fala do Morrison, pai. É lá na Vila Madalena, na Fidalga. Não tem erro", o guri diz.

"Meu filho disse que tem um —"

"Eu ouvi. Pode ser. Arranca pra lá", digo. Não vejo a hora de descobrir se a parada é boa. Já consigo até sentir a gengiva adormecendo. Bah!

Venta forte. As copas das poucas árvores que ainda não foram trocadas por arranha-céus balançam, determinadas a virar pauta pro *Cidade Alerta* de amanhã. "Vem vindo uma tempestade lá da sua área", o taxista informa. Uma guria tenta proteger os cabelos com uma pasta plástica enquanto algumas folhas desenham espirais no ar. Lembro de uma cena de um filme, uma vaca voando.

"Falta muito?", pergunto balançando as pernas. Um trago e um tiro, depois o mundo pode acabar.

"O GPS tá dizendo vinte minutos."

Vinte minutos que passo pensando na Laila. A princípio, idealizando as coisas boas que ainda quero fazer com ela, bebedeiras e viagens pro litoral, onde sempre me sinto em paz; mas depois, por causa de uma faísca qualquer, do repertório de pés na bunda e traições que carrego, acabo imaginando a guria com outro, zombando da desculpa nada criativa que inventou pra desmarcar comigo, se finando de rir porque me tem na mão. Ela sabe, claro que sabe. Tento mudar o disco, mas não consigo sair do *Blood on the Tracks*: em meio ao borrão que a cidade vira quando o auto acelera, enxergo outro homem com os cachorros no colo, relaxados como ficaram comigo; alguém menos impulsivo, que pensa mais no futuro e tem uns bons pila na poupança; que sabe escolher e abrir vinhos sem quebrar a rolha; o genro penteado que toda sogra almeja, um poliglota com direito a décimo terceiro e férias que, ao contrário de mim, não oferece tantos riscos de ferrar com tudo.

"É aqui", o taxista diz pra me salvar de mim, da tendência que tenho de achar que sou uma bomba-relógio. Coloca meio dedo no nariz enquanto meto o troco na carteira sem contar. Acho que já não tem mais medo de mim. Não tanto como eu às vezes fico.

Do lado de fora, chicoteando contra uma parede negra e prestes a ser levado pela ventania, um cartaz anuncia a banda de hoje: Appetite for Destruction. No centro dele, a foto sem definição de um guri de cartola segurando um rascunho de Les Paul não me deixa dúvidas: farão covers do Guns.

Digo meu nome, pego uma comanda e vou direto pro banheiro. Sobre a tampa da privada, estico uma taturana e aspiro tudo, barulhento, nem aí pro piá que estava mijando quando entrei. Bate na hora. Tudo adormece, como manda o figurino. Bah, agora, sim!

Colo no bar e peço uma Camptônica, que vem acompanhada de muita nostalgia, de frames dos tempos em que eu apenas sonhava com a cidade grande. Jurava que sairia de Santa, que logo viraria cidadão do mundo, mas ninguém acreditava. "Tu vai ficar aqui pra sempre, Lecão. Não te engana!", era o que me falavam. Mas nunca conseguiram me convencer. Tanto que tô aqui, não é mesmo? Eu e a bebida que a gente tomava em copos plásticos no estacionamento do supermercado. Eu e uma baita vontade de subir no palco e fazer um som.

"Leco?!"

"Cris... Bah... O que que tu tá fazendo por aqui?", pergunto. Deixou o cabelo mais comprido e mais loiro. E tá menos bronzeada.

"O mesmo que tu", ela responde, como se ainda soubesse algo a meu respeito. Como se nunca tivesse me abandonado.

"Bebendo e tentando enlouquecer então?"

"Tentando a vida por aqui. Não é isso que tu está fazendo? Tua mãe me contou. Encontrei com ela no Brasato dois dias depois que tu veio pra cá. Falei que também estava de mudança."

"Cansou do engenheiro?"

"Ele que cansou de mim... Cheguei em casa e ele não estava mais lá. Simples assim. Doído. Tinha esvaziado as gavetas. Não deixou nem bilhete. Só me atendeu uma semana depois e, até hoje, não me explicou direito o que pegou. Faz cinco meses."

"E tu tá sozinha por aqui?"

"Tô com umas amigas que fiz na empresa onde trabalho", ela diz apontando pra um grupo de gurias que levantam o copo quando percebem o gesto. "Tu ainda fuma?"

Digo que sim e vamos ao fumódromo.

"Tu tem fogo?", ela me pergunta com o cigarro entre os dentes tortinhos, de olhos verdes travados nos meus.

Acendo nossos cigarros. O rosto dela fica bonito iluminado pelo fogo. Continua.

"E a seda, tu já fumou?", ela me pergunta.

"Não sei por que tu colocou aquela merda na minha carteira. Tu já não tinha me largado? Tu já não tava trepando com outro?"

"Fumou ou não fumou? O anel eu vi que tu ainda usa."

Com um peteleco, arremesso o cigarro quase inteiro em direção à rua. Pega na lateral de um carro, quase no braço do motorista, que dispara a me xingar. Peço desculpa, mas ele continua. "Vai te cagar! Tu quer que eu volte no tempo, é?!", digo. Mato meu copo, vou direto pro banheiro e, logo na sequência, pro bar. Peço conhaque e, quando me viro, topo de novo com o fantasma que o acaso resolveu ressuscitar.

"Tu tá fugindo de mim, é?"

"Tu já fugiu uma vez, não fugiu?"

"Não foi bem assim. Tu sabe que –"
"Foi, sim!"
"Vamos esquecer um pouco o passado? Te acalma um pouco... Pode ser?"

Respondo virando o copo e pedindo mais um.
"Tu tá furado, Leco?"
"Tô igual... Continuo afundando quem tá comigo."
"Eu mudei o cabelo, tu reparou?"
"Tá escuro aqui, não deu pra ver."
"Duvido!"
"Não vi."
"Tu foi meu namorado mais detalhista, sabia?"
"Fui!", digo. Seco mais um copo e arranco em direção ao banheiro. Jogo boa parte do conteúdo do pino na tampa da privada, bato bem com o cartão de crédito que ainda vai me naufragar e estico a mãe das carreiras da noite. Tão comprida que sou obrigado a mandar metade em cada narina. O coração pula pra boca. Confiro os buracos do nariz e saio cantando "Supersonic".

"Tu tá cheirando, não tá?", ela me pergunta. Estava plantada na porta do banheiro de braços cruzados. Déjà-vu.
"E que diferença faz pra ti?"
"Eu me importo, Leco."
"Percebi..."
"Bah, é verdade. Tu foi meu –"
"Vou pegar mais um conhaque. Se tu quiser ir comigo, tudo bem... Mas não fica pesando, tá?"

Ela vem na cola. Dou um golão pra tirar o amargo da boca e, com sorte, amenizar o aperto no peito que tô sentindo. Não funciona. Mato o copo e peço mais um.

"Tu precisa pegar mais leve!", ela grita tentando vencer os agudos do Axl cover, que canta "Rocket Queen" como se estivesse com um dedo cravado no rabo. Ele usa um shorts branco igual ao da Carla Perez dos anos noventa, pra quem eu dedicava muitas "homenagens".

"Pegar leve? Pra quê?!"

"Pra tu não se destruir, porra!"

"Tu leu o nome da banda que tá tocando?"

"O que tem?"

"É isso que tenho."

"Por que tu não larga esse copo e fuma unzinho comigo pra relaxar? Tô com uma ervinha que veio lá do Uruguai. Prensadinha, mas boa."

"Aqui não rola de fumar."

"A gente fuma em casa. Fica a dois quarteirões daqui. Depois eu te levo se tu quiser. Tu tá morando onde?"

"Perto da Augusta."

"Eu te levo."

"Tem algum troço pra beber na tua casa?"

"Cerveja. Pode ser?"

Cris se despede das amigas, que parecem não entender a partida repentina, pagamos nossas contas e corremos até o apartamento dela por causa dos pingões pesados que já estão caindo.

A sala tem cheiro de incenso. Cravo. O mesmo que eu sentia nos cabelos dela quando já a encontrava dormindo no sofá, depois de tocar. Ela sempre gostou dessas merdas esotéricas. Acreditava em tudo quanto é filosofia besta oriental. Reiki e o cacete. Vivia me pedindo pra mudar a cama de posição, afastar a cabeceira da janela, e outras coisas que não fazem o mínimo sentido pra mim. Tipo religião.

Enquanto ela dichava o beck com a ajuda de uma tesourinha de unha, eu mamo uma long neck e fuço a coleção de vinis dela. A maioria dos discos foi presente meu. A vitrola também. Achei na Barão do Triunfo, numa caçamba cheia de entulhos, e mandei arrumar. Oitenta pila e estava novinha. Soando mil vezes melhor do que essas vitrolas de hoje com entrada USB.

"Posso escolher o som?", ela me pergunta depois de lacrar o baseado com uma lambida que me teletransporta aos boquetes bem babados que fazia logo cedo, pra evitar que meu azedume matinal estragasse o café da manhã.

"A casa é sua", digo.

"Fecha os olhos", ela me pede. Tenho medo do que pode fazer. Temo mais ainda minha reação. Sei do que somos capazes quando queremos algo, conheço bem a colisão de intensidades que já quase nos estilhaçou.

Mesmo assim, atendo ao pedido e me enfio em meu breu particular, ansioso por algo melhor do que a ruidosa chuvarada despencando lá fora. Com certa agonia, também; tomado pela sensação de que a Cris usou esse lance do disco como desculpa pra me engolir como já fez tantas vezes.

Alguns acordes de *Astral Weeks*, do Van Morrison. Ela me pede pra não olhar nem me mover, "não vale roubar", e eu a obedeço, mesmo querendo sair correndo. Deve ter feito algum feitiço.

"Tu te lembra da gente ouvindo esse disco lá em Torres, na casa do pai?", que me arremessa ao melhor verão que tivemos, à época em que nada, nem mesmo os ponteiros, pareciam afiados o bastante pra romper o laço que tínhamos. Eu ainda não sabia que a felicidade não passa de um estado, uma estação sempre à beira de ser dessintonizada. Compartilhávamos a cuia e muitos becks com o Van Morrison rodopiando sem parar ao pé da cama. Como me esquecer da parte linda do que virou guampa e descrença? Quanto tempo pode uma memória permanecer assim, tão vívida? É tão anteontem que ainda arde. A pele das minhas costas já descascou várias vezes depois, mas aquele janeiro ficou; não caiu pelo caminho com minhas besteiras de fumar nem queimou na fogueira que fiz pra dar cabo das cartas piegas que recebi e cheguei, até, a pensar em musicar. Por que caralho ainda estou assim, de olhos fechados, perdido em antigos sóis preguiçosos quando, na verdade, só há tempestade ao meu redor?

36

Dez em ponto. Estacionei na clínica faz menos de quinze minutos. Vim a vinte por hora. A cabeça ainda dói e o equilíbrio não voltou por completo, é como se eu estivesse um pouco bêbada. Estava empolgada para reencontrar com o Leco, tinha até comprado uma blusinha nova, mas, depois de passar muito mal, a ponto de achar que fosse morrer, acabei no pronto-socorro. Eu e a Claudinha, minha fiel escudeira em bares e hospitais. Tomei soro, uns comprimidos e até agora não sei se é enxaqueca, labirintite ou um combo. Do zumbidinho ninguém falou nada. O médico nem olhou direito para a minha cara. Fiquei com a sensação de que apenas seguiu um protocolo genérico, parecia apressado como os últimos dez com quem me consultei.

Logo depois do "bom dia", ainda sonolenta, a recepcionista informou:

"Um cabeludinho passou por aqui logo cedo."

Quando foi tirar a corrente do estacionamento, encontrou com o Leco encharcado, fumando de canto. Ele e um vira-lata que, segundo ela, estava mais apresentável do que o dono. Chegou até a pensar que se tratava de algum dos moradores de rua que dormem nas vagas da clínica de vez em quando. Só depois, quando o Leco se identificou e mencionou meu nome, que se recordou dele. Já o tinha visto no episódio do sequestro relâmpago. Ela perguntou se podia ajudá-lo e ele respondeu que precisava falar comigo. Só comigo. Esperou até quase a hora em que cheguei, fumando um cigarro atrás do outro, aí foi embora com o cachorro. Liguei para ele e caiu direto na caixa postal.

Por causa do furo em cima da hora e do jeito seco que respondeu minha mensagem – só mandou "melhoras" –, imaginei que estivesse bravo comigo, mas, pelo visto, está tudo bem. Ou não teria aparecido aqui, não acha? Mesmo assim, se mais tarde eu estiver me sentindo um pouco melhor, vou passar no shopping e comprar um presentinho para ele. Uma lembrancinha. Pensei em um CD, já que ele faz coleção. Será que encontro algum que ele ainda não tem? Ele me contou que possui mais de seiscentos.

"Tá ficando com o cabeludinho, é?", a Tati me pergunta.

Ela já trabalhava na recepção quando comecei aqui, derrubava café na roupa quase todo dia. No começo, me olhava com desconfiança, hoje vive desabafando os podres do casamento para mim. Às vezes chega acabada, com cara de quem lutou vários rounds de MMA. Mas é só decepção mesmo. Casou com um escroto, não existe outro adjetivo: o cara vive de mensagenzinha com um monte de piriguete e já a traiu duas vezes. Duas que ela descobriu, né? Mas não adianta, mesmo depois de já ter ouvido de mim e de todas as amigas que o melhor a fazer é pedir o divórcio, ela continua com ele. Só escuta a mãe, que acha melhor deixar as coisas como estão, aturar as canalhices em nome do matrimônio e dos filhos. Diz que já o perdoou, que ele não é mais o mesmo, que o problema era a bebida. "Agora ele não cachaça mais, doutora", ela me diz. "Tem ido à igreja, às reuniões da escola do Moisés... Precisa ver como mudou!" Mas não acredito. Nem nele nem no Átila. Em ninguém que tem pinto. Minha nonna estava certa.

"Ele disse algo?", pergunto.

"Disse, mas pediu pra não contar", e finge fechar a boca com um zíper imaginário.

"Já sei... Você quer emendar o feriado, é isso?"

"Posso mesmo, doutora? Eu vou contar de qualquer forma, você me liberando ou não."

"Pode, sua pidona. Agora conta, antes que chegue alguém e eu caia dura de curiosidade!"

"Ele perguntou do seu ex-namorado."

"Quê?"

"Perguntou do Ávila."

"Átila... Mas perguntou o quê?"

"Ah, perguntou como ele era fisicamente, o que fazia, como se vestia... Fez um verdadeiro interrogatório."

"E você respondeu o quê?"

"Ah, doutora... Falei a verdade."

"Que verdade?"

"Que ele era bem coxinha e não dava muita trela pra gente, não... Contei que às vezes ele chegava aqui e não falava nem 'oi'. Já entrava perguntando de você, com aquele nariz batatudo pro alto, como se fosse dono da clínica."

"Que mais?"

"Falei que não era muito bonito também. Mas aí é questão de gosto, né, doutora? Pra mim, era muito almofadinha."

"Mais alguma coisa, Tati?"

"Que eu me lembre, só foi isso."

"Então está –"

"Ah, ele me perguntou se você falou alguma coisa dele."

"E você?"

"Disse que não. Você sempre foi muito discreta, doutora."

"Já você... Fala que é uma beleza! Mais que o homem da cobra."

"Falo mesmo! E quer saber? Tô achando você até mais bonita esses dias. Mais iluminada. Minha mãe diz que a gente fica assim quando se apaixona. Só hoje que você tá meio estropeadinha, parece que foi atropelada pelo caminhão do gás. Mas tá mais bonita, sim!"

"O que você está querendo agora, Tati? Quer aumento, é?"

"Até que não seria uma má ideia, doutora. Se puder conversar com o seu Euclides... Já viu quanto tá custando o feijão? Não sei se é coisa da adolescência, mas o Moisés tá comendo igual um boi. Bate cada pratada."

Digo que também estou assustada com o preço das coisas e saio de fininho, deixo a Tati falando sozinha, metendo o pau no preço da gasolina e nos políticos que não fazem nada. Nunca vi matraquear tanto. Tem vez que engata uns papos de uma hora com os clientes. Não sei de onde tira tanto assunto, sério.

Bom... Vou tomar mais um remédio e vou atender. Hoje o dia será longo e ainda quero achar um CD que o Leco ainda não tenha. Alguma sugestão?

37

O celular vibra pra avisar que chegou uma mensagem da Laila:

"Você está em casa?"

"Tô dando uma volta com o Hendrix", respondo de olho no manquinho pra não perdê-lo de vista. Ele caminha alguns passos na frente, mas, quando paro pra digitar, parece sentir, e volta algumas casas no tabuleiro da vida real. Para e me encara como se soubesse que o adotei, que agora estamos juntos nesta porra. Só retoma o passo quando volto a andar. Até pensei em comprar uma coleira, mas logo me dei conta de que não faz sentido: ele já conhece a liberdade.

"Quem é Hendrix?"

"Um cachorro que me adotou. Tu pode dar uma examinada nele? Passei no teu trabalho de manhã e tu não tava."

"Você está onde, exatamente? Porque eu estou no shopping Frei Caneca, a no máximo dez minutos da sua rua."

"Vou te esperar em frente ao Bar do Zé Mario então... Tu sabe onde é?"

"Coloco no GPS. Se não achar, eu mando mensagem. Beijo para vocês."

Já que eu tô por aqui...

"Um Campari com gelo e laranja, por favor", peço a um gordo suado com um pano de prato de cerejinhas pendurado no ombro. Paro ao lado de um velho que lembra um pouco meu pai por causa dos vasinhos estourados no nariz e da pele do pescoço surrada pelo sol. Ele vira um copinho americano até a boca de pinga e grita: "Mais uma, Zé". Repete o rito duas vezes enquanto um guri gordinho, que só pode ser filho do Zé, corta minha laranja com uma faca comprida de cabo branco, sem o mínimo amor pelos dedos.

"Agora coloca gelo no copo e põe Campari. Aquele vermelho. Vai logo, moleque! O moço não tem o dia todo."

"Isso é o quê?", pergunto pro Zé.

"Croquete."

"Quero os dois. Pra viagem, por favor."

O Hendrix só entra no bar quando me vê com o saquinho engordurado na mão. Um homem com botas sujas de tinta dá um tabefe de jornal enrolado nas costas dele pra tentar espantá-lo e eu aviso que ele tá comigo. Ainda não me acostumei a chamá-lo de "meu". Talvez nunca me acostume.

"Vamos comer aqui fora, Hendrix. Lá não é lugar pra nós... E, se tu encostar nele de novo, tá fodido!", alerto já da calçada.

O gurizão levanta na hora, com uma garrafa de cerveja na mão. Caminho pra trás, em direção à rua, pensando na merda que fiz enquanto ele vem ao meu encontro. Já tem plateia. O cusco late, ameaça atacar, decerto já viu cenas assim.

Minha bunda bate em algo duro. Viro e... É o carro da Laila. Bah, nossa arca de Noé! Abro a porta traseira sem tirar o foco do pintor assassino, que continua vindo, e me jogo pra trás à la mergulhador, derrubando mais da metade do Campari sobre o peito. "Hendrix!", grito. Mas ele não vem. Ainda não deve ter se acostumado a ter nome. Continua mostrando os caninos pro gurizão que agora tá a menos de dois metros de nós, ainda empunhando a garrafa de modo ameaçador. Jason da vida real. Pulo do carro, agarro o valentão derrubando o resto do líquido vermelho sobre nós dois e volto mandando um moonwalk que deixaria o Michael Jackson envaidecido. Laila arranca e, pelo vidro de trás, vejo o monstro encolhendo, mostrando o dedo do meio. A fera e os espectadores que devem estar de cara porque a briga não terminou em derramamento de sangue.

"Eu vou lavar teu carro, Laila. Prometo! Bah... Mal aí pela confusão."

"Relaxa... Vocês estão bem?"

"Estamos. Não é, Hendrix?"

Ele lambe minha mão que segurava o saquinho de papel onde

estavam os croquetes, que se perderam em algum momento da confusão. Exala um cheiro azedo de final de festa boa.

Laila estica o braço direito pra trás, faz cafuné no Hendrix e, com uma voz infantil, diz:

"Meu Deus, como eu sou um meninão corajoso!"

O bichinho fica eufórico, acho que nunca recebeu tanto carinho. Fica tão empolgado que arma um caralho rosa e fino, o dublê perfeito pra uma lesma alienígena.

"Guarda esse troço, Hendrix!", ordeno. Mas ele não me obedece. Óbvio que não. Permanece com a salsichinha e a linguona pra fora.

"Eu já estou acostumada, não se preocupa", a Laila afirma, achando graça do meu desconforto.

Não sei pra onde estamos indo e pouco me importa. Neste carro, que cheira a Campari e cachorro molhado, eu sou atingido por uma onda de pertencimento que havia tempos não me batia. Permaneceria aqui por muitos quilômetros mais.

"Vamos viajar?", pergunto.

"Quando?"

"Agora!"

"Você pirou?"

"Eu dirijo. Qual é a praia mais próxima daqui? Aposto que o Hendrix nunca viu o mar. Não é, Hendrix?"

"Não posso, Leco. Amanhã acordo cedíssimo. Hoje cheguei atrasada e..."

"A gente vai, molha o pé e volta. Quanto tempo até a praia mais perto?"

"Deve dar uma hora e pouquinho até Santos. Mas hoje não –"

"Vamos então!", eu a corto. "Eu dirijo e tu fica aqui com o Hendrix."

"Amanhã tenho que trabalhar... E você bebeu, Leco."

"É verdade... Então tu dirige mesmo."

"Acho que hoje não é –"

"Qual foi a última vez que tu fez algo diferente? Quando foi que tu terminou o dia num lugar totalmente inesperado?"

Ela faz silêncio.

"E aí?"

Ela digita algo no celular, que, segundos depois, começa a ditar o caminho.

"Nem acredito que estou fazendo isso!", ela diz.

"Tu vai pra praia, Hendrix!"

"Não acredito", ela repete. Tira um saquinho amarelo do porta-luvas e me dá. "Espero que você ainda não tenha. O moço da loja falou que saiu faz pouco tempo."

Rasgo o papel de presente colorido sob a supervisão atenta do Hendrix, já com a pistolinha guardada e mais relaxado, repousando a cabeça sobre minha coxa. Deve ser do tipo que sente sono quando anda de auto. Eu era assim quando piá: bastava uma voltinha na quadra pra me apagar.

"Você já tem?", ela pergunta, buscando contato visual com auxílio do espelhinho.

"Bah, não! E tenho certeza que vou curtir. Amo The Who, ou seja, sei que o Roger Daltrey não vai me decepcionar."

"Foi isso que o rapaz da loja disse... Contei que você gosta de rock clássico, que toca guitarra e tal, aí ele foi direto nesse."

"Mandou bem! Tão bem que já quero escutar. Tu pode colocar aí?"

Ela mete o Daltrey na fenda do rádio e me pede pra contar do Hendrix.

"Foi por causa dele que quebraram minha costela. Lembra do lance do amendoim?"

"Nele que estavam jogando?"

"Sim... Uns dias depois eu o encontrei perto de casa, de madrugada. Ele me acompanhou um tempão, até a porta do prédio. Queria entrar junto e tudo. Fui dormir arrependido por tê-lo deixado do lado de fora. Bah, tu precisava ter visto a cara de decepção que ele fez quando fechei o portão."

"Coitadinho!"

"É... Daí ontem eu fui num bar e, quando voltei, ele tava na porta do meu prédio. Como se nunca tivesse deixado de me esperar. Tava com a mesma cara. Quer dizer... com o mesmo focinho.

Saca? Deve ter tomado toda aquela chuvarada na cabeça. Ficou tão feliz quando me viu, me lambeu tanto os braços que... Ah, não consegui fechar o portão de novo com ele pra fora. Tinha muitas razões pra deixá-lo lá. Tu sabe que nem de mim eu sei cuidar direito. Mas não consegui. Comprei um pouco de água pra ele na conveniência do posto da esquina e caminhamos até a clínica. Ele parece entender tudo que eu falo."

"O resto eu já sei, a recepcionista me contou."

"É... Daí tu não chegava nunca e eu desisti. Ele estava muito molhado, tremendo, e eu também não tava muito legal."

"O que você tinha?", ela me pergunta. Se importa de verdade, consigo sentir.

Penso em dizer a real: tô me sentindo culpado por ter dormido na casa da minha ex. Mas ela não vai me perdoar. Talvez pare o carro e me mande descer aqui mesmo, sei lá onde. Quem é que perdoaria? E nunca vai acreditar se eu disser que não tenho ideia se trepamos até perder as forças ou só ficamos no beck e na filosofia barata que sempre rolava em nossas madrugadas esfumaçadas. Não sei mesmo. Nem os flashes que às vezes me dão pistas deram o ar da graça dessa vez. Demorei mais de cinco minutos pra entender onde estava quando acordei. Ela já tinha saído e nada naquele quarto me era familiar. Só fui me lembrar de que estava no apê dela quando vi o encarte do disco do Van Morrison jogado no sofá. Tento rebobinar meu filme mental, faço um esforço que me deixa até com a cabeça latejando, mas minha memória só vai até o momento em que eu tentava convencer a Cris a me deixar sair pra comprar mais cerveja e ela afirmava, já sem paciência, que eu já tinha bebido o suficiente; uma reprise do tempo em que estávamos juntos. Então, como quero que tudo permaneça bem entre nós, apenas respondo que estava com ressaca. E não é mentira: estava – e ainda estou – com uma baita ressaca moral e um pouco, claro, da tradicional bad que chega horas depois das narigadas.

"E o Caramujo?", ela me pergunta.

"Que que tem ele?"

"Falou o que do cachorro?"

"Ainda não sabe."

"Não conversou com ele?!"

"Hoje ele passou o dia todo com o namorado. Ou ex, sei lá... Mas acho que voltaram."

"Que bom... Pessoas apaixonadas são mais fáceis de persuadir. Assim o Hendrix tem mais chance de –"

"Por isso que tu aceitou ir à praia?"

"Que bonitinho, ele dormiu. Significa que está se sentindo seguro com você", ela afirma. Ignora minha pergunta. Já estamos na estrada. Eu, ela, o Hendrix e o Daltrey. Eu também me sinto mais seguro aqui. Protegido de tudo, principalmente de mim, meu maior risco. Tô com saudade de deixar o mar lamber minhas canelas, de sentir a brisa úmida à qual eu às vezes recorria quando minha vida parecia prestes a não dar mais pé. Pegava um ônibus até Porto Alegre e depois até Torres. Quase a madrugada toda viajando. Foi numa dessas, esperando na rodoviária da capital, que conheci minha ex. Ela tinha uma casona em Torres, estava indo pra lá por causa do festival de balonismo que rola todo ano. Eu tava fugindo de Santa Maria, tinha brigado feio com meu velho, não aguentava mais ele me chamando de vagabundo, inconformado porque eu não queria ser um gaudério chucro como ele. "Tu também vai ao festival?", ela me perguntou depois que ofereci um salgadinho sabor chulé. Eu não tinha ideia do que ela tava falando, sempre fui um pouco alienado de certas coisas. Então, minutos depois, já sentados lado a lado no ônibus graças à gentileza de um senhor que topou trocar de lugar comigo, ela me explicou do que se tratava o festival e disse que eu precisava voar de balão, que mudaria minha vida pra sempre. Voamos no mesmo dia. Começamos a namorar no mesmo mês. Mudou minha vida pra sempre, de fato.

38

"Santos?!", a Claudinha me pergunta ofegante, meio de lado, fazendo certo esforço para manter o passo equilibrado na esteira que não deve estar a mais de seis quilômetros por hora.
"É!"
"Você, o gauchinho e um vira-lata?"
"Exatamente, amiga!"
"Nossa, hein... Isso que é amor de pica!"
"Pior que não sei se é só isso, sabe? Não sei mais mesmo... Não sei mais nada! Ontem a gente até deu umas brincadinhas no carro que me deixaram bem animadinha, com o cachorro latindo sem parar e tudo mais, mas é bom estar com ele de roupa também. Eu me sinto bem. Apesar das maluquices que o Leco vive fazendo, de toda a imprevisibilidade, dos cigarros que ele fuma sem parar e das brigas em que se mete, eu me sinto feliz quando ele está por perto. Fico à vontade."
"Vai me chamar para ser sua madrinha de novo?"
"Você pirou, amiga?!"
"Se você visse a cara que fez agora... Mas e aí, me conta mais de Santos... Caiu de boca?"
"Amiga!"
"Sim ou não?"
Confirmo com a cabeça.
"Ai que delícia!", ela diz. Dá um tapão no botão de emergência que desliga a esteira.
"O que você está fazendo, sua doida?"
"Quero saber os detalhes, ué", ela fala subindo à parte lateral da minha esteira.
"Ah... A gente foi até a praia, molhou os pés no mar, deixou

o cachorro dar umas corridas na areia. Você não imagina como o bichinho ficou feliz. Ele parecia –"

"Depois você me fala do cachorro, amiga... Eu já passo o dia todo vendo bicho. Agora eu quero saber das coisas gostosas que só tenho visto em filme pornô."

"Tá bom, sua tarada."

"Então conta, cacete!"

"Depois da praia, a gente parou num quiosque. Eu tomei uma água de coco e ele uns drinques doidos com gosto de remédio para abrir o apetite. Ficamos conversando um tempão. Aí entramos no carro, demos uns amassos mais fortes e, quando vi, estava pegando na piroca dele."

"Quando viu? Sei..."

"É... Aí, já que estava lá, eu caprichei, né?

"E o que ele falava?!"

"Ah... As coisas normais."

"Nem vem com essa... Ele falou 'chupa meu pinto', por exemplo? Porque eu já ouvi isso de um cara desta academia. E tem coisas piores... Lembra do Beto, aquele meu primo monocelha? Ele estava transando com uma mina que tinha um golfinho tatuado na bunda, aí ela ficava dizendo 'vai, come esse golfinho!'. Ele até brochou!"

Sou obrigada a apertar o botão de emergência também. "Come esse golfinho!" foi demais para mim, deu até ataque de riso. Daqueles que eu tinha quando ia dormir na casa das amigas do colégio. "Isso é zoofilia, não é?", a Claudinha me pergunta. Fico quase sem ar. Sinto todos os músculos do abdome contraindo mais do que em aula de abdominal. Todos me olham com cara de "que porra essa mina tomou?", mas eu não consigo parar.

"O que ele falava, amiga?", a Claudinha insiste depois de me ver recomposta.

"Ah, enquanto eu chupava ele me segurava pelo cabelo e ficava me dizendo o que faria comigo. Essas coisas, sabe?"

"Não, não sei... Conta, caralho! Ou não vou ser sua madrinha."

"Falava que ia me comer bem gostoso, até eu gozar no pau dele."

"Bah, vou te comer bem gostoso, guria. Até tu dar um trigozada no meu cacetinho! Assim?", a Claudinha solta. Não há imitação mais caricata.

"Besta!"

"Mas e aí, ele comeu gostoso mesmo?"

"Pior que comeu. Não liguei nem para o cachorro, que viu tudo."

"Pior? Eu aqui gastando o vibrador e você desdenhando esses orgasmos abençoados que tem tido. Deus castiga, viu?"

"Não estou desdenhando, não... É que eu não estava preparada para nada sério agora. Nem com ele nem com ninguém. Acho que ainda não estou cicatrizada do Átila, sabe? E tudo está indo muito rápido. Você me entende?"

"Entendo... Mas a vida é assim, amiga. O trem às vezes passa antes da hora, quando ainda nem terminamos de desfazer as malas da última viagem."

"Nossa, que bonita essa analogia. Você que inventou?"

"Claro que não. Eu li num blog essa semana. Pensei em você na hora. Até salvei o texto para te mandar."

"Mas, falando sério agora, o que você faria no meu lugar?"

"O mesmo que você está fazendo, Laila. Você sabe que eu sempre prefiro pecar pelo excesso, que odeio ficar sem saber o que teria acontecido se eu não tivesse tentado."

"Mas... e se ele não for o homem certo? E se eu quebrar a cara de novo?"

"E se, e se, e se... E se você apenas deixar rolar e parar de tentar controlar tudo? Porque não dá, amiga. Nem tudo está em nossas mãos. A gente até gostaria que estivesse, mas não está. Precisamos aceitar. Minha vida melhorou muito desde que comecei a aceitar a parte incontrolável da vida."

"Caramba, amiga. Eu precisava dessas palavras. Você não tem ideia de como elas me fizeram bem. Deixar rolar, é isso..."

"Relaxa e goza, amiga. O negócio é foder bastante enquanto a vida não te fode de vez."

"Leu essa em um blog também?"

"Sei lá... Só sei que faz sentido. E se der errado, amiga... Como sempre pode dar... Saiba que poderá contar comigo. Sempre."

"Eu sei. Você também, viu?"
"Posso mesmo?"
"Claro!"
"Posso pedir o que eu quiser?"
"Sempre."
"Então me conta mais... O que mais ele disse?"
"O Leco?"
"É, quando vocês estavam no bem-bom... Adoro saber!"
"Tu quer que eu coloque tudo, não quer? Então fala que tu gosta assim, fala! Pede mais, pede!"
"Ai que delícia!"
"Satisfeita, taradinha da Estrela?"
"Pelo contrário... Estou é com vontade! Aquela que chega até a dar uma dorzinha, sabe? Aliás, falando em dorzinha, já pensou em dar –"
"Claudinha!"
"Se for com jeitinho, é uma delícia, eu já te falei... Quando vão sair de novo?"
"Ele me convidou para viajar no feriado. Floripa. Falou que quer ficar mais tempo comigo, sem essa coisa de hora para voltar. Mas não sei, juro. Eu só viajei com o Átila depois de seis meses, quando já conhecia a família e tudo. Não sei se é –"
"Esquece um pouco o babaca, amiga. Para de comparar. O que VOCÊ quer?
"Ah... Eu quero ir. Faz um tempão que não viajo. E não conheço Floripa."
"Então, pronto! Já manda uma mensagem dizendo que você vai."
"Será?"
"Claro!"
"Mas você –"
"E deixa essa cor de palmito por lá. Ouviu? Só cuidado na hora de transar no mar... Rala tudo a periquita."

39

Pra minha surpresa, o Caramujo adorou o Hendrix. Foi amor à primeira lambida. Falou que tava até pensando em adotar um vira-latinha, que andava arrependido por não ter levado um pretinho magrelo que viu numa feira de adoção. "Eu o teria batizado de Feijoada em homenagem à Leda, a avó que me criou. Ela fazia a melhor feijuca do planeta, Lecão. Tinha até orelha no meio. Queria muito que cê tivesse experimentado", ele me disse já fazendo carinho no Hendrix com os dedos longos, de um jeito veloz que instigava o bicho a rolar sobre o tapete.

Até suspeitei que o Caramujo fosse deixar o cachorro morar com a gente, mas me enganei ao achar que ele não aceitaria responsabilidade alguma. Cheguei até a imaginá-lo me dizendo algo como: "Tudo bem, o cachorro pode morar aqui. Mas eu não vou ajudar em nada, combinado? Você que vai limpar, levar para passear, bancar... Tudo!". Mas bah, foi muito melhor do que o esperado: além de acolher o Hendrix de braços literalmente abertos, o Caramujo aceitou ser "pai" dele também. "Assim eu já vou treinando pro filho que eu pretendo adotar com o Jonas. A gente voltou ontem, e acho que agora é pra valer, vamos casar ano que vem e tudo", ele afirmou todo animado enquanto o Hendrix explorava – e mijava – pelo apartamento. Fiquei felizão também. Não existe pessoa mais acolhedora do que o Caramujo. Ele me adotou, fez o mesmo com o Hendrix, e tenho certeza absoluta de que será um pai afudê quando adotar uma criança. Bah, já até consigo imaginá-lo com uma Caramujinha ou Caramujinho no colo, tocando cantigas de ninar na batera, se é que isso é possível. O Caramujo foi tão legal que até topou ficar com o Hendrix no feriado pra eu não ter que levá-lo pra Florianópolis. Falou que não preciso me preocupar com nada, que levarão – o Jonas passará esses dias aqui – o bichão pra dar umas bandas, darão a ração de lula que eu comprei e passarão nas feridas das costas a pomada fedorenta que a Laila indicou. Se eu fosse religioso, diria que ele é um anjo enviado por Deus pra cuidar de mim. Mas tudo isso é besteira, sei que o Caramujo não passa de uma prova de que o acaso, além de ferrar com as coisas, também sabe fazer uma mão.

"Você não se esqueceu nada, Lecão?", ele me pergunta.

Digo que não.

"Tem certeza?", e aponta pro perfume que deixei na pia do banheiro depois de algumas borrifadas em direção ao pescoço.

"O perfume é teu, magrão."

"Eu uso o do Jonas."

"Não precisa."

"A mina gosta, não gosta? Então cê tem que levar, mano!", ele afirma já colocando o frasco em formato de diamante dentro da mochila que, além de algumas bermudas, camisetas e um pouco de haxixe, também contém alguns CDs que escolhi pra ouvirmos na estrada e na pousada. Se é que vai ter som por lá... Porque, pelo preço que paguei, tô até com medo de ter sido enganado. Fui numa agência de turismo do shopping, pedi ajuda pruma vendedora que elogiou até meu cabelo e passei tudo no cartão, torcendo pra não estourar o limite. Em dez vezes. Até agora não sei como a compra foi aprovada.

"Já pode descer", ela me avisa por mensagem.

"Te comporta!", digo pro Hendrix. Ele anda de um lado pro outro do sofá como se nunca tivesse pisado num terreno tão macio. Estava acostumado só com cimento e pedra, né?

Desço os degraus correndo, ansioso como não ficava fazia tempo. A mochila saltando nas costas.

"Você não quer ir dirigindo?", ela me pergunta.

"Se tu quiser, eu vou."

"Eu quero. Você sabe, não sabe? Hoje de manhã eu tive um pouco daquela tontura de novo. Agora passou. Mas tenho medo de voltar na estrada."

"Sem problemas", digo. Jogo o banco quase um metro pra trás, ajeito o espelhinho pra cima, coloco o primeiro álbum do The Stone Roses pra tocar e arranco por São Paulo atento ao que manda a voz agradável do GPS.

São duas e meia da manhã e, se tudo correr bem e o trânsito não piorar, chegaremos em Floripa por volta das onze.

"Se tu tiver cansada, pode dormir. Não tem problema. Te quero cheia de energia amanhã", afirmo de coluna bem ereta e, minutos depois, mesmo tendo dito que estava sem sono, ela apaga. Reduzo o volume do som e reclino mais um pouco o banco dela. Só o bastante pra que não fique com dor no pescoço amanhã, dia em que iremos à Praia Mole se o clima cooperar. Acendo um cigarro recheado com uma minhoquinha de haxixe bem fininha, que vai da ponta até o filtro. Gosto da presença da Laila. Mesmo quieta. Sinto algo parecido com aquilo que me pega quando tô perto do mar. Quero que sinta o mesmo comigo, que um dia fique tão em paz só de me observar dormindo pesado, torcendo pra estar também no sonho que me causará sutis espasmos faciais iguais aos que flagro de rabo de olho.

Acabei de passar por uma placa que informava a distância até Porto Alegre. Mil e poucos quilômetros. Não rolou saudade. Tampouco arrependimento. Ainda é cedo, decerto. Um dia eu provavelmente sentirei falta da farofa de pinhão que minha mãe fazia em sábado de churrasco e dos domingos e das quartas dividindo o sofá com meu pai; os únicos dias da semana em que parecíamos estar do mesmo lado. Bah, um dia... Mas hoje eu tô satisfeito com a companhia muda da Laila, com as estrelas rebeldes que se recusaram a se esconder, como decretou a previsão de hoje cedo, e, principalmente, com as trepadas e caipirinhas que transbordam das projeções que faço enquanto ouço "I Wanna Be Adored" pela segunda vez. Bah, um dia... Agora, minha única preocupação é descobrir se os vinte reais que o Caramujo me emprestou serão suficientes pra todos os pedágios até Floripa. Vou me sentir péssimo se tiver que acordar a Laila pra perguntar se tem dinheiro. Gostaria de ter um celular com câmera só pra garantir que a imagem dela dormindo encolhida nunca se perca nos labirintos da minha memória; só pra ter um refúgio vermelho nos dias de bad, quando tudo fica desbotado feito as camisetas que minha mãe jogava fora sem minha permissão.

40

"O que você tem?", pergunto ao Leco. Ele quase não abriu a boca nos últimos cem quilômetros. Parece aflito.

"Acho que a gente não vai dar certo."

"Por quê?"

"Porque eu não sou o que tu pensa."

"Como assim?"

"Eu não posso te explicar agora. Um dia tu vai entender."

"Entender o quê?"

Mas ele não me responde. Para no acostamento, abre a porta, pula a mureta e entra na mata fechada.

"Leco?!", grito. "Leco?!"

Mas ele não reaparece.

Estou sozinha em um trecho mal-iluminado da rodovia, já em Santa Catarina. A cerração dificulta minha visibilidade.

"Leco?!"

Um caminhão com o farol alto aceso estaciona atrás do meu carro, quase cola, e de dentro dele desce um homem com o rosto em carne viva e cabelo apenas nas laterais da cabeça. Ele caminha em minha direção, já chega batendo no meu vidro. Sangra bastante pelo nariz. Bate mais forte, com os punhos cerrados; se continuar assim, vai acabar...

Uma freada brusca me acorda.

"Desculpa", o Leco diz. "Um caminhão me fechou do nada, nem vi de onde veio."

O dia está nascendo. A previsão errou feio.

"Que bom que você está aqui", afirmo ainda de coração acelerado, tentando entender se há algum significado por trás do pesadelo.

Ele coloca a mão sobre minha coxa e garante que não sairá de perto tão cedo. Diz que vai colocar uma música especialmente para mim e mexe no som.

"Chama 'Love Minus Zero', é uma das mais bonitas do Dylan."

41

"Tu tem caipirinha do quê?", pergunto prum negão com peitoral de nadador, íris acinzentadas e dentões claros como a areia fininha desta praia onde tô de pés fincados. Consigo imaginá-lo desfilando em Milão, estrelando a campanha global de alguma grife fodona de Paris, fazendo a Madonna revirar os olhos numa cobertura de Nova York. É difícil acreditar que algum olheiro ainda não o tenha convidado. Dá até ciúme – e certo receio – do jeito atencioso que ele dirige o olhar pra Laila enquanto ela se decide entre cerveja e caipirinha de saquê. Eu me acho bonito, mas esse negão... Puta que pariu, cachorro! Só falta ter uma piça de trinta centímetros que jorra Nutella e vibra em sete velocidades.

"Tem de limão, abacaxi, maracujá e uma de jabuticaba que só a gente faz. Já provaste caipirinha de jabuticaba?", ele pergunta pra me alforriar de uma viagem mental na qual a Laila tinha acabado de confessar que estava afim de fazer sexo a três.

"Eu quero de limão mesmo. Com pinga", afirmo.

E a Laila, que já tinha optado pela cerveja, muda de ideia:

"Dá para fazer essa de jabuticaba com saquê?"

"Claro que dá!", o Lenny Kravitz manezinho responde e sai deixando pegadas tamanho quarenta e quatro na areia fofa.

Não se vê uma nuvem no céu. No mar, aglomerações de surfistas que daqui parecem miniaturas e algumas pessoas com água no máximo até os joelhos; estão mijando e morrendo de medo de serem arrastadas, tenho certeza, apesar de não poder provar. As ondas estão grandes e fortes até pra quem sabe nadar bem e há placas de madeira por toda a orla sinalizando perigo. Sob a sombra do guarda-sol mais próximo ao nosso, dois guris de cabelos oxigenados e cicatriz fake na sobrancelha bebem cerveja de lata e ouvem funk no máximo, testando a potência da caixinha de som e a paciência de todos que, como eu, parecem achar esse tipo de música mais desprezível do que bitucas de cigarro. O som é tão ruim, tão pobre de letra e melodia, que chego a sentir saudade dos axés que eu escutava por tabela nos anos noventa, em programas de domingo, enquanto "homenageava" a bunda das dançarinas que recheavam shortinhos e pegavam sabonetes em banheiras. *Como pode alguém gostar de ouvir uma letra dessas? Como pode?!*, é o que ricocheteia dentro da minha cabeça depois de ouvir "mete com força e com talento, estou ofegante e você percebendo, bate e maltrata essa puta safada, quero jatada de leite na cara". Como pode alguém gostar de uma música que repete as palavras "soca" e "bota" mais de quinze vezes?

"Isso que é vida, né? Às vezes me bate uma vontade de largar tudo, pegar o Luis e o Miguel e fugir para um lugar desses. Você não sente isso também?", a Laila me pergunta depois de uma bicadinha no canudo da caipirinha.

"Bah, eu sentia... Cada vez mais forte. Daí eu fui pra Sampa e passou. Gosto daquela bagunça."

"Por enquanto..."

"Tu quer me animar, é?"

"Ai, desculpa... É que às vezes eu fico de saco cheio da violência, de perder várias horas do dia no trânsito, essas coisas, sabe?"

"Sei... Mas agora tu tem eu por lá!"

"Você e o fofo do Hendrix. Já estou apaixonada por ele."

"E eu por ti", digo.

"Ih... Já está bêbado!"

"Com dois goles? Tu sabe que eu tô acostumado a beber bem mais."

"Infelizmente."

"Então é paixão mesmo. Tipo do Clapton pela Layla."

"Ah, é? E por que eu, você sabe me dizer? Porque eu vi um monte de minazinha babando por você naquele show que eu fui. Tudo atirada!", e dá mais uma sugada no canudo.

"Porque me sinto bem quando tu tá perto. Por isso. Tu é tipo uma música boa."

"Que mais?", ela pergunta com o queixo apoiado na mão, virada pra mim.

"Ah, gosto das tuas sardas também. Da tua mãozinha de criança, das caretas que tu faz quando acendo um cigarro atrás do outro, dos rangos que tu me paga."

"Está indo bem... Mais alguma coisa, senhor Leandro?"

"Bah, com certeza", falo me aproximando do ouvido dela. "Gosto da tua bunda e do jeito escandaloso que tu goza. Não dá vontade de sair de dentro de ti. Nunca mais."

"Não me provoca, Leco."

"Gosto de tu bem molhadinha, escorrendo, e do meu pau entrando até o fundo. Tu gosta também, não gosta?"

"Leco!"

"Que foi? Vai dizer que tu não tá com vontade de ser chupada até não aguentar mais?"

"Ai, meu Deus!"

"Sabe aquele sofá da pousada onde tu deixou a mala?"

"Aham...", enquanto beijo o pescoço dela, nem aí pro gosto estranho do protetor.

"Depois daqui tu vai ficar de quatro nele, bem empinadinha pra mim, e vou te chupar até tu gozar bem gostoso."

"Eu aceito", vira o pescoço pros dois lados, como deve fazer antes de atravessar uma avenida movimentada, e agarra meu pau, que já estica a bermuda. "Eu aceito, mas com uma condição!"

"Qual?"

"Depois vai me deixar colocar tudo na boca. Tu-di-nho!", ela exclama marcando bem as sílabas. Daí, me encarando de boca semiaberta, passa a mão em toda superfície da piça, da base à cabeça e vice-versa.

"Tu não consegue", provoco.

"Você que não vai me aguentar nem cinco minutos com ele na boca", ela afirma dando uma pegada vigorosa e, com o dedão, fazendo carícias circulares no cogumelão que já lateja.

Um vendedor de queijo coalho brota do nada e ela me larga rápido, como se minha piça tivesse começado a ferver num milésimo. Amoleço aos poucos, ao som de um repente tosco. Digo que não quero queijo, que tô sem fome, que vou ficar só na caipirinha, que tenho alergia mortal a lactose, mas ele começa um novo repente. Ainda pior do que o primeiro. Dá pra notar que já tem todas as rimas decoradas e que só faz adaptações relacionadas às características físicas dos alvos da vez. "Não, obrigada", a Laila diz, ainda vermelha por ter sido pega apalpando a cobra. Mas o ambulante de voz grave não para, insiste tanto que acabo comprando dois queijos só pra me livrar dele. Sinto raiva e pena. Tudo junto. Mais pena. Porque agora ele continua a caminhar sobre a areia quente de um país carente de quase tudo, especialmente de cultura. E é provável que passe o resto da vida assim, repetindo rimas idiotas e empatando pré-fodas até que comprem os queijos que ele assa num forninho improvisado de lata de tinta.

A Laila levanta e, de costas pra mim, bate na bunda pra tirar a areia e roubar minha concentração. Uma abelha sobrevoa meu copo quase vazio.

"Vou dar um mergulho... Vamos?", ela me pergunta por cima dos ombros, já caminhando em direção ao oceano inquieto. As ondas quebram forte, no raso.

"Melhor tu não ir. Tá muito brabo", digo depois de imaginar coisas ruins acontecendo e me lembrar de que meu fôlego anda cada vez pior.

Ela me ignora, já está de pés molhados. Molha os pulsos e a nuca.

Uma coisa ruim me toma. Um calafrio que os místicos vivem a chamar de pressentimento, mas que, na minha opinião, não passa de reflexo do meu repertório, das merdas que vi acontecer em cenários como este. Acelera meu ritmo cardíaco. Se algo sair do controle, sei que vou me afogar junto. Já vi acontecer em Torres: a esposa tentou salvar o marido que enfartou dentro da água e foi levada pela correnteza. Uma roda se formou ao redor do salva-vidas, que pressionava o centro do abdome dela com força e fazia sinal de negação com a cabeça, já ciente de que nada mais podia ser feito. A morte não espera o fim das férias, a segunda-feira, não quer saber se tu acabou de chegar, depois de meses economizando praquela viagem.

A Laila dá mais uns passos adiante e mergulha pra perfurar uma ondona. Não emerge. Fico de pé. "Laila?!", grito já correndo em direção à água por entre guarda-sóis coloridos. "Laila?!", berro mais duas vezes, até que a cabeça dela surge, jogando os cabelos pra trás, muito mais bonita do que qualquer sereia hollywoodiana. Com as mãos ela me chama, mas eu nego balançando o indicador. Ela insiste até que o salva-vidas, depois de apitar algumas vezes em vão, cola na beira do mar pra expulsá-la da água.

"Você tem medo de água, é?", ela me pergunta chacoalhando a cabeça pra esvaziar o ouvido.

"Eu respeito o mar, só isso. Principalmente mar brabo."

"Tem medo, sim, pode dizer!", ela fala me dando um soquinho nas costelas.

"Vai dizer que tu não tem medo de nada?"

"De você."

"De mim?"

"Do que me causa."

"Como assim?"

"Você gosta de Teatro Mágico?"

"É uma banda?"

"Isso."

"Nunca ouvi."

"Então ouça a música 'Você me Bagunça'. Ela resume o que eu sinto por você, medrosinho."

Digo que vou escutar e, depois de um "muito bem", ganho uma língua fria, salgada e carinhosa. Meu ouvido afiado ainda consegue ouvir o repente. As mesmas rimas alegres e bobas que escondem o desespero por qualquer centavo, o pavor de não conseguir pagar o aluguel do próximo mês, o feijão com arroz e farofa dos muitos filhos que ele deve ter colocado neste planeta sempre à beira de uma catástrofe, num país onde a maioria – inclusive meu coroa – enxerga a liberação das armas como solução pra violência.

42

"Bah, eu queria mesmo é saber lutar!", ele afirma depois de cruzar com uma luta de boxe em um dos poucos canais com alguma nitidez da TV de tubo da pousada. De pé sobre a cama, dá socos no ar. Nem aí para o pinto e a barriga que balançam. "E tu, queria saber o quê?"

Quero saber se vai dar certo. Se vamos dar certo. Mas respondo que tenho vontade de aprender a surfar como os carinhas que vi hoje na praia.

"Quero acordar já fluente em italiano também. Não tenho conseguido estudar direito. Aí não entendo nada do que a professora fala. E, para piorar, ela fala baixinho."

"E pra que tu quer falar italiano?"

Conto que morro de vontade de conhecer Corigliano, a cidade de onde vieram meus avós.

"Um dia eu te levo, então!", ele me promete. Ignora a alta do euro e a baixa do rock. "Tu já saiu do Brasil?"

"Buenos Aires conta?"

"Bah, claro. Tu já foi?"

"Fui."

"Com quem?"

"Com um babaca aí que só atrasou minha vida", digo. "Mas, voltando à Itália... Você não acha que tudo deve ser muito legal por lá?"

"Porra se deve... Aquele monte de massa, pizza, brusqueta... Os mafiosos de cabelo pra trás tipo o Al Pacino... Deve ser afudê. Só não tanto quanto isso aqui", ele afirma levantando a camiseta do meu pijama e iniciando uma sessão de beijos em minha barriga, entre os seios e o umbigo. Beijos que começam brincalhões, como aqueles que desferimos para provocar cócegas em crianças, mas que não demoram a ganhar características adultas e atiçadoras, se é que me entende.

Meus dedos se entranham à cabeleira dele, mais revolta do que nunca.

A cabeça dele desce enquanto os caras se esmurram feito animais na telinha. Permanece um tempo no umbigo, só roçando lábios e cavanhaque no furinho e nos arredores, então continua a descida em linha reta, devagar, com apenas o comecinho da língua em contato com meu corpo febril por causa do solzão que tomei hoje. Olhando fixamente para mim de um jeito que intimida, ele dá lambidas longas sobre a calcinha de renda que comprei antes de vir, já ansiosa por isto aqui. Com o dedo do meio, pressiona o tecido contra minha pele mais sensível, parece afim de enfiar a renda fina entre meus grandes lábios já úmidos, onde já se meteu várias vezes hoje depois da praia. Puxa a calcinha para o lado esquerdo e, após uma série de pinceladas de língua bem molhada, escorrendo em mim, sopra minha boceta. Lambe mais, um pouco mais rápido, deixa vazar mais saliva e assopra bem de pertinho. Sorri orgulhoso quando suspiro arqueando as costas, pressionando a bocetinha contra a cara dele. Dá sugadinhas agora, com jeitinho, longe de parecer um desentupidor; mira no clitóris, sempre ignorado pelo Átila, que só fazia oral sem vontade, bem rapidinho e protocolar, apesar de amar quando eu chupava o piruzinho dele que, duro, media o que mede o pau do Leco molengão. Ele fecha minhas pernas e me põe de lado. Enfia o dedo em mim e beija o estreito espaço entre a boceta e o... Está cada vez mais perto de onde, apesar das tentativas, nenhum outro de fato chegou. Tento segurar a cabeça dele, é instintivo, mas o tesão gerado pela primeira lambida em meu orifício proibido me desarma. Cedo. Antes tarde do que nunca. Ainda com certa culpa, mas cedo. Enquanto mete o dedo em mim, ele chupa meu buraquinho. Baba tudo. Sinto vergonha. Medo do que não posso controlar, de produzir cheiros e gostos desagradáveis. Penso em pedir uma pausa, mas meu cérebro não é páreo para aquilo que o corpo clama; tanto que não me esquivo do mindinho que ele coloca aos poucos em minha porta de trás, a mesma que se trancava sempre que o Átila, nada jeitoso nem paciente, tentava qualquer aproximação.

"Come ele", peço. Estou possuída, sob os comandos de alguém que mal reconheço.

"Tu vai aguentar?", ele pergunta já introduzindo mais um dedo. Dói, não vou mentir, porém quero mais. Quero o pau grosso dele por trás, quero ser a putinha que já reprimi até em brincadeiras solitárias com o chuveirinho: a versão da Laila que sempre arquivei por achar que inibiria o desejo do Átila de constituir família comigo. Eu não comprei a calcinha em vão.

"Coloca, vai!"

Ele deita atrás de mim, colado ao meu corpo, ergue minha perna direta e começa a esfregar o pau na parte de mim que escorre.

"Tu tem certeza mesmo que quer tomar no cuzinho? Não prefere aqui?", ele pergunta colocando tudo na bocetinha quase sem esforço.

Sou só gemidos.

"Onde tu quer, hein? Fala!", depois de tirar o pau devagarzinho.

"Enfia!", peço ao senti-lo à queima-roupa, apontado para a entrada do meu proibido.

A mão que mantinha minha perna suspensa agora abre minha bunda. Ele força o pau contra o buraquinho, que escorrega e acaba de novo na bocetinha. Entra tudo. Entra e sai. Sinto o saco dele batendo em mim. Na bunda. Que delícia. O Átila era muito pequeno para me comer assim, de ladinho. Só rolava papai e mamãe ou de quatro.

"Me come por trás, vai!", insisto. Eu, não: a Laila que vivo a recriminar.

Agarrado aos meus seios, ele se enterra todo em mim, na fenda que baba, de um jeito que me faz compreender o verdadeiro sentido da palavra "preenchimento".

"Só se tu aguentar mais um pouquinho assim!", afirma entrando e saindo e, ao notar a aceleração da minha respiração, aumenta o ritmo também. "Bah, tu aguenta mais um pouco, não guenta?"

Minha resposta é um grito que ecoa pela pousada inteira. Talvez por toda a Lagoa da Conceição.

"Assim que eu gosto! Ahhhh...", gozando em cima da minha bunda. "Ahhhh... Ah... Tu é uma baita gostosa, sabia?", ainda pingando.

Jogado sobre a cama, ele solta fumaça pelas narinas enquanto eu, com a bunda grudenta, espero a água do chuveiro esquentar. O pau já desceu, mas ainda está inchado. É grosso como uma lata de refrigerante mesmo, não é exagero. Onde eu estava com a cabeça quando pedi para ele comer meu buraquinho? Logo eu, que passei anos fugindo do amendoinzinho do Átila!

Pode parecer estranho, mas, mesmo depois de tudo que acabou de rolar, estou morrendo de vergonha. Arrependida por não ter fechado a porta do banheiro. Estou com a sensação de que passei dos limites, de que disse e pedi o que não devia. Sabe? Como na vez em que exagerei um pouco na bebida na festa de fim de ano da clínica. Ao mesmo tempo, também me sinto aliviada, como se enfim tivesse tirado do vão dos dentes um fiapo de manga que me incomodava fazia tempo. Sinto acanhamento e alívio. E vontade de pedir para ele apagar o cigarro, escovar os dentes e me chupar só mais um pouquinho, falando somente com os olhos por estar de língua ocupada, exatamente da forma que acabou de fazer. Ai, caramba... O tesão está voltando! Será o sotaque? O perfume que ele empresta do amigo? Porque tem alguma coisa afrodisíaca nele, só pode. Até outro dia, eu estava pensando em marcar uma consulta com um endocrinologista, cogitando estar entrando precocemente na menopausa, com os hormônios desregulados, e agora estou tentada a dar a quarta do dia, nem dez minutos depois da última. "Nonna, a senhora vai me desculpar, mas os homens não são todos iguais. Não na cama", declaro em pensamento e rio sozinha. Giro a única torneira enferrujada para a esquerda, só alguns milímetros, para esfriar a água e aumentar um pouco a pressão do jato. É difícil achar o ponto exato: ou a pressão é boa e a água fica fria demais, ou a água cai fraca e fervendo, queimando minhas costas já tostadas. Será que o Leco é como esse chuveiro e não é capaz de suprir, simultaneamente, todas as minhas necessidades?

43

Eu digo que tô bem assim, que não gosto de me sentir engordurado, mas ela insiste em passar protetor nos meus ombros. "Você já se olhou no espelho, Leco? Está parecendo o camarão de ontem. Vai passar, sim!", já me lambuzando com uma gosma gelada enquanto manobro o carro dela com cuidado pra não derrubar uma moto que estacionou atrás.

Laila me acordou cedo pra gente ir pra praia do Matadeiro. Combinamos de voltar pra Sampa depois do almoço. Aproveitou cada minuto da minha ereção matinal, tomou banho e depois abatemos o café da manhã da pousada; ela comeu frutas com iogurte e eu meti duas salsichas num cacetinho borrachudo. "Vai comer cachorro-quente a essa hora?", ela perguntou chocada quando viu meu prato. Respondi que precisava me manter nutrido pra aguentar o fogo dela. E não estava brincando: a guria é tarada, cachorro. Tu já ouviu alguém dizer que as ruivas são as mais calientes? Bah, tô achando que não é lenda, não... Ontem à noite, nem quinze minutos depois da nossa terceira foda do dia, quando eu ainda estava com as pernas fraquejando, ela me falou pra apagar o cigarro, colocou a bundona gostosa na minha fuça e me fez cair de boca mais uma vez. Deu até câimbra na língua. Foi uma chupação só. Meia-nove clássico comigo por baixo. A gente nem falava. Só aquele barulho molhado que nenhuma onomatopeia consegue descrever, saca? Começamos no oitavo round de uma luta de boxe e só paramos lá pelo décimo round da luta seguinte. Os guri se batendo e a gente se lambuzando.

"Eu gostei dessa música. Como chama?", ela me pergunta com pezinhos de bisnaguinha sobre o porta-luvas, aumentando o volume.

"'The Promise'. É do Sturgill Simpson, um dos melhores músicos de country da atualidade."

"Pensei que você só gostasse de rock."

"Bah, que nada! Gosto muito de country também. Se tu prestar atenção, vai perceber que alguns têm mais atitude do que muito rock."

Para a nossa sorte, a previsão mandou mal de novo. De acordo com um aplicativo do celular da Laila, era pra estar chovendo sem parar agora, vários milímetros. Mas o céu continua bonitão pra nós. Há mais nuvens do que no dia em que chegamos, é verdade, mas nenhuma com aspecto ameaçador. A praia pra onde estamos indo fica no sul da ilha e é chamada de Matadeiro porque antigamente as pessoas caçavam baleias por lá. A Laila quase chorou quando contei isso pra ela, até me arrependi por não ter inventado alguma coisa ou dito que não sabia o porquê do nome. Ela queria até mudar de destino, mas acabei a convencendo depois de repetir, diversas vezes, que a matança rolou faz muito tempo e que hoje, com muita sorte, pode ser que vejamos baleias vivas por lá, já que estamos no fim da temporada das baleias-francas. Como eu sei de tudo isso? A melhor amiga da minha ex é oceanógrafa e uma vez me contou quando viemos veranear por essas bandas. Alugamos uma casa na Armação e enchemos o cu de ganja por uma semana. Ganja e miojo de galinha caipira.

"Desisti de morar aqui, viu?", ela declara depois de uma bufada. A gente tá há mais de vinte minutos parado no mesmo lugar, tá tudo trancado. O carro de trás buzina sem parar, não sei por que caralho acha que vai dissolver o trânsito com barulho.

"Melhor mesmo é nós morarmos na Itália", digo. Um "nós" que escapa naturalmente de mim, como se já tivéssemos misturado muito mais do que saliva e outros fluídos corporais.

Ela recomeça a música lentinha do Sturgill, aumenta ainda mais o volume do rádio e coloca a mão sobre a minha, que repousa no câmbio trêmulo.

Fumo um cigarro tunado com haxixe pensando no "nós" que soltei, repassando os tantos planos urgentes que amornaram quando topei com a realidade áspera e com a parte desgovernada de mim que nenhuma mudança geográfica parece capaz de mudar.

Não consegui compor uma música desde que estacionei em São Paulo. Não consigo compor. Nem um riff. A banda até que tá indo bem, conquistou certa moral no underground paulistano e espaço em duas casas pequenas, não posso deixar de dizer, mas falta muito pro cenário otimista que o Pedro pintou quando me convenceu a vir. Mesmo assim, sem saber se essa porra vai virar e se algum dia conseguirei quitar as dívidas bancárias que continuo a engordar, eu tô feliz. Uma felicidade diferente daquela que idealizei no ônibus que me resgatou de Santa Maria. Mas feliz. Mais feliz, até. "O amanhã é uma hipótese", eu li num livro que folheei outro dia, dum japinha metido a guru que o Caramujo adora, e é a mais pura verdade. O amanhã é uma hipótese, ninguém pode negar, mas a mãozinha sobre a minha que me transmite paz é real, é meu agora, o que tenho de mais garantido, embora não totalmente. Nunca é totalmente. E me encher de caipirinhas até a hora do almoço e depois procurar um lugar pra comer um peixinho frito me parece o mais sensato dos planos, a maior expectativa que posso criar sem correr grandes riscos. "Tu só deve apoiar sobre o câmbio pra mudar a marcha", meu coroa me alertou quando me ensinou a guiar. Mas eu não vou tirar a mão daqui. Não enquanto ela ainda tiver coragem pra manter a dela sobre a minha. Porque esses dias eu gozei e não quis fugir correndo. Gozei e não saí apressado à procura da minha cueca. Gozei e fiquei, e não foi apenas pra próxima foda: permaneci porque ela me faz bem. Às vezes me deixa até com a impressão de que me protege até de mim, da potente atração pelas coisas que me piram, com a qual tenho dificuldade de lidar desde piá. É tudo que sei agora.

44

Saio de uma castração. Mais uma gatinha que não será mãe. Há duas ligações perdidas do Leco. Ligo de volta e ele atende no mesmo instante, nem dá tempo de tocar.

"O Hendrix comeu meia baqueta, tu acredita?", ele já solta no lugar do "alô". "Acha que é melhor levá-lo aí na clínica?"

"Ele está mais prostradinho ou fazendo algo de diferente?"

"Pera aí...", e me deixa esperando na linha.

"Tá nada. O maluco agora tava arranhando o armário do quarto onde eu durmo, parece saber o que tem dentro. Tu acha que ele já pode ter sido cão farejador dos brigadiano?

"Brigadiano?"

"Polícia."

"Ah... Tortinho e todo quebrado do jeito que é? Mais fácil ter trabalhado para o tráfico, assaltado uns bancos... Mas, voltando à baqueta, tenta observá-lo hoje e amanhã. Não tira o olho dele. Veja se está conseguindo defecar, se não há sangue nas fezes. Eu acredito que não vá fazer mal, mas é sempre bom ficar atento nesses casos. E as feridinhas, como estão?"

"Ah, já estão bem sequinhas. Já faz quase três semanas que tô passando a pomada, né? Tá até acabando. Tu acha que preciso comprar outra?"

Digo que não e ele me convida para jantar.

"Tenho uma notícia que tu vai gostar!"

"Que notícia?"

"Vamos jantar ou não?"

"Ainda não são nem onze horas, Leco. Você sabe que eu sou curiosa!"

"Sim ou não?"

Aceito o convite e falo que passarei para pegá-lo por volta das oito. Já me acostumei a ser a motorista dos encontros e a várias "lequices" às quais pensei que nunca fosse me adaptar. Até me divirto com algumas agora, acredita?

Depois de Floripa, já saímos mais de dez vezes. Até mais. Com a Claudinha e um boy que ela está pegando, inclusive. O rapaz tentou acompanhar o Leco na tequila e acabou mais doido que o Batman. Vomitou na porta do bar, bem na entrada, e chegou até a cair quando ela o soltou para se despedir de nós. Coitado. Da Claudinha também... Porque, segundo ela, além de ficar repetindo as mesmas coisas, ele não conseguia nem tirar a calça no motel. "O Jeferson apagou, mas eu continuei chupando aquela piroca fofa. A esperança é a última que morre, amiga!", ela me disse rindo no dia seguinte. O Leco também não ficou muito legal nessa noite: estava falando mole, nada com nada, e queria passar no posto para comprar mais bebida. Quando fui tomar banho, tive até que esconder a chave de casa. No dia seguinte, ele me falou que não se lembrava de nada, que tem esses apagões desde que foi atropelado em Santa Maria. Ficou com um parafuso a menos, com certeza. Um, não... Vários! Mesmo assim, está me surpreendendo em relação ao Hendrix: sai para passear com ele todos os dias, comprou a ração mais cara entre as marcas que sugeri, sempre me liga quando o cachorro come alguma coisa que não deve: além da meia baqueta de hoje, o Hendrix já devorou algumas das bolas da árvore de Natal que o Caramujo montou, um fone de ouvido e maconha. Até maconha! O Caramujo vacilou um segundo e o fominha mandou um baseado para dentro. Depois passou a tarde toda deitado no sofá. Comeu um montão também. Lambia o pote de ração pedindo mais.

Ah, e no domingo retrasado eu conheci o apartamento onde o Leco mora. Fui apresentada ao famoso Caramujo também. A ele e ao namorado. Fizeram um jantar para mim. Tudo vegetariano e melhor do que muito restaurante que cobra o olho da cara. Até hambúrguer de faláfel tinha. Meu santo bateu com o do Caramujo na hora. Sem aquele esforço cansativo que às vezes preciso fazer para me enturmar com alguém. O Jonas também é um amor. Passou a noite toda tentando me convencer a fazer ioga com ele. "Você mais leve ou seu dinheiro de volta!", ele me garantiu depois de um trago longo em um negócio de nome estranho que trouxe da Índia. Perguntei se ele estava se referindo à leveza na balança e ele me respondeu que a ioga deixa as pessoas de alma leve e, consequentemente, menos preocupadas com o peso corporal.

"O que a balança diz é só um detalhe, menina. A voz do coração é a única que importa. Aliás... O que o seu está falando?"

Boa pergunta. O que meu coração está falando?

Na maioria do tempo, fica me dizendo para ter calma, que não devo apressar meus passos. Acho que é isso. Ou quem fica me dando esses alertas é o cérebro? Não é fácil responder. Ao mesmo tempo que eu quero muito, que sinto cada vez mais vontade de dividir as coisas com o Leco e já espero por uma mensagem em todo final de dia – ao menos um "durma bem" – morro de medo de não estar fazendo a coisa certa, apostando em algo sem futuro, de quebrar a cara por causa das diferenças que às vezes considero o tempero do que temos, mas que, quando ficam muito evidentes, têm o efeito de um balde de água fria.

A verdade é que tudo está acontecendo de maneira muito rápida: o Leco já faz parte da minha rotina, figura na maioria dos meus pensamentos, vive dormindo em casa e roubando meus Yakults. Diz que fazem bem para a ressaca. Quase todo dia inventamos uma desculpa para nos encontrarmos, nem que seja só para uma volta com nossos cachorros, que já se enturmaram. Há alguns dias, eu prometi a mim mesma que só o veria aos fins de semana, que iria com mais calma, mas não consigo: ele me liga e eu não resisto; e, quando não me liga, eu já estranho, sinto uma peça faltando, e dou um jeitinho de fazê-lo aparecer, invento até barata debaixo do sofá. Ele me faz bem. É irônico, mas, em meio à bagunça de um porra-louca, eu encontrei paz e bem-estar. Vivo preocupada com ele, achando que bebe demais e não come direito, mas, quando penso nele, sinto mais vontade de me cuidar, de comprar batom novo, reduzir as frituras, andar na esteira...

45

"Uma mina interfonou aqui perguntando se cê tava. Uma tal de Cris. Não quis deixar recado. Só agradeceu e disse que retornaria outro dia. Falava cantado também. Deve ser lá da sua quebrada", o Caramujo me conta assim que piso no apartamento.

"E o que tu disse?"

"Que você não estava em casa, ué."

"Merda! Agora ela tem certeza de que eu moro aqui."

"Ela quem, mano?"

"Minha ex."

"Sua ex mora em São Paulo?"

"Tá morando... Baita azar. Outro dia a gente se esbarrou no Morrison. Faz umas quatro semanas. Daí eu acabei dormindo na casa dela. Devo ter soltado meu endereço."

"Não acredito que cê fez isso com a Laila. Não acredito mesmo. Porra, a mina é mó firmeza!", ele afirma depois de dar um soco na própria coxa e derrubar o controle da TV no chão.

"Eu acho que não rolou nada, magrão. Peguei um bode da guria que tu nem imagina. Um dia eu te conto."

"Cê acha que eu nasci ontem, irmão? E que negócio é esse de 'eu acho que não rolou nada'?", num tom de voz mais ameaçador, diferente de todos que já usou comigo. Mudou até de fisionomia.

"É que eu tenho aqueles apagões quando bebo muito. Lembra que falei pra ti ou também tá assim, de memória falhando?"

"Mas cê não consegue lembrar se comeu a mina?"

"Pior que não."

"E o que cê foi fazer na casa dela então?"

"Fumar um."

"Mano, tô decepcionado com você", ele me diz e se chaveia no banheiro.

"Tu não acredita em mim?", pergunto de pernas flexionadas, com a boca colada na fechadura.

Barulho de chuveiro impotente.

Pergunto ao Hendrix se ele tá afim de dar mais uma volta, mas ele não se mexe. Ainda tá assustado por causa do controle que se espatifou. Já caminhamos bastante por hoje também. Andamos a Paulista de cabo a rabo e depois fomos até a Teodoro procurar uma correia pra guitarra. Comprei uma que imita couro de cascavel.

"Já volto. E nada de desobedecer ao Caramujo, tu me ouviu?"

Chuto as pilhas pra baixo do sofá pra ele não comê-las e saio.

Subo a Augusta de cabeça fritando, fazendo um novo esforço pra me lembrar de detalhes do dia em que dormi no apê da Cris. Nada de novo vem à mente. Apenas as mesmas cenas que já nem sei se inventei, o mesmo disco que ouvíamos sem parar em Torres, a mesma expressão magnética que nunca fui capaz de esquecer, nem depois de porres que já me levaram ao Hospital Universitário de Santa Maria, onde acabei até ficando amigo de um enfermeiro, o Paulão. Tinha quase dois metros e mãos do tamanho de raquetes de tênis, mas enfiava a agulha em mim com uma delicadeza que tu nem imagina. "Se um dia eu for experimentar heroína, quero que tu injete", brincava com ele. "E se tu quiser provar um homem... Tu me liga?", ele me perguntava soltando a franja que escondia a maior parte do tempo.

"Chocolate Drops" no discman e uma nuvem quase preta decidida a me perseguir.

Ofegante e sem destino, atravesso a correnteza humana da Paulista e acabo numa rua salpicada de grifes e madames com cuscos penteados no colo; cadelinhas perfumadas que o Hendrix adoraria foder.

Resolvo procurar um presente pra Laila, qualquer troço capaz de reverter os pontos que perdi, mas desisto quando vejo o preço das coisas por aqui. Dez mil conto por uma bolsa? No jantar de ontem, eu exagerei nos tragos e ela ficou de cara comigo. Estava empolgadão porque confirmaram nossa presença num festival afudê organizado por uma escola de inglês e terminei a noite trançando as pernas. Ela me pediu pra maneirar assim que sentamos à mesa, notou minha sede acima da média, e acabei tão louco que se recusou a dormir comigo. "Melhor você ficar na sua casa hoje", decretou quando entramos no carro. Guiou quieta do restaurante ao apê do Caramujo. Fiz a careta que sempre a mata de rir e ela continuou sisuda.

Em frente a um café onde todos parecem vestidos pruma festa de gala, dichavo um beck que cheira a mijo de rato. O desprezo que os ricões de camisa polo, mocassim e cabelo engomado pra trás sentem por mim fica claro graças à forma como me observam, de cima pra baixo. Acham que sou uma ameaça à família tradicional brasileira, o tipo de genro que os faria deserdar a própria filha. Que se fodam! Ignorando o segurança que também está incomodado comigo, passando vários rádios, eu recheio a seda que a Cris plantou em minha carteira pra ferrar ainda mais com minha cabeça. Enrolo, aperto, passo a goma e taco fogo.

Cinco pegas é tudo que consigo dar. Mando meio baseado goela adentro por causa de uma viatura que se aproxima rápido, com a sirene ligada e tudo. Os brigadiano vêm direto em mim, não estavam apenas de passagem.

"De costas pra parede com a mão na cabeça", um deles ordena. Aponta o revólver cromado pra minha cara.

Sob os olhares satisfeitos dos playboys do restaurante, sou apalpado até nas bolas. Não me espantará se começarem a aplaudir de pé meu enquadro.

"Cadê a parada?"

"Que parada, cachorro?!", respondo raivoso, já prevendo as consequências.

"Que você tava fumando, caralho. Acha que a gente é trouxa? E que porra é essa de 'cachorro'?", já me dando um tapão na orelha. "Cadê a parada?"

"Não tenho nada", respondo.

Mais um tapão na bochecha.

"E se eu achar?"

"Pode enfiar no rabo!", é o que gostaria de dizer. Mas meu rosto ferve e, no ouvido, um "piiiiiiiiiii...". Sendo assim...

"Não tenho nada, senhor."

O brigadiano branquelo que ainda não tinha falado comigo se aproxima e, num tom cortês nada comum à classe, solicita meu documento de identidade e pergunta por que eu não tô trabalhando a essa hora. Digo que sou músico, que meus horários são flexíveis.

"Que tipo de músico?"

"Toco guitarra."

"Que estilo musical?"

"Rock."

"Que estilo?"

"Anos setenta, de preferência."

"Led ou Pink?"

"Led."

Ele me devolve o RG e ordena que eu saia imediatamente. Entra no carro e me deixa com a impressão de que preferia estar no meu posto.

"Estão satisfeitos?", pergunto aos engomados do café. Catarro no chão e saio andando. Abro e fecho a mandíbula diversas vezes, com a sensação de que meus parafusos afrouxaram por causa do tapão da ratazana.

"Amigo, a Vila Mariana é muito longe daqui?", pergunto a um engraxate já de idade.

"Cê tá de carro?"

"Não."

"Então é um pouco."

Ligo pra Laila. Toca, toca, toca... E cai na caixa postal. Tento de novo e desligo no quinto toque.

Sigo até a Banca do Adriano, na Frei Caneca. Eu e minha nuvem negra de estimação que encorpa a cada passo.

Um velho com orelhas de abano, cabeça lisa e óculos folheia o jornal do dia. Deve ser o Adriano. A descrição bate, pelo menos. Mas tenho razão pra não perguntar: de acordo com o segurança da 472, que me indicou esse canal, o Fusca – como o dono da banca também é conhecido – não gosta de papo e é muito ressabiado. "É pra pegar uma parada de qualidade e vazar, irmão. Leva vinte reais trocado e pergunta se ele tem algum guia do Alasca", ele deu a letra. Pensei até que estivesse me zombando, que esse negócio de palavra mágica só existisse em filmes de espionagem, mas ele jurou pela falecida mãe.

"Tu tem algum guia do Alasca?"

"Quer quantos?", sem tirar os olhos do caderno de esportes.

"Dois."

"Quarenta então", e só se mexe depois que coloco as notas amarelas sobre o balcão, ao lado de um pote plástico recheado com paçocas. Confere a autenticidade do dinheiro, abre o caixa e, do fundo da gaveta preta, tira dois papéis. Enfia dentro de uma revistinha de receitas, daí mete tudo numa sacolinha verde e me entrega sem desgrudar o foco da tabela do Brasileirão.

Peço pra usar o banheiro de uma lanchonete e faço o test-drive da farinha do Fusca. Bah, forte é apelido. Não sinto mais a gengiva nem a ardência do tabefe. Já quero mandar mais uma.

"Tu tá braba comigo", mando por SMS à Laila.

A nuvem que me perseguia enfim chora. Lágrimas graúdas. Busco abrigo num boteco e peço um conhaque pra tirar o amargor da garganta.

Dois barbudos se beijam na mesa de trás. Dou mais um tiro, vários goles, e eles continuam se engolindo. Meu pai ia fazer um barraco se estivesse aqui. Sairia sem sequer pagar a conta, transpirando preconceito. "Como é que permitem uma pouca vergonha dessas num lugar público, tchê? Mas é muita falta de surra de relho mesmo!", é o tipo de coisa que ele diria. Consigo vê-lo se levantando de cara e pisando forte até porta de saída que, agora, é uma cachoeira. Afirmaria que prefere se molhar todo a dividir o espaço com veados. Mas eu não sou como ele. Nunca serei. Só conversamos duas vezes desde que me mudei pra cá. Ele falou apenas de futebol, não demonstrou interesse algum pela minha vida aqui. Pelo contrário: parece torcer para que as coisas deem errado; decerto quer esfregar na minha cara que estava certo, que música não dá futuro. Muito diferente da minha velha, que me deseja sorte sincera sempre que me liga; mesmo me querendo de volta ao quarto que, se bem a conheço, ainda deve estar da maneira que larguei.

Busco no celular uma resposta da Laila, qualquer palavra que dê indícios de perdão. Nada. Desligo e ligo. Vai que é problema da operadora, que deu algum pau no meu aparelho old school. Vai que...

Mando uma nova mensagem – "Tu tá bem?" – e mais uma carreirona. Peço mais um conhaque também. Conhaque e chorinho. Os barbudões ainda se agarram. Não tocam nos copos cheios de cerveja da mesa faz tempo. Acho que estão apenas esperando a chuvarada passar pra foderem. Daria tudo pela mãozinha da Laila na minha piça também. Não tenho muito a dar, mas daria. Nem preciso de tanto: uma mensagem dizendo que tô perdoado já me ajudaria a engolir melhor.

Mato o primeiro papel, mais um copo de conhaque e chamo a conta. Passo o cartão de crédito sem sequer conferir o valor. Como sempre, motivado por uma displicente certeza de que tudo vai se encaixar, deixo pra pensar nisso depois.

Sigo pela cidade desviando de galhos caídos e poças, atrás de um antídoto pra agonia que me toma.

O coro de buzinas orquestrado por motoristas impacientes me irrita. Tento acender um cigarro, mas o isqueiro falha. Está molhado. A porra do celular também não funciona: a bateria acabou bem no meio da mensagem que eu tava escrevendo pra Laila.

"Dez reais e você ainda ganha uma cerveja, bonitão!", uma mulher com várias demãos de maquiagem e peitos saltando da blusinha me diz. "Vamos entrar?"

Se eu acreditasse nessa baboseira de religião, diria que foi contratada pelo capeta e recebe comissão por cada pecador que convence.

Entro.

A luz do lugar tende ao roxo. Toca lambada. Há três sofás de couro marrom e, sobre eles, homens de pernas abertas com expressões idênticas às que vejo em rodízios de carne; e putas de todos os cortes e maturações, das novinhas até aquelas que fazem comida boa. Todas vestindo pouco ou quase nada.

Dou um tiro num banheiro que cheira à porra. Guris que não têm dinheiro pra bancar uma trepada, depois de tentadoras pegadas na piça e de ouvirem que são os mais piçudos do universo, devem se meter aqui pra aliviar o inchaço das bolas, o peso do instinto.

Saio rangendo os dentes e sou abordado por uma guria com um tribal tatuado abaixo do umbigo, de onde um piercing dourado pende.

"Até que enfim um homem bonito por aqui", ela diz passando a mão em meu rosto, que ainda dói um pouco por causa do tapa. E vai doer ainda mais quando o efeito da farinha passar.

Colo no bar pra pegar minha cerveja e ela vem na bota. Pergunta se eu posso pagar uma bebida pra ela.

"O que tu quer?"

"Champanhe, amor."

Encostada no balcão, ela bebe o contéudo espumoso da taça numa só virada. É das minhas.

"Posso tomar mais uma, gostosão?", raspando as unhas postiças em meu pau, que não demonstra interesse.

"Depende..."

"Quer saber se dou o cuzinho, adivinhei?"

"Não... Quero que me fale teu nome. O verdadeiro."

"Marilyn, muito prazer!", estendendo a mão pra que a beije.

Beijo.

"Tô falando sério, guria. Como tu chama?"

"Marilyn, chuchu."

"E eu sou o Sinatra."

Ela me pede um minuto e volta segurando o RG. Aponta o celular pro documento todo fodido pra que eu consiga enxergar o Marilyn Maria da Silva.

Peço mais uma taça de champanhe e um uísque nacional pra mim.

"Quando um homem te decepciona, o que tu espera que ele faça?"

"Não espero nada de homem nenhum, amor. Só tem mentiroso. Tudo de aliança no dedo, não reparou? Os caras vêm aqui enquanto a mulher tá em casa fazendo a janta e cuidando dos filhos. Às vezes até atendem as chifrudas na minha frente... Falam que precisam trabalhar até mais tarde, que estão no futebol, essas desculpinhas."

"Então tu nunca gostou de ninguém?"

"Só de você e desse seu sotaque gostoso que dá vontade de –"

"Tô falando sério, guria."

"É claro que já gostei, cacete!", ela afirma com a voz que só deve usar fora daqui. "Acha que puta não tem coração? Ainda gosto... Ele vem toda semana aqui. Promete que vai largar a esposa, que vai me dar a vida de rainha que mereço, que meu lugar não é num puteiro. Mas sempre some depois de me comer. Coloca meu dinheiro na cama e vai embora. E sabe o pior? Eu ainda tenho esperanças. Toda quinta, que é o dia que ele aparece, eu me arrumo achando que vai me levar daqui pra sempre."

Compro uma garrafa de champanhe pra ela e me despeço com um beijo no rosto. "O tempo cura tudo", afirmo em nosso último e único brinde. Gostaria de ter algo menos clichê pra dizer e, principalmente, de acreditar no que acabei de declarar. Seria mais fácil. Mas as tantas pessoas que passam a vida inteira fodidas, que se acabam mais e mais com o passar dos anos, são a prova de que o tempo nem sempre é remédio. O tempo é um ácido, isso, sim... O tempo e a indiferença das pessoas de quem gostamos.

Mal piso na calçada e o céu volta a lacrimejar. Estava apenas me aguardando. Será que a chuva caiu pra me trazer alívio imediato, como na música dos Engenheiros? O maço de cigarro tá vazio e eu me sinto igual. Um pouco mais, até. Como o papelote que acabei de matar em dois tecos.

46

"Um rapaz passou aqui bem cedinho. O dia ainda nem tinha nascido. Pediu para interfonar pra senhora", o porteiro novato me avisa assim que coloco o carro para fora da garagem.

"Cabeludinho de brinco?"

"Isso... Ficou um tempão aqui na frente. Com chuva e tudo. Deu até uns gritos olhando pra cima."

"E por que você não interfonou?"

"Eu interfonei... Ele me implorou de joelhos e eu fiquei com dó. Toquei várias vezes, mas a senhora não atendeu. Desculpa se fiz mal."

"Não, não fez."

Abro o segundo portão e ligo para o Leco. Caixa postal.

"Você está bem?", mando por SMS.

Ligo de novo e, mais uma vez, cai direto na caixa postal.

Tenho mil motivos para ainda estar chateada com ele, mas a preocupação é maior. Se você o tivesse visto atravessando a rua, bebendo todas ou fazendo um seguido do outro, saberia que não se trata de exagero da minha parte. Eu sei que o conheci assim, que não tenho o direito de querer mudá-lo e blá-blá-blá... Mas ele passa dos limites, sabe? Se eu não estivesse nem aí para ele, já o teria mandado catar coquinhos. Mas o pior é que eu gosto do sem noção. De um jeito que, até pouco tempo atrás, me parecia fora de cogitação. Existe uma chance de ser apenas amor de pica, como dizem por aí. Não descarto. Mas, quando penso nele, nem sempre o imagino me comendo. Ontem à noite, por exemplo, apesar de estar chateada pela causada que ele deu no restaurante, dormi recordando de quando me mostrou os CDs preferidos e, empolgado, contou a história por trás de cada um. Depois me pediu para tocar no notebook. Várias bandas de que eu nunca tinha ouvido falar. Fiquei horas deitada no colo dele. Até que capotei e ele me levou para a cama nos braços, do jeitinho que minha mãe fazia nas vagas lembranças que tenho de quando era bem novinha.

Ligo para a secretária da clínica.

"Bom dia, Tati. A primeira consulta é às oito e meia?"

"Nove, doutora... A dona Celeste acabou de ligar avisando que não vai mais conseguir trazer o Pipoca."

Quebro a rota que percorro faz anos: dirijo ao apê do Leco ouvindo um pendrive repleto de músicas que já considero parte da trilha do nosso filme; que ainda não sei se é drama, comédia ou só pornô mesmo.

Interfono para o trinta e três e, após alguns toques, o Caramujo atende com voz de sono.

"Tá tudo bem?"

"Comigo, sim, mas estou preocupada com o Leco. Você sabe dele?"

"Quer subir pra tomar um café?"

"Não quero incomodar. Não são nem –"

"Já estou fervendo a água. Café mineiro. Além disso, o Hendrix me disse que tá morrendo de saudade. Sobe aí!", e um "clec" avisa que o portão de ferro foi aberto.

Ele me espera de roupão preto do lado de fora do apartamento. Apesar da cara amassada de quem acabou de ser tirado de um sono profundo, sorri de um jeito acolhedor com os braços compridos e finos abertos.

"Saudade de você, Lailinha", afirma depois de um abraço. As patinhas dianteiras do Hendrix batem seguidas vezes em minha bunda. Os machucados nas costas sumiram, só restaram cicatrizes. Ainda manca, e é bem possível que continue assim pelo resto da vida. Acredito que tenha sido atropelado ou sofrido algum tipo de violência.

"E o Leco, hein? Você sabe onde ele está?", pergunto ao Caramujo, que está na cozinha, terminando de passar nosso café.

"Um segundo!", ele grita. E não demora a aparecer segurando uma caneca e um prato com cinco bisnaguinhas transbordando requeijão.

"Ontem eu perdi um pouco a paciência com ele. Motivo besta. Aí ele saiu e não voltou mais. Liguei agorinha e caiu na caixa."

"Eu também perdi a paciência com ele", confesso, "e agora me sinto culpada."

"Culpada por quê? Não se sinta."

"Mas você acha que pode ter acontecido –"

"Acho que não... Ele só é meio perdido mesmo. Bem perdido. Mas gosta de você, viu?"

"Como é que você sabe? Ele falou?"

"Não precisa nem falar: a cara de felicidade que ele faz quando você avisa que tá chegando diz tudo."

"Mas ele não falou nada?"

"Ele sempre fala. Vive me perguntando se eu acho que você o admira."

"E você responde o quê?"

"Que você o admira. Claro! Ele passou anos escutando o pai desmerecendo o sonho dele, dizendo que tocar é só um passatempo adolescente. Aí ele tem a sensação de que todo mundo acha a mesma coisa, entende?"

"Sei", digo atenta ao Hendrix, que está babando pela minha bisnaguinha. Agora me sinto ainda mais culpada: não foram poucas as vezes em que desmereci o trabalho do Leco em pensamento, de maneira até involuntária, difícil de vencer. Perdi as contas dos momentos em que a profissão dele me pareceu um empecilho para a nossa relação, uma pedra no sapato do futuro que almejo. O problema é que eu sempre idealizei muito as coisas, principalmente os relacionamentos. Cresci sonhando que me casaria com um tipo de homem, o mocinho penteado das novelas que o Átila até chegou a me parecer, aí, quando eu estava desiludida de tudo, Deus me apresentou o perdido do Leco, o oposto do que sempre imaginei para mim. E, mesmo sendo assim, ele foi me conquistando. Não sei nem explicar como. Mas sei que não aconteceu apenas pelos orgasmos que se importou em me dar. É provável que tenha a ver com o brilho quase infantil que ele carrega no olhar. Coisa de sonhador. Uma luz em extinção. E com a forma como me trata, com a importância que demonstra me dar.

"Falando nisso, quando vocês tocam de novo?", pergunto.

"O Leco contou do festival, não contou? É no sábado que vem."

Como mais uma bisnaguinha, termino o café, agradeço por tudo, agrado mais um pouco o Hendrix e, apesar da preocupação que ainda persiste, saio mais leve.

Ele gosta de mim e eu gosto dele. Ponto. É isso, Laila... De que mais você precisa?

Dirijo até a clínica tentando falar com o Leco, uma ligação perdida atrás da outra, nem aí para a vaidade que já me impediu de agir assim muitas vezes. Trânsito acima da média até para São Paulo. Alguns metros à frente, perto do ponto onde a Augusta desemboca na Paulista, vejo sirenes e um aglomerado de gente. Peço a Deus que não seja o Leco. Rezo baixinho. "Se não for ele, eu prometo que fico seis meses sem comer açúcar", decreto já perto da muvuca. Por um dos poucos vãos que restam entre os curiosos, vejo um corpo recebendo os primeiros socorros e sangue grosso empoçado no asfalto. Há um ônibus parado bem em frente e muitas cabeças para fora da janela. Ando mais uns metros e, com o coração na boca, parando, alcanço a certeza que almejava. Um "ufa" do tamanho da Rússia. Mesmo assim, já desfibrilada, atravesso a Paulista pensativa. O rapaz estirado no chão talvez seja o Leco de outra. Pode ter morrido sem saber se foi perdoado por alguém de quem gostava, sem ideia de que era admirado. A música que agora toca dentro de mim é triste e linda, a prova de que certas misturas improváveis podem soar bem. Igual àquela que sai do meu rádio: "Drown", do Smashing Pumpkins.

47

Eu tô só o pó. Literalmente. Mesmo assim, apesar do cansaço que me paralisa os músculos, os estampidos secos do meu coração não me deixam dormir. Existe um Caramujo batucando aqui dentro, martelando repetidas vezes o bumbo que me mantém vivo. A sensação é horrível, só não supera a bad.

Quando cheguei, o Caramujo me deu um abraço e falou que estava preocupado. Ao contrário do que teria feito minha mãe, não perguntou por onde andei nem criticou minha aparência. Apenas me pediu pra ligar pra Laila e, enquanto eu a tranquilizava, fez suco de laranja com acerola e um sanduíche duplo de atum.

"Cê precisa comer, mano", ele disse num tom fraternal, e me fez comer tudo, mesmo sem fome, até a casca seca da qual não gosto muito. Então, sentado à beira do meu colchão sob o olhar atento do Hendrix, que parecia compreender a importância de cada sílaba, contou de uma época da vida bem trash pela qual passou depois que uma pneumonia levou sua vó do dia pra noite. Chegou até a fumar pedra. Passava vários dias virado, dando rolê com uma galera toda errada, presenciou overdoses de amigos e outras tragédias que, segundo ele, pareciam coisa de filme até o dia em que se tornaram realidade e ele se viu num labirinto do qual pensou que nunca fosse sair vivo. Não me contou como escapou ileso – se é que não ficou com sequelas, né? – e, em momento algum, disse que sabia do meu caso com a farinha. Apenas deu um depoimento, feito jornalista imparcial, foi categórico quando disse que posso contar com ele e bolou um fininho pra tentar me acalmar. Antes de fechar a porta do quarto, ainda citou um pedaço de uma música do Emicida:

"Você é o único representante do seu sonho na face da Terra."

"E desde quando tu ouve rap, cachorro?", perguntei.

"Ouço tudo que pode me acrescentar alguma fita. Tá ligado?", e me deixou sozinho. Bancou o Mestre dos Magos, fechou a porta e saiu.

Movido por um espírito de renovação que só me soa convincente em ressacas brabas, liguei de novo pra Laila e aceitei caminhar com ela no Ibirapuera hoje à noite. Já tô cansado só de pensar em exercício. Mas dar uma suada é sempre bom, não é isso que dizem os médicos? E a bundinha da Laila fica uma delícia dentro daquelas calças de ginástica... Bah, já consigo até me imaginar pegando a guria por trás. No parque mesmo, se nosso tesão apertar; atrás de alguma árvore, torcendo pra que ninguém resolva se alongar no mesmo lugar. É... Até que eu levo jeito pra ser esportista. Fala aí!

Baixo a cueca torcendo pro Caramujo não entrar sem bater. Brinco com o pau evocando as mãozinhas da Laila; em minha enxurrada mental, frames do que já fizemos se misturam com vontades que ainda não matei; ela cavalgando de costas pra mim, batendo com a bunda em minhas coxas cada vez que me engole todo com a boceta; a única trilha é composta pelos gemidos sinceros que pretendo prolongar até que se tornem contrações musculares, cansaço quase mortal e, por fim, um ruivo nunca opaco cobrindo meu peito retumbante. Os mesmos suspiros que me motivam a segurar o gozo também aceleram minha vontade de esporrar dentro dela e, com sorte, expelir o vazio que às vezes me ocupa do nada, quando tudo parece bem. Chego a escutá-la ganindo igual aos bichos que salva da morte. Os uivos superam até minha Timbalada de estimação, meu receio de enfartar de repente, fulminante como rolou com meu tio no futebol, sem nunca ter gravado CD nem tocado com o Humberto Gessinger. Jorro no lençol fino que cobre a metade inferior do corpo e sou pego por um torpor inesperado e bem-vindo. Por alguns minutos, nem dez, perambulo entre sonhos e realidade como se não existissem mais limites. Não sei se já dormi ou se ainda não acordei. Num dos devaneios, desconfio que tudo não passa de sonho, que logo a furadeira do meu pai vai gritar pra me tirar da cama de solteiro e me fazer constatar que nunca saí de Santa, que não existe Laila nem Caramujo.

48

Tirando os skatistas que às vezes passam por nós ziguezagueando, ele é a única pessoa se exercitando de All Star e calça jeans por aqui. É provável que seja um dos únicos de brinco também.

Depois da primeira volta, quando eu parei para beber água, ele me perguntou se podia fumar.

"Faz o que quiser, ué!"

"Mas tu vai ficar braba?"

"O que você acha?"

Ele guardou o maço no bolso de trás da calça sempre caída e apertou o passo, com raiva de mim. Tipo criança birrenta, sabe? Deu mais uma volta sem falar nada, em um ritmo que até me surpreendeu.

"Aposto que você está se sentindo bem agora", eu disse depois que terminamos.

"Quer mesmo que eu fale a real pra ti?"

"Manda aí", falo tentando tocar a ponta dos pés, sentindo vários "crecs" na lombar e recordando da época em que fazia ginástica artística e, com facilidade, conseguia encostar a cabeça nos joelhos.

"Preferia estar te comendo."

"Leco!", digo de olho em uma senhorinha de cabelos roxos que faz transport num aparelho verde com partes enferrujadas. Ela não esboça reação. Não deve escutar nem transar. Ou ouviu tudo e não quer atrapalhar os deliciosos planos do Leco.

"O que é que tem? Tu não quer sentar aqui?", pegando no pau. Enchendo a mão.

"Você está louco?"

"Muito!", já se aproximando. "Morrendo de vontade de te pegar do jeito que tu gosta."

"Ah é? E como é isso?", cochicho no ouvido dele, na ponta dos pés, fingindo ser a ingênua que tanto o excita. A Laila que eu mal conhecia na era Átila já está colocando as asinhas de fora, tentando assumir o controle; a Laila que, por alguns minutos, ao menos, almeja o descontrole do qual passo a semana toda fugindo; a Laila da qual, segundo a Claudinha, eu deveria me orgulhar.

Dando uma de dançarino de flamenco, de mirada decidida, ele dá uma volta ao meu redor e estaciona na vaga que já é só dele, bem atrás de mim, levemente agachado, grudado à bunda que forço em direção a ele com receio de ser flagrada e um tesão que aflora justamente por isso, pela possibilidade de me notarem saindo dos trilhos da moral, que sempre segui à risca. O Leco não diz nada. Quase um minuto de silêncio pela morte do previsível, nem sessenta segundos de expectativa que já me deixam molhada. Está quente e suado. Sabe provocar com quietudes e se expressar com roçadas felinas. É mais bicho do que muitos dos animais que eu trato. E bicho é sincero, tem dificuldade para dissimular.

"Vamos para o carro?", pergunto com a mão para trás, agarrada àquilo que tão bem me ocupa.

"Viu só como tu me deixa?"

Dá vontade de sentar no Leco aqui mesmo, de colocar a mão dele dentro da minha legging e sentir o dedilhado ritmado e preciso que só pode ser coisa de guitarrista. Mas a Laila encapetada, que da Claudinha vive a receber aplausos e "assim que eu gosto", ainda não assumiu totalmente o comando. Ainda bem. Porque basta a velhinha resolver mudar de aparelho para me flagrar pegando nele, com a carinha de safada que se configura sem esforço, que já fez o Leco tirar minha boca do pau às pressas, me afastando pela testa. "Só um pouco, assim tu vai me fazer gozar", ele disse segurando as bolas, e me envaideceu. Estaria mentindo se dissesse que não me orgulho desse poder que venho usando cada vez mais.

Vamos até o carro nos agarrando sempre que há brechas, baixando o calão das palavras e torcendo para que nenhum ciclista surja voando da próxima curva; margeando a pista de cooper, sob a sombra noturna das árvores, seguimos nos atiçando cada vez mais, testando nossos limites e reflexos.

No estacionamento, enquanto tento me lembrar de onde deixei a chave do carro, sinto a mão dele, em formato de faca, reta, ganhando espaço calcinha adentro. Depois de descer até o fundo, ela se curva para dentro, virando uma concha que envolve minha bocetinha.

"Vamos entrar no carro primeiro!"

Mas ele me ignora, entra em mim com o dedo maior, que usa para disparar ofensas e construir acordes.

Olho por cima do ombro preocupada, temo que o dono do carro do lado – a menos de um metro do meu – apareça.

"Você está com a chave?", pergunto enquanto ele me toca.

Ele pega minha mão e leva até o pau. "Tu não prefere pegar outra coisa?"

No vão mal-iluminado entre os carros, ajoelho sobre um chão de pedrinhas pontiagudas. Mas logo me acostumo a elas. Coloco o pau na boca. O Leco me segura pelo rabo de cavalo e me chama de "cachorra" e de outros nomes que, até há pouco tempo, não me pareciam nem um pouco afrodisíacos. Até há pouco tempo... Porque agora, engolindo o máximo dele que consigo, fico mais excitada cada vez que me chama de coisas que sempre temi ser. Há uma audácia na fala e firmeza nas mãos das quais nunca senti falta no Átila, mas que agora me parecem essenciais.

"Coloca o dedo na bocetinha, coloca pra mim."

Coloco.

"Chupa tudo, minha putinha!"

Chupo.

"Vai, até o fim!"

Tento.

"Vou gozar!"

Ignoro o aviso, não o tiro da boca. Engulo tudo pela primeira vez. É amargo. Denso. Quente. Coloco o pau de novo entre os lábios, faço o Leco se contorcer com as mãos espalmadas sobre meu carro.

Ele respira fundo algumas vezes e enfim me dá a chave. Mas continua a querer se manter no controle: ordena que eu fique de quatro no banco de trás, baixa minha calça até os joelhos e, com uma mão em cada banda da minha bunda, me lambe até o exorcismo que expulsa a Laila encapetada quase no mesmo instante; sinto vergonha por tudo que acabei de fazer, uma vontade súbita de jurar que não sou assim, que nem sei como me abri tanto. Tenho a sensação de que ele não vai me tratar bem agora, que continuará a me chamar de cadela, agindo como meu dono. Mas...

"Tu acha que a gente pode pegar umas esfihas antes de ir pra casa?"

Não sei de qual casa fala, mas o timbre usado na pergunta me dá a certeza de que nada mudou: logo dirá mais uma vez que sou idêntica à mina do Jim Morrison, apagará a luz do quarto quando eu estiver com preguiça de ir até o interruptor que fica quase na saída e, depois de um dia todo comigo, só comigo, revelará o lado frágil que finge não ter. Talvez beba além da conta e me magoe também, e queira sair para comprar mais, "só mais uma", mesmo depois de me ver puta.

49

Num breve intervalo pra alguns goles de água, o telefone do Ricardinho tocou. Pouco tempo depois de colocar o aparelho na orelha, sob os olhares de todos os membros da banda, que o esperavam terminar pra passar a música "Remedy" mais uma vez, começou uma sequência infinita de "mas"; daí nos encarou com a mesma expressão que vi no pai quando ligaram pra avisar que o vô tinha batido as botas. "Cortaram a gente do festival", murmurou cabisbaixo, assim que desligou o telefone, e, no segundo seguinte, atirou o microfone no chão como o Axl Rose costumava fazer quando ainda era galã e usava shortinhos do É o Tchan. Bah, mas não foi surto de estrelismo: aquele era nosso último ensaio antes do show, já estávamos mais do que afiados. Mais do que isso: o cachê, muito maior do que todos até então, daria um fôlego extra pra muitos de nós. Não pra mim: estourei o limite do cartão ontem no Charme e fiz um empréstimo de cinco mil reais que, se as coisas continuarem assim, acabará me custando um rim. Ou os dois. Malditos bancos! E sabe o mais bizarro de tudo isso: cortaram a gente do festival porque uma gurizada começou a reclamar nas redes sociais que não tinham escalado nenhuma banda com músicas nacionais no repertório, que isso é preconceito e várias loucuras do tipo. E a escola de inglês – de INGLÊS! –, em vez de se posicionar, de colocar o pau na mesa, deu uma de bunda mole e cedeu à pressão incoerente: colocou uma banda que não tem nada a ver com o festival só pra ganhar moral nas redes sociais. Medinho de perder seguidores e curtidas, as moedas da atualidade. Pra agradar um bando de idiotas que se acham capazes de mudar o mundo sem tirar a bunda do sofá.

Depois que se acalmou um pouco, o Ricardinho ligou de novo pro guri do festival e disse que estávamos dispostos a inserir uns sons brazucas em nosso setlist, mas não adiantou: a banda menos relevante ficou de fora. Perdeu o lugar pruma tal de Tupinoroque, e a chance de ficar mais conhecida e, por consequência, de nunca mais precisar tocar em casamentos. Bah, como eu odeio casamentos. O Pedro me disse que a gente não precisaria se rebaixar tanto, que as coisas só melhorariam do ponto em que me passou as palhetas, mas fizemos um anteontem e, pelo andar da carruagem, é provável que a gente faça outros. Foi numa fazenda em Atibaia, a pouco mais de cinquenta quilômetros de São Paulo. Várias bebidas caras desfilando sobre bandejas prateadas e só nos serviram ceva quente. Passamos quase quatro horas tocando um repertório meia-bomba para um bando de borrachos e gurias fantasiadas de cupcake. Tivemos até que usar uniforme: calça social cinza, camisa branca e colete cinza. A Laila adorou quando apareci na casa dela assim, me pediu até pra usar mais vezes, "pelo menos em datas especiais". A sorte é que eu tinha passado no Fusca e pegado umas paradinhas. Porque não teria conseguido tocar tanto Jota Quest de cara limpa. Mandava as carreiras pra dentro e fingia alegria enquanto jogavam os noivos pra cima, cada vez mais alto. No final a gente voltou de van e o Ricardinho ficou lá, na cola de uma das madrinhas, uma guriazinha toda metida a socialite, fresca pra caralho, com uns papos que eu nem entendia direito. Falou um tempão de hipismo. *Como é que o Ricardinho consegue interagir com gente assim?*, eu me perguntava enquanto ele fazia a galera se finar de rir. É do tipo que sempre atrai as atenções. Tem pouco mais que um e setenta, mas chama os holofotes.

No tempo que a van demorou pra aparecer, fiz amizade com um garçom, o Rogério. Fiquei fumando com ele e outros funcionários. Uma zoeira só. Comemos uns rangos frios de nome estranho também. "Não sei, mas pode comer que é bom", ele me garantia de boca cheia. Falou que também toca. "Só que samba, meu camarada." Ao contrário dos funks putaria e daqueles sertanejos universitários lixos que invadiram as rádios, eu respeito o samba. Não é minha praia, mas é música de verdade. Samba raiz, tô falando... Não aqueles pagodinhos frouxos cheios de passinhos ensaiados.

Martinho da Vila, Clara Nunes, Cartola... Nada de sambinha Nutella cantado por gente que faz crossfit e bebe suco verde. Eu disse que samba é feito de cerveja, não tem outro jeito, e o Rogério concordou erguendo a latinha. Eu tenho um CD do Cartola; no encarte, ele tá com uma tiazinha na janela, de óculos escuro pique Stevie Wonder. Coisa fina, cachorro. Gostava de ouvir bebendo uma cachacinha de golinho. Sozinho em algum boteco. Dava uma tristeza boa. Nostalgia. "Cordas de Aço", baita som.

50

Ela entra em casa e já reduzo o volume da TV. Fazer cerimônia nunca foi a dela.

"E aí amiga, melhorou?", pergunta abrindo a geladeira.

Digo que estou um pouco melhor.

"Essa caralha está mais vazia do que a minha. E você cada dia mais magrinha, amiga... Não precisa fazer jejum. Está magrinha de tanto dar!", ela afirma. Fareja um leite e faz careta.

"Pior que tem razão. Ontem à noite, deu até câimbra na batata da perna."

"Pra que academia, né?", ela brinca jogando o leite azedo no ralo da pia. "Eu é que estou precisando de uma trepada de sair pingando."

"Ué... E o Jeferson?"

"Não deu certo. Muito galinha."

"Parecia tão bonzinho... O que ele fez?"

"Ah, ficava olhando para a bunda de toda mina que passava na rua, às vezes até virava o pescoção. Quer olhar? Pelo menos disfarça, caceta!"

"Idiota."

"É, mas não foi só isso...", inspira fundo e expira à la Hortência antes de arremessar em direção à cesta.

Já espero pelo pior. Os homens sempre conseguem se superar.

"Ele estava saindo comigo e com outra pessoa. Falava até as mesmas coisas. Chamava a piranha de 'vidinha' também, para não confundir."

"Jura?"

"Juro... Comecei a reparar que ele recebia várias mensagens de um tal de Paulo. De quem nunca tinha falado. Aí, quando ele dormiu, resolvi investigar. Não deu outra: os mesmos elogios que mandava para mim estavam lá, para esse Paulo. Que não sei se era

Paulo mesmo ou uma mina que ele encobria colocando o nome de... Ah, você entendeu!"

"E aí?"

"E aí? E aí que eu joguei o celular dele dentro da privada do motel e peguei um táxi. Fiz a rapa no frigobar e saí na ponta dos pés. Já armei muito barraco na vida, amiga. Você sabe mais do que ninguém. Dessa vez preferi deixá-lo só com a conta. Estou cansada daquela cara de sofrimento que eles fazem quando são descobertos. Não aguento mais homem implorando, dizendo que nunca mais vai acontecer, colocando a culpa na cerveja. E se o Paulo é Paulo mesmo, tem algo que não posso dar, concorda? Porque colocar uma cinta-caceta e comer cu de marmanjo já é demais para mim, sério! Já até chupei, você sabe, mas comer passa dos meus limites."

Não sei se rio ou choro.

"Pau no rabicó dele!", digo e dou um abraço forte nela.

"Ele vai amar!"

Ela não parece abalada, mas eu a conheço o suficiente para saber que está bem chateada. Não é tão durona quanto finge ser. Ninguém é.

Sugiro uma pizza e ela topa na hora. Pede uma toalha emprestada e vai tomar banho. De olho na TV, mas sem entender o que se passa por lá, penso no Leco e nas vadias que adoram pegar um músico. Compromissado ou não. Ele tocou num casamento e eu quase me retorci de ciúme. Coisa que não acontecia comigo fazia tempo. Um aperto no peito que não sei nem explicar. Aí veio direto para cá, todo bonitão de social. Fiquei com mais ciúme ainda. E hoje ele está tocando na Augusta, no bar em que o vi rodeado por oferecidas querendo dar para ele. Tenho vontade de esganá-las. Não sei se é pior estar lá e reparar na forma como babam por ele ou ficar aqui sem ver nada, imaginando coisas. A Claudinha acha que devo marcar território, mostrar os caninos com cara de "ele é meu, se chegar perto eu arranco seu fígado". Mas eu não sei... Não sei nem se estamos namorando, apesar de ele me mandar mensagem quase todo dia, ter lado definido na minha cama e escova de dente em meu banheiro. É que ele nunca me pediu em namoro, sabe?

E eu também não pergunto. Fico esperando por palavras que não sei se sairão da boca dele. Aguardando o que já tinha prometido pra mim mesma não aguardar. Mas espero... Espero que ele volte logo também, e que não tenha bebido muito nem colocado o pinto em outra; imagino cenas parecidas com as que protagonizou comigo, só que, em meu lugar, aquela loirinha que só faltava se atirar no palco da última vez em que o vi tocar. Os peitos da mina quase fugindo do decote e ela ficava pulando sem parar, cada vez mais alto. Até em música lentinha a vaquinha dava um jeito de balançar as tetas. E eu tenho certeza de que era para o Leco. Certeza! Porque, depois do show, quando eu fui ao banheiro, a mina chegou mais perto. Bem pertinho. Voltei bem na hora em que ela o estava elogiando. "Muito boa a banda, viu? Parabéns!", ela disse, e um monte de coisas que eu não ouvi direito. Cheguei já beijando na boca, dando as costas para ela. Beijei por mais de cinco minutos, só para ter certeza de que a sanguessuga sumiria. Funcionou. Mas e quando não estou?

Gostar de alguém é bom, não posso negar. Às vezes uma simples mensagem dele já me dá energia para enfrentar o dia. Mas é assustador também. Parece que estou sempre pisando em ovos, que tudo vive à beira de um desmoronamento. Falo para minha terapeuta e ela sempre me responde com uma pergunta: "Mas e o dia de hoje, está bom?". Aí começa a me falar tudo que já disse várias vezes, sobre viver o presente, abandonar o passado e deixar o futuro para a hora dele. Fala de um jeito tão convincente, com tanta clareza, que até me parece possível. Saio de lá renovada. Horas depois, porém, já começo a pensar lá na frente, a criar hipóteses para o relacionamento que vivo hoje, a pensar em como reagirei a coisas que nem aconteceram. "Mas ele já deu motivo para você pensar nisso?", minha terapeuta pergunta, e eu sempre me sinto idiota. A não ser por uma coisa que aconteceu esta semana: o Leco atendeu ao interfone da casa dele e desligou logo em seguida, como se alguém estivesse passando as unhas num quadro-negro do outro lado da linha. Tocou de novo e ele atendeu e não falou nada. Só ficou ouvindo. "Fica mudo", ele explicou. Eu não havia perguntado nada. Quando fui pegar água na cozinha mais tarde, porém, percebi que o interfone estava fora do gancho.

51

A Paulista tá iluminada. Mais ainda. Decorações de Natal recém-colocadas atraem fotos de smartphones e olhares curiosos de pedestres, motoristas, passageiros de ônibus espremidos, gringos que ostentam máquinas fotográficas demonstrando não conhecer os riscos do Brasil. O trânsito tá pior do que nunca, tudo trancado. Buzinas e xingamentos ao fundo. Arranque de motores e fumaça de escapamento.

Em frente ao shopping onde vou entrar assim que acabar o cigarro, um Papai Noel gigante faz movimentos repetidos com o braço esquerdo. O maior aceno que já presenciei.

Meu velho odiava o Natal, dizia que não passava de uma data inventada pra gente gastar nosso dinheiro suado. Tinha tanta birra da data que, certa vez, quando eu tinha mais ou menos sete anos, jogou no lixo um pinheirinho plástico recém-comprado pela minha mãe. Sem dar explicações, levou a árvore com pisca-pisca e tudo pra fora. Ela tinha acabado de pendurar as bolas vermelhas e uns presentinhos dourados, ficou arrasada, mas não tentou argumentar nem resgatou o pinheiro. Sabia com quem estava casada. Nunca mais comprou árvore. O único troço natalino que não incomodava meu pai era o presépio que, no primeiro dia de dezembro, minha mãe punha sobre a mesa de jantar que nunca usávamos. Às vezes eu brincava com os Comandos em Ação em cima dele. Jogava areia pra todo lado. Sequestrava o menino Jesus. Meus pais achavam absurdo. Até pediram pro padre conversar comigo. O velhote tinha bafo de cadáver. Falava pertinho, quase beijando. Um sermão de mais de uma hora que quase me fez vomitar. Odiava aquela igreja. Ainda odeio. Mas do Natal eu gosto, apesar de saber que meu pai tinha razão quanto ao interesse comercial por trás da data. Gosto do Natal porque nossos vizinhos, que viviam peleando, pareciam mais felizes nessa época. Tinham uma árvore de verdade com uma estrela na ponta que tocava o teto e sempre faziam amigo secreto. Da janela da sala, dava pra ver tudo. Começavam a trocar presentes quando meus pais já estavam dormindo. E eu ficava tentando adivinhar o conteúdo das caixas envoltas por laçarotes. Queria que em casa fosse daquele jeito também. Mas, como já disse, meu pai odiava Natal. Só fazia questão de peru, vinho e pavê. Enchia o bucho e ia pra cama. Minha mãe ficava na cozinha com as louças.

"Precisa de ajuda?", a vendedora me pergunta.

"Pode ser... Quero dar um presente pra minha namorada", falo.

Ela me mostra várias coisas que não combinam com a Laila. Brincos compridos e brilhantes que nunca a vi usando e colares com pérolas que até hoje só vi em pescoços enrugados.

"Não, não é isso."

Percebo que a guria fica impaciente. Deve estar desconfiando que as coisas daqui não combinam com meu bolso. Tem razão. Mas já tô todo ferrado mesmo.

Ela me mostra uma pulseira cheia de penduricalhos.

"Aí você pode escolher alguns que têm a ver com ela."

"E quais tu tem?"

"Tem de viagem, Natal, animais de estimação, bolas..."

Peço pra dar uma olhada em todos e ela abre várias caixas aveludadas.

"Quanto é esse cachorrinho?"

"Cento e vinte reais."

"Só o cachorro?"

"Só."

"E essa bandeirinha da Itália?"

"Cento e cinquenta. Ela é esmaltada... Está linda!"

"E a pulseira?"

"Duzentos."

Tento me lembrar de quanto ainda me resta do empréstimo. Seiscentos? Quinhentos? Nada?

"A gente parcela em seis vezes se precisar."

Tenho todos os motivos do mundo – um cartão de crédito estourado, inclusive – pra dizer "vou pensar" e sair. Mas já consigo imaginar a cara da Laila, o sorrisão que ela vai dar.

"Bah, vou levar" e peço pra passar no débito.

Eu não falei do empréstimo pra ninguém. Tenho honrado minha parte do aluguel como se tivesse vindo pra cá com uma reservinha de grana. O Caramujo até chegou a afirmar que pode segurar a onda se minha barra apertar. "Sempre paguei sozinho, mano. Deixa comigo se estiver ferrado." Desconfio que tenha recebido uma herança da avó mineira.

Apesar de ter muita gente aqui, sou um dos poucos com sacola. A crise tá braba. Até a praça de alimentação tá vazia. Além disso, pra piorar ainda mais as coisas, o candidato que tomou uma facada foi eleito. Assume a presidência no primeiro dia do ano que vem. Fez o primeiro discurso oficial com a Bíblia na mão, ao lado de militares. "Vou lutar pelos direitos da família tradicional brasileira", ele declarou. Fiquei bem preocupado. O Caramujo ficou mais ainda, só faltou chorar. Tenho certeza que o pai adorou. Deve ter chamado os tios e feito churrasco.

Passo no Fusca e caminho pelos Jardins. Os prédios são imponentes, têm terraços maiores do que meu quarto. À frente de cada um, há no mínimo um segurança uniformizado. Os carros precisam abrir dois portões pra sair da garagem. Só conseguem abrir o segundo depois que o primeiro fecha por completo. Vivo dizendo que não preciso de luxos, mas parte de mim gostaria de viver neles. Devem ter cama gigante de hotel e chuveiro com um jato que até dói as costas.

Entro num bar, dou um tiro e peço Campari com suco de laranja.

"Leco?!"

"Raul... Certo?"

"Memória boa, moleque. Está esperando alguém?"

Digo que não, e ele se senta comigo. Não tá de terno como no dia que foi meu motorista. Segura um copo de uísque.

"Que é que tu tá fazendo aqui?", pergunto.

"A Fox Models é ali, ó!", diz apontando pruma mansão branca do outro lado da rua.

"E tu, vai trabalhar ainda?"

"Não, já encerrei o expediente por hoje. Trouxe umas modelos lá da sua terra até a agência. Chegaram hoje em Congonhas. Coitadas."

"Coitadas por quê?"

"Ah... Todas chegam achando que serão as novas Giseles, que vão desfilar em Milão, aparecer em outdoor de marca bacana, essas fantasias. E a maioria não consegue. Quase ninguém consegue. Passam dias em jejum por nada, contando folhas de alface, e acabam fazendo anúncio pra revistinha de bairro, figuração em novela do SBT, só carne de pescoço."

"Bah, foda mesmo."

"Porra se é, parceiro. Pouca gente se dá bem neste país. Nem os jogadores de futebol estão mais com a bola toda, não é mesmo? Estão indo jogar fora, na Europa."

"Só funkeiro mesmo."

"Conheço vários, parceiro. Fui ao enterro do Mr. Catra em setembro. Puta cara legal."

"Foi levar alguém lá?"

"Nada... Era meu amigo. Um dos caras mais inteligentes que já conheci. Poliglota e o caralho. Entendia de tudo. Sabia conversar com grã-fino e com pé-rapado. Já tomei várias com ele aqui."

"Aqui?"

"É... Quase deu PT. Depois foi direto prum show na Zona Norte."

"E como conseguiu cantar?"

"Suplementos de celebridade!", ele afirma, rindo. "Igual aquele que você usou na noite em que foi pra Barra do Sahy."

Tento negar e ele me pede pra relaxar.

"Também aprecio as coisas boas da vida. É uma só", diz.

"Tenho um pouco aqui. Tu quer?"

Ele aceita e passo a carteira por baixo da mesa. Falo pra ir na manha: vai que o tiozão tem um treco. Baita cara de que vive à base de salgadinho e Coca. Coca-Cola. Porque eu nem imaginava que também curtia um pó. Mas curte, viu... O sorrisão de agora não nega.

"Boa mesmo, parceiro. Só não é melhor do que as escamas que rolam nas festinhas da Bonitta."

"Bah, a guria cheira?"

"Ela, não... É acelerada por natureza mesmo. Mas a farinha rola solta."

"Em bandejas?", pergunto lembrando de histórias que vivo ouvindo.

"Não... Isso aí é lenda. Hoje todo mundo tem celular com câmera. Se fosse assim tão descarado, como o povo acha que é, a coisa ia parar no YouTube e muitas máscaras já teriam caído."

"Mas tu já foi nessas festas ou só ouviu falar?"

"Você não acredita em mim, né? A mina é minha amigona, parceiro. Da época em que eu trabalhava pra Globo. Quando a Bonitta tava começando a estourar, eu a levei pra gravar o *Programa do Jô*. Foi comigo até o Rio e esqueceu o celular no carro. Um iPhone cheio de fotos comprometedoras, ela me confessou mais tarde, depois que viramos parças. 'Ia ganhar um dinheirão se vendesse, Raul. Os abutres são doidinhos para vazar algo meu', ela me diz até hoje. E, desde que rolou isso aí, quando vem pra São Paulo, ela só sai comigo. Além de me pagar bem, deixa mais de mil reais de caixinha. A mina tá podre de rica. Dizem que vai ser a maior artista pop brasileira de todos os tempos, maior até do que a Carmen Miranda. E eu não duvido. Já fez até parceria com artista gringo e parece que tá pra fazer show em Miami."

"Miami, magrão?"

"Claro... Quem é que não quer receber em dólar?"

"Mas tem gente que curte o som dela por lá?"

"Tem brasileiro pra caralho em todo canto, parceiro. Lá, em Londres, Paris, Lisboa, Barcelona... Tá todo mundo vazando daqui. Essa merda vai afundar logo mais. Anota aí."

Ele pede pra dar mais um teco e volta ainda mais falante.

"Tu quer ir comigo na próxima?"

"Ir pra onde, cachorro?"

"Numa festinha da Bonitta. Costumam rolar numa casa que ela tem em Alphaville."

"E quando vai ser?"

"Acho que na semana antes do Natal deve rolar. Ela vai fazer uma participação no especial do Rei."

"Avisa quando tu souber, então."

Ele anota meu telefone e pede mais um uísque. "Quer um também?", pergunta. E chama dois, antes mesmo da minha resposta. Sorte a minha.

Às vezes tenho a sensação de que ele é gay e só tá esperando uma brecha pra me propor um troca-troca. Aqueles coroas de quem ninguém desconfia, que pegam travecos na rua e pagam bem pra serem enrabados. Fico atento à mão gorda e peluda dele, temendo que pouse sobre minha coxa a qualquer momento. Deve ser coisa da minha cabeça: não tô acostumado com gente tão legal assim, tenho dificuldade pra acreditar em gentilezas gratuitas.

Dou mais um tiro e deixo um restinho pra ele. Umas duas carreirinhas.

"Eu moro aqui do lado", ele me conta. Temo que solte um convite. Mas ele apenas fala de como o acaso – que insiste em chamar de "Deus" – abriu as portas pra ele. Veio do litoral pra trabalhar como boy. Tinha dezessete anos. Daí, por causa do time pro qual torce, o Santos, o dono da empresa foi com a cara dele e começou a delegar entregas maiores. Algumas que precisavam ser feitas de carro. Então ele foi crescendo, indo cada vez mais longe, até o dia em que buscou um amigo do patrão no aeroporto e o livrou de um sequestro. Fugiu de uma moto pela Marginal, por vários quilômetros, temendo pela própria vida, incapaz de prever que aquele passageiro tímido, que mijou nas calças, viria a se tornar presidente da maior emissora de TV do país.

Continuo não acreditando em tudo que diz. A mesma pulga atrás da orelha do dia em que o conheci. Insisto de novo pra que escreva um livro. Mentira ou não, os causos são bons.

"Ainda tenho muita coisa pra viver. Quem sabe, quando eu ficar velho e não conseguir mais dirigir", ele diz.

"Bah, daí tu escreve a parte dois. Depois a três... E vai indo... Tipo Harry Potter, cachorro."

Ele dá o último teco e diz que precisa "dar linha".

"A conta tá paga", afirma colocando mais um copo de uísque na minha frente. "Ligo quando for rolar a próxima."

Por mensagem, convido a Laila pruns tragos. Não quero perder o embalo. "Não estou me sentindo muito legal hoje. Vou tentar dormir", ela responde. Pergunto se precisa de alguma coisa e ela agradece. Pede para eu me cuidar e diz que gosta muitão de mim. "Eu também", envio. Se meu celular tivesse umas carinhas felizes e uns corações, eu mandaria também. Mas, como tu bem sabe, sou retrô e ainda tô no SMS.

52

Ele atiça um pouco meus filhos, deixa carteira e celular sobre a mesa da sala e entra no banho. "Um lugar onde as pessoas sejam mesmo afudê", cantarola. Tento controlar minha vontade de fuçar nas coisas dele. Tenho motivos mais do que suficientes para não querer piorar ainda mais o dia. Porém a ciumenta que existe em mim vence: pego o celular e vou direto às mensagens: Caramujo tentando descobrir se ele está vivo, Caramujo dizendo que deixou a chave sob o tapete, Caramujo afirmando que a faxineira não irá neste mês, eu perguntando se ele já está pronto, agradecendo por mais uma noite, querendo saber se já voltou. Só. Vejo as ligações feitas e recebidas e não acho nada de suspeito também. Abro a carteira então... Só duas moedas de dez centavos, RG, cartão e... Peraí... Que porra é essa?

Entro no banheiro sem bater, com o saquinho de pó branco à mão.

"Você pode me explicar o que é isso, Leandro?!"

Ele esfrega o vidro do boxe para desembaçá-lo, espreme um pouco os olhos e diz que não é nada. Fica de costas para mim.

"Como assim, não é nada?"

"Tu sabe o que é... Quer que eu fale o quê? Que eu não sei quem colocou aí?"

"Poxa, Leandro... Já não é fácil aceitar o monte de maconha que você fuma... Mas isso aqui... Isso é demais!"

Jogo o saquinho na privada e dou descarga.

"Desculpa", ele me pede. Ainda virado para os azulejos brancos e azuis. "Não sei o que te dizer."

"Melhor você dormir na sua casa", afirmo e bato a porta do banheiro. Desabo. Sobre o chão do corredor, choro até quase engasgar. Chego a achar que estou sufocando.

"Desculpa", ele me pede mais de uma vez. Pingando.
"Melhor você ir."

Meu nariz escorre e meus olhos ardem. Dói a cabeça e também por dentro, onde fica a alma.

"Tu me desculpa?", ele pergunta colocando a mão sobre meu ombro, já vestido, com a parte de trás da camiseta toda molhada. Eu me afasto como se tivesse nojo dele, como se temesse uma doença mortal e altamente contagiosa. Meu bololô interior cresce ainda mais quando a porta do elevador se fecha e me flagro só.

Meu celular toca algumas vezes e eu o coloco no silencioso. Deito no chão. Os cachorros parecem saber que estou sofrendo, ficam me lambendo sem parar, forçando a cabeça contra minha barriga, que dói de tão contraída pela decepção.

Ligo para a Claudinha e digo que estou mal, é tudo que consigo expressar em meio às lágrimas.

Ela chega em menos de vinte minutos. Com uma camisola que deixa a polpa do bumbum à mostra e os cabelos molhados.

"O que foi, amiga?", ela pergunta já me acolhendo.

A vontade de chorar aumenta quando encosto a cabeça no peito dela.

"Está preocupada com os exames que o médico pediu, é isso? Não vai ser –"

"O Leco... Ele...", não sai mais nada. Não consigo engolir nem vomitar a bala Soft que me engasga.

"O que ele fez, amiga? Se ele tiver batido em você, eu juro que mato ele agora! Saio daqui e –"

"Está usando cocaína."

"Como você descobriu?", pergunta penteando meus cabelos com os dedos, da mesma maneira que minha nonna fez quando minha mãe sucumbiu à doença. Até hoje não sei de onde tirou forças para me consolar depois de perder a única filha.

"Achei na carteira dele."

"Ah, amiga... Não é a pior coisa do mundo. Quer dizer... É horrível, pesado... Mas talvez seja só uma vez, uma fase, sei lá."

"Não importa! Você sabe das poucas lembranças que tenho do meu pai, não sabe?"

"Sei, amiga."

"Então... Minha mãe sofreu demais por causa dessas merdas. Uma decepção atrás da outra. Até que tomou coragem para se livrar dele."

"Eu sei como você deve estar —"

"Não sabe, amiga... Tenho pouquíssimas lembranças dos meus pais juntos, e a mais dolorida de todas é da minha mãe chorando no banheiro depois de dar descarga na droga do meu pai. Igualzinho ao que eu fiz hoje."

Ela faz silêncio. Depois tenta descontrair:

"Mas pelo menos ele não está dando pro Paulão, né?"

Não consigo parar de chorar.

"E pelo menos hoje você não vai dividir a cama com uma mulher de melões de fora, já vim até de camisola!"

"Poxa vida, a gente estava tão bem."

53

"Vamos conversar?", pergunto. É a primeira vez que ela me atende desde que me pegou com pó, faz quatro dias.

"Conversar o que, Leandro?"

"Eu parei... Não vou mais usar."

Decidi mesmo.

"Sei..."

"Tô falando sério. Não uso desde o dia que tu me expulsou daí."

Fiz uma despedida daquelas assim que saí da casa dela, e já era mais de meia-noite, então não estou mentindo. Peguei um táxi até o Piolho e comprei logo um "Faustão", um papelote que vale por cinco. Mandei uma atrás da outra no primeiro boteco que vi, até ficar de maxilar travado. *Quando eu acordar, se é que vou sair vivo e conseguir dormir, quero ter uma ressaca das brabas, de não conseguir nem olhar pra essa parada,* era o que se passava na minha cabeça enquanto esticava carreiras que entrariam fácil pro *Guinness*.

Ela faz silêncio. Chego a achar que a linha caiu.

"Laila, tu tá aí?"

"Estou, Leco, estou aqui... E estou muito decepcionada com você."

"Desculpa. A última coisa no mundo que eu queria era te magoar. De coração", digo. Não consegui apagar a imagem da Laila chorando no corredor. Fecho os olhos e é essa cena que vem. Dá vontade de voltar no tempo, recomeçar tudo direito, ser outra pessoa, beber até ter o maior de todos os apagões. Mas beber me dá uma vontade de cheirar que tu nem imagina. Um copinho de cerveja e já quero um tirinho. Cai melhor do que aquele amendoim japonês que tu só sossega quando acaba. E vice-versa: nada como um trago de qualquer troço alcoólico pra descer o baita amargão que o pó deixa na garganta.

Laila então desata a chorar.

"Me perdoa, por favor. Tu não imagina o quanto eu gosto de ti. Quer que eu faça o que pra te provar?"

"Quero que você pare de usar droga, Leco. Só isso!"

"Eu já parei."

"Faz só quatro dias."

"Mas eu parei. Acabou."

"E de beber?"

"Tô dando um tempo também."

"Hum...", e mais uma dose de silêncio aflitiva.

"Laila?"

"Oi, Leandro... Oi!"

"Tu vai me perdoar ou não vai?"

"Você parou mesmo?"

"Juro pra ti que parei. Agora só farinha de trigo."

Um riso. Um "rá" solitário que já tira parte da âncora das minhas costas.

"Quer dormir aqui?", ela pergunta.

"Bah, quero mais do que aquela Fender branca que te mostrei na Teodoro. Bem mais!"

"Então venha."

Troco de roupa num segundo, mergulho numa nuvem do perfume comunitário, escovo os dentes e a língua até lacrimejar e pergunto ao Caramujo, que tá lendo no quarto, se pode me emprestar algum pra eu pegar um táxi até a Laila.

"Vai usar pra pegar táxi mesmo?", pergunta. Sabe de tudo que rolou.

"É, cachorro... Tu não confia mais em mim?"

"Só eu sei o quanto já menti pra usar mais, mano. Só eu sei. Vou chamar um Uber, beleza? Qual o endereço?"

Digo o nome de um bar que tem lá perto, não sei o endereço de cabeça.

"Manda mensagem pra ela."

"Sério?"

"Sério."

Mando uma mensagem, recebo o endereço e repasso ao Caramujo. "Fox placa QUF1568", ele me diz depois de algumas dedadas no celular. "Já pode ir descendo."

Pego o presente de Natal e desço voando.

54

Apesar de ser um momento de reencontro, há notável desespero em nosso beijo. A fome das despedidas de aeroporto que precedem grandes – ou eternos – hiatos. Boca a boca que me afoga ainda mais no que eu já sabia e tentava negar; chupa-chupa movido por saudade e, principalmente, pela vontade de viver aquilo que, nos últimos dias, chegamos a pensar que não aconteceria; planos que fiz mesmo sem querer, contrariando meu lado racional e machucado; sonhos que eu já estava tentando riscar da listona que lotamos neste curto e intenso tempo de convivência.

Os lábios dele têm gosto de tabaco e bala forte. Gelam os meus. Por dentro, no entanto, esquento a cada mordida que me dá; dentadas que até doem, que talvez deixem marcas, nada calculadas como as de costume. Nossas línguas afoitas se trançam desritmadas e, mesmo ciente de que estamos agindo como adolescentes, sinto que somos mais do que fogo de palha. Tudo me leva a crer que o verão chegou antes da data esperada. O Leco é uma frente quente improvável e imprevisível que veio do Sul para tirar meu coração de dentro da geleira na qual o Átila o atirou. Irônico, né? Veio para abalar minhas convicções e provar que brincos na orelha podem ser meros detalhes quando comparados aos papos com sintonia pós-gozada, aos gemidos sinceros e escandalosos que me deixam com vergonha quando algum vizinho entra comigo no elevador; *será que ele sabe que sou a dona da voz?*, penso enquanto o térreo não chega.

A calcinha não demora a sair de cena, é arremessada para bem longe do sofá e meus filhos correm atrás. Beijar já nos parece muito pouco. Sento sobre o Leco, de frente para ele, enquanto o Luis e o Miguel latem. Preciso prendê-los por um tempinho na cozinha, mas não quero o Leco fora de mim nem por um segundo. Hoje ele não me chama de "putinha" nem me come forte. Não me pega pelos cabelos nem dá tapas na minha bunda: com a língua, contorna o mamilo que ficou à mostra quando uma alça do vestido foi colocada para o lado com uma delicadeza inédita. Com o pau todo dentro de mim, ele me abraça como faz uma criança que acabou de reencontrar a mãe em uma praia lotada do Guarujá, depois de horas perdida. "Não quero ficar sem ti", sussurra direto à alma. "Não vai", falo mexendo o quadril com cuidado: não quero que escape das minhas entranhas. E assim permanecemos engatados até que meu universo vibra, tombando o elefantinho de madeira da mesinha de apoio encostada no sofá.

"Tu tá bem?", ele me pergunta ao notar uma estalactite transparente prestes a desgarrar do meu queixo.

Peço que me abrace e não me solte. Apenas isso. Tenho vontade de dizer que o amo, mas não sai.

"Trouxe uma coisa pra ti", ele afirma com a orelha entre meus seios. Vive ouvindo meus batimentos. Diz que nem os dele, de sedentário, aceleram tanto. Fala que não consegue nem prestar atenção na TV quando está deitado sobre meu peito.

"Ah, é? O quê?"

Ele finalmente sai de mim, ainda um pouco duro, e tira do bolso de trás da calça uma caixinha branca e dourada do tamanho de um maço de cigarros.

Abro.

"Não acredito..."

"Tu não gostou? Se tu quiser, eu posso –"

"Eu queria muito uma dessas! A outra veterinária da clínica tem uma lotada de balangandãs. E tem um cachorrinho que parece o Luis, ooounn... E uma bandeirinha da Itália em formato de coração muito linda! Amei, amei, amei, amei...", declaro metralhando o rosto dele com selinhos.

"Tu tá falando sério mesmo? Porque se –"

"Estou, caramba!", e mais boca a boca. Como se fosse preciso para ressuscitar algo que nunca morreu, né? Pelo contrário: parece ter crescido ainda mais nos dias em que não nos falamos. Por mais dolorido que tenha sido – e apesar dos quilos que ganhei comendo igual a uma esfomeada –, evidenciou o sentimento que eu tentava abafar. "É muito cedo para isso, Laila!", eu me alertava, fazendo vista grossa aos tantos indícios de que, em pouco tempo, nós já estávamos misturados até o talo, exatamente como ele estava em mim minutos atrás. "Você está apaixonada, amiga. E tudo bem", a Claudinha me disse. Mas foi difícil aceitar. Ainda é. Às vezes chego a achar que teria sido melhor se nunca o tivesse conhecido. Agora, mais uma vez, eu tenho alguma coisa a perder. E a dor da perda ainda está fresca na memória.

55

Deitado, com um cinzeiro transbordante sobre o peito, acendo um fininho e observo o vulto dos insetos que morreram no vidro leitoso e oval que cobre a lâmpada do teto. Prometo que vou tirá-los mais tarde. No discman, "Part of Me", da Tadeschi Trucks Band.

Tô com vontade de dar uma banda a pé, de sair sem direção pra pegar um pouco do sol, que andava tímido. Mas é melhor eu ficar aqui. Não posso correr o risco de acabar pegando mais do que raios solares por aí. Nem com o Hendrix eu tenho saído, tá tudo nas costas do Caramujo e da Laila, que tem passado todos os dias por aqui depois da clínica. Tem um boteco na esquina de casa, e eu me conheço: tomo duas cervejas e já bate uma vontade doida de rever o Fusca.

O Caramujo tá fazendo de tudo pra me manter distraído, comprou até um videogame. Tem me puxado bastante pra fazer um som também. Toco bem mais com ele do que com o resto da banda. Não só porque moramos juntos: o ano está chegando ao fim e todo mundo anda meio desanimado. O Ricardinho tá até cogitando dar um tempo e trabalhar para um amigo que vive nos prometendo uns dias de estúdio. Acho que foi o lance do festival. O baque foi forte. Ou o último papo que tivemos com o dono do 472: ele não sabe se vai ter grana pra nos manter ano que vem. "Vocês tocam bem pra carai, animam a galera, a gente que não tá bem das pernas mesmo. Ainda vou tentar reverter as coisas, tenho umas ideias, mas não posso garantir nada", ele disse. Não parecia mentir. Parecia envergonhado, isso sim... Tá todo mundo quebrado por aqui. Lojas do século passado estão fechando as portas. Ontem, na casa da Laila, eu vi no jornal que este tá sendo o pior mês de dezembro pros comerciantes da 25 de Março. De todos os tempos. E olha que lá tudo é barato.

É impressão minha ou tem umas batidas extras na música? Não, não... É a porta. Tiro o fone e digo pra entrar.

"Mano, é a sua ex de novo no interfone. Acho melhor cê trocar uma ideia, ou a mina vai continuar tocando aqui. Aí quero ver você explicar pra Laila. Eu disse que ia ver se cê tava. Posso falar que vai atender?"

"Tu acha melhor mesmo?"

"A mina toca aqui quase todo dia, mano. Não vai parar enquanto cê não der um corte", afirma imitando um samurai.

Levanto com tudo, catapultando o cinzeiro.

"Deixa que eu limpo. Vai logo atender", o Caramujo me diz agachado, já catando bitucas.

"Pensei que tu fosse ficar fugindo de mim pra sempre."

"Tô bem melhor sem você, Cris."

"Tu parecia feliz lá em casa."

"Eu tava louco, é diferente."

"Tu sempre vai ser louco, Leco."

"Bah, pode ser que tu tenha razão. Mas não por ti. Porque tu não toca na casa do engenheiro?"

"Então por que tu ainda guarda a seda na carteira?"

"Não guardo mais. Queimei, engoli e te caguei."

"Nossa, não precisa falar assim comigo", ela fala, já com a voz manhosa que usava quando queria inverter o jogo em nossas discussões.

"Tu quer que eu fale como?"

"Por que tu não desce pra gente conversar?"

"Tchau, Cris."

Ela não diz nada. Só escuta. Bato o interfone.

"Se tu queria me deixar triste, conseguiu. Por que tu não some, hein?!", resmungo. Enfio uma bolacha inteira na boca.

"Calma, mano. Você fez a coisa certa." Ainda recolhendo guimbas.

"Tu pode ver se ela ainda tá lá?", peço cuspindo farelos e ele vai até a janela.

"Já foi, irmão."

O Hendrix lambe as cinzas que o Caramujo não conseguiu limpar. Tento engolir a massa doce, a bola na garganta que encorpa sempre que entristeço gente de quem gosto. Não desce nem com um copão de água.

"Vou dar uma volta, cansei de ficar preso", digo. Penso na merda que fiz quando concordei com a sugestão do Caramujo de passar uns dias aqui me reabilitando. Foi o que ele fez.

"Fica aqui, mano!", o Caramujo fala correndo em direção à porta. Fica de costas pra ela, de braços abertos, dando uma de goleiro. Parece até um pouco com o Cássio, do Corinthians.

"Só vou dar uma volta, magrão."

"Isso se chama autoengano. A gente se sabota e nem percebe. É assim com todo vício."

"Eu acho que nem viciado sou, se tu quer mesmo saber."

"Eu também não me achava, até parar de vez e sentir a cabeça querendo explodir, as tripas revirando."

"Mas tu fumava crack, Caramujo. Aí é mais –"

"É tudo a mesma merda, Leco. A bebida também."

"Então por que tu não para?"

"Ah, mano... Faz o que você quiser, beleza?", e libera minha passagem.

Respiro fundo e dou algumas bufadas idênticas às que meu pai dava nas raríssimas vezes em que ia ao Royal Plaza Shopping com minha mãe. Pego o banquinho bambo da lavanderia e caminho em direção ao quarto. Bufando ainda.

"Vai fazer o que com isso?"

"Não te preocupa."

Empurro o colchão pro lado, tiro o vidro que protege a lâmpada e me livro dos insetos que morreram queimados por aquilo que buscavam. Não quero ser um deles, não posso mais, mesmo achando que é só questão de tempo pra que eu seja atraído pelo brilho errado.

"Isso aí, Lecão. Vou até fazer um bolo pra você. Gosta mais de cenoura ou de fubá?"

"Tanto faz."

"Não tem tanto faz aqui. Qual prefere?"

"Cenoura."

Reviro minha mala de CDs em busca de alguma coisa do Clapton. Algo sem "Cocaine". Se ele conseguiu ficar limpo, eu também posso. Tenho até uma Laila. Sem ípsilon, mas tenho. Torço mais um fininho, meto *461 Ocean Boulevard* no discman e vou direto pra música "Give Me Strength". Não acredito em Deus, mas também preciso de força. *"Please give me strength to carry on"* e um liquidificador se esgoelando ao fundo.

56

Uma mensagem chega.
"Tu já dormiu?"
Digo que estou com insônia.
"Bah, eu também."
"Então vamos conversar."
"Não, não quero te atrapalhar. Tu acorda cedo amanhã, precisa descansar."
"Não tem problema, estou acordada mesmo."
"É que eu li um poema e queria que tu lesse também."
"Me manda o link."
"Li num livro do Caramujo."
"Ah tá... E como chama? Eu procuro aqui, deve ter na internet."
"*Confissão*. É do Bukowski."
"Nunca li nada dele."
"Lê esse poema quando puder. Dorme bem."
Falo para ele se cuidar e procuro o poema no Google.

**esperando pela morte
como um gato
que vai pular
na cama
sinto muita pena de
minha mulher
ela vai ver este
corpo
rijo e
branco
vai sacudi-lo**

talvez
sacudi-lo de novo:
hank!
e hank não vai
responder
não é minha morte que me
preocupa, é minha mulher
deixada sozinha com este monte
de coisa
nenhuma.
no entanto
eu quero que ela
saiba
que dormir
todas as noites
a seu lado
e mesmo as
discussões mais banais
eram coisas
realmente esplêndidas
e as palavras
difíceis
que sempre tive medo de
dizer
podem agora ser ditas:
eu te
amo.

57

"Você acha mesmo que já está na hora de sair?", ela me pergunta.

"Bah, tu não imagina como eu tô de saco cheio aqui. Já tá na hora de voltar a dar umas bandas com o Hendrix, reassumir meu posto na Vendetas... O piá que me substituiu nas apresentações desta semana não tem nem pelo no saco!

"Podemos ver um filme aqui em casa, na Netflix."

"Prefiro cinema. Quero ver gente, andar um pouco, comer um rango bem gorduroso, o mais próximo possível de um xis-coração."

"Acha mesmo que já deve sair?"

"Bah, tenho certeza! A gente vai pro cinema, não pra Colômbia."

"Nem brinca com isso."

"Mas é verdade. Tu acha que vou comprar pó do guri que vende pipoca? Capaz!"

"Não gosto nem de ouvir essa palavra."

"Vai vir me buscar aqui ou vai me receitar mais uns dias na Clínica de Reabilitação do doutor Caramujo?"

"Ele está aí?"

"Tá."

"Posso falar com ele?"

"Não acredito que tu anda de conversinha com ele."

Passo o telefone pro Caramujo. Fica nítido que discutem o risco da minha ida ao cinema. Os prós e os contras. Chega a ser ridículo. Viraram psiquiatras de repente?

"Eu tô bem", afirmo usando o mínimo de voz, esperando que mande bem em leitura labial. "Eu tô bem!", mexendo os lábios de forma ampla e fazendo sinal de positivo com ambas as mãos.

Depois de quase vinte minutos roendo as unhas, escutando os dois me compararem a viciados em heroína e outros exageros, o Caramujo solta um "beleza" e me devolve o telefone. Não sei quando ele se tornou meu pai nem por que tenho agido como o filho obediente que nunca fui. Existe uma força misteriosa que me faz respeitá-lo. Consideração e vontade de não decepcioná-lo. Não consigo pensar em nada mais doloroso do que decepcionar as pessoas que acreditam em nós. Já decepcionei muita gente, tu nem imagina.

"Passo aí daqui a uma hora então. Pode ser?"

"Tu que manda."

"Escolha um filme. Beijos."

Peço ajuda pro Caramujo, meu guia particular de cinema, baterista underground preferido, pai paulistano, psiquiatra, carcereiro...

Ele saca o celular do bolso, dá alguns toques na tela e afirma empolgado:

"Tem um que, se pá, cê vai curtir, mano."

"Por quê?"

"Eu ouvi um cara falando dele outro dia na TV. É sobre um cantor de música country meio decadente e uma mina. Não sei direito. Mas ele disse que tá sendo até cotado pra ganhar Oscar e o caralho. Tem a Lady Gaga e aquele ator bonitão que fez aquele filme com uns malucos que só fazem cagada numa despedida de solteiro. Tá ligado? O... O... O..."

"Richard Gere?", chuto. Curto os antigões, não sei mais quais guris fazem sucesso.

"Não, mano... O..."

"Patrick Swayze?"

"Cê tá louco, Lecão? Esse aí já até morreu. Faz uns cinco anos. Câncer, acho. Depois eu lembro o nome do ator."

Entro no banho e o Caramujo vem atrás. Senta na privada. Os últimos dias internado aqui aumentaram muito a nossa intimidade. A adoção conjunta do Hendrix também. E apesar de ele às vezes fazer gracinha com a grossura da minha piça, dizer que a Lailinha tá passando bem e pedir pra não deixá-la mancando, eu não tenho o mínimo receio de ser atacado do nada, como sei que meus amigos teriam. "Tu toma banho com um veado te vendo, tchê? Bah, tu é louco!", falariam se eu contasse. Mas não vou contar. Não pelo que podem falar nem pelas fofocas que decerto vão espalhar. Não vou contar porque nunca foram meus amigos de fato. Nem eu deles. Só companheiros de trago e narigada. Só.

58

A Claudinha está na cozinha fuçando meus armários atrás de comida. Qualquer coisa com carboidratos dentro do prazo de validade. Começou a fazer zumba hoje. Chegou vermelha, jurando que nunca ficou tão cansada na vida. Nem quando dava para um moleque de dezoito anos que conheceu em Porto Seguro. Ela em um congresso e ele na viagem de formatura do colegial. Não escuto direito o que está me perguntando. Pego o algodão e a acetona e vou à cozinha.

"O que você falou?"

"Perguntei como foi o cinema com o Leco."

"Ah, foi legal."

"Ihhh... Não senti firmeza. O Leco está bem?"

"Ele está ótimo. Até tomou suco verde no jantar. Fez careta, mas tomou. Só o filme que não me agradou muito."

"Por quê?", pergunta abrindo um vidro de azeitona com uma careta de quem está quase fazendo cocô.

"O cara se matou no final. Bem quando as coisas tinham se acertado."

"É filme, amiga", ela diz. Enfia uma azeitona atrás da outra na boca. Nem bem se livra de um caroço e já manda mais uma para dentro. Já comeu um quarto do pote e não está com jeito de que vai parar.

"E os exames, já marcou?", ela me pergunta de boca cheia.

Pergunto se acha que devo continuar com o esmalte vermelho ou variar para um mais claro, um nude.

"Vermelho. É a sua marca."

"Mais previsível do que você, impossível."

E o Natal? Tem certeza de que não quer passar lá em casa de novo?", ela me pergunta.

"Tenho, amiga. Obrigada. O Caramujo vai fazer peru e tudo. Sempre passava sozinho, porém agora, com mais gente, se animou para fazer o jantar. Manda muito na cozinha, é quase um Masterchef. Você precisa comer o bolo de cenoura dele. Vai pirar! Aliás... Por que você não passa lá depois que fizer o amigo secreto?"

"Ah... Não é chato?"

"Pelo contrário: quanto mais gente, melhor."

"Não estou falando pela quantidade."

"Então por que seria chato?"

"Ah, só vai ter casal. Vou ficar de vela."

"Para de ser louca, amiga. Vou avisar que você vai passar lá, fechou? Aí você come um pouco de arroz sem passas também."

"Quem diria, não é mesmo?"

"O quê?"

"Que você passaria o Natal namorando. Lembro da cara de bunda que você estava há poucos meses. Agora está até mais bonita, sem zoeira. Aquela história de sexo fazer bem para a pele é a maior das verdades. Se passar um pouco de sêmen no rosto, então...", ela afirma colocando uns pedaços de azeitona sobre uma fatia de pão de forma seco e sem graça. Doze grãos, mas nada de sabor.

"Credo."

"Credo, que delícia, você quer dizer!", e mete o lanche improvisado inteiro na boca.

"Acha mesmo que não devo variar um pouco a cor do esmalte?"

Ela repete que o vermelho é minha assinatura e, de olhar frustrado pregado no armário vazio, pergunta se pode me contar um segredo.

"Claro, amiga", respondo com certo medo. Se as coisas que ela me diz aos berros em cafés e padarias já são chocantes, imagina um segredo.

"O Leco me ligou ontem."

"O Leco? Mas como ele tem seu número?"

"Passei pra ele naquela noite da tequila."

"E ligou por quê?"

"Pediu para ajudá-lo a escolher seu presente de Natal."

"E você sugeriu o quê?"

"Um vestido. Dei até o endereço da loja que gosta e expliquei como são os modelos que você prefere."

"Falou que não pode ser depois do joelho? Senão eu fico muito baixinha."

"Claro que falei. Umas duas vezes. Disse também para ele procurar algum que não tenha a manga muito cavada porque você acha seu braço gordo."

"E tenho!"

"Olha isso aqui então", ela fala dando um tchauzinho.

"Ele disse quando pretende comprar?"

"Falou que vai depois do último ensaio que a banda fará neste ano."

"Ensaio?"

"É, foi o que ele disse."

"Ué... Pensei que só fosse voltar ano que vem."

"Ele não estava tocando?"

"Não."

Mando uma mensagem na hora ao Leco.

"Vou porque o Ricardinho disse que tem umas paradas pra falar também. Não é bem um ensaio. Mas como tu sabe?"

"O Caramujo me contou. Tenha juízo, viu? Eu te amo."

Mando uma mensagem para o Caramujo também. Peço que assuma o papel de fofoqueiro caso o Leco resolva confirmar o que acabei de contar.

"Você me deve uma", ele responde. Termina com uma carinha amarela piscando.

"E aí, descobriu algo?", a Claudinha me pergunta em frente à geladeira aberta.

"Está tudo certo", respondo. Mesmo sentindo uma coisa ruim, um aperto semelhante ao que rolou na noite em que minha mãe morreu: o mal-estar até me acordou. Eu sabia que ela estava mal, que o câncer já tinha se espalhado, mas, de acordo com os médicos, ela ainda tinha alguns meses de vida.

"Quer pedir uma pizza?"

A Claudinha topa.

"Meia portuguesa e meia muçarela", peço. E para Deus também faço um pedido:

"Senhor, dê sabedoria ao Leco."

59

Bah, não sei se é impressão minha, mas o Ricardinho e o Lemão estão mais frios comigo. Quando cheguei, só perguntaram se eu tava bem e saíram de perto. Não esperava toalhas brancas nem "que bom que voltou" escrito no céu por um avião, mas...

O Caramujo cochicha algo pro Ricardinho assim que o vê abrindo uma long neck.

"Ele já é adulto", o Ricardinho responde. "Ou precisa que você fique de babá por mais uns dias?"

"Mano, para de falar besteira. Se você não consegue se colocar no lugar do outro, o problema é seu."

"E você se colocou no meu lugar?"

"Que lugar, Ricardinho? Já chegou aqui nervoso. Assim não vai –"

"A gente não gravou merda nenhuma no ano, só temos tocado em lugar que paga mal e casamento, não fizemos uma música nova. E você acha que eu tô nervoso à toa?"

"Não, mano... Mas não adianta estourar assim", o Caramujo responde. "As coisas vão se acertar."

Faço força pra não me meter. Pelo Pedro.

Em clima de velório, afinamos nossos instrumentos e, como sempre, iniciamos por "Start me Up".

Erro uma nota e peço desculpa. "Podemos voltar?"

O Ricardinho bufa.

Erro a mesma nota.

"Acho melhor a gente ficar com o moleque mesmo", o Ricardinho afirma. "Ele segurou a bronca legal."

Não me aguento:

"Bah, e agora a culpa é minha?"

O Caramujo pede calma.

"Minha que não é!", o Ricardinho grita.

"E o estúdio que tu vive dizendo que vai nos arrumar?"

"Vai cheirar suas farinhas e cala a boca que é melhor, bebezão."

"Vamos parar com essa porra?", o Caramujo pede, já se colocando entre nós.

"Vamos parar, sim...", o Ricardinho diz. "Pra mim chega!", e joga o microfone na minha direção. Passa rente à minha cabeça e se espatifa na parede.

Não sei o que dizer. Ninguém sabe. Ouço o motor do carro do Ricardinho e o "puta merda" que uma versão cabisbaixa do Lemão deixa escapar.

Não é culpa só minha, eu sei... Mas eu não deixei simplificarem as coisas e fui totalmente contra quando o Lemão sugeriu que tocássemos uma parada mais popular. "Não precisa deixar de ser rock, mas podemos incluir mais Maroon 5, Nickelback, Coldplay..." Eu disse que não fazia sentido, que Coldplay é música de guri de sapatênis. Bati o pé.

Peço desculpas ao Caramujo e saio andando.

"Aonde cê vai, mano?"

"Vou pra casa, relaxa."

"Só vou desmontar as coisas e já vou. Não quer me esperar?"

Digo que pode ficar tranquilo e ganho a rua. Até a parada de ônibus, cruzo com vários bares. Minha mente fica insistindo pra eu tomar só uma. "Só um traguinho, Leco!" O dia tá abafado e os chopes de duas gurias vestidas de maneira idêntica me parecem as maiores belezas do universo. Obras de arte de vidro transpirante e malte. Elas soltam fumaça pra cima e falam de homens. Reclamam. Eu beberia até o restinho de uma tulipa esquecida no capô de uma caminhonete.

Não me parece absurdo afirmar que a demora do ônibus se trata, na verdade, de um teste arquitetado pelo capeta. Mas isso não existe: o inferno é aqui. Para ter certeza, basta abrir o jornal, conviver com a mãe de um guri com leucemia, observar o olhar do piá paraplégico seguindo a bola; e meu fruto proibido está ao meu alcance, numa garrafa plástica compartilhada por dois guris. Tenho vontade de pedir um gole só pra mostrar que não é necessário fazer uma careta por trago e matar minha sede que nunca foi de água.

Meu ônibus chega e eles ficam. Eles e a maçã de codinome russo.

A parte mais interessante do purgatório fica pra trás. Prédios e mais prédios lá fora. Gente e mais gente, histórias misteriosas passando pelo vão da janela travada, por onde quase não entra vento. E um bebê se esgoelando que nunca desce no ponto seguinte. "Consolação" dentro da placa azul na qual um executivo de fatiota preta se escora. Consolação que só um copo de qualquer troço etílico parece capaz de me dar agora.

Subo em casa só pra dar um mijão e chamar o Hendrix. Já contei os azulejos do banheiro mais de dez vezes, não aguento mais olhar pra cima, pro cemitério de insetos voadores. O Hendrix vem correndo, liga o rabo no modo turbo assim que ouve a palavra "passear". É mais inteligente do que a maioria dos humanos. O Caramujo ainda não chegou. Deve estar bebendo. Talvez com raiva de mim, pensando se valeu mesmo a pena ter ficado do meu lado.

Atravesso a rua para não passar pelo boteco onde quase tomei uma garrafada do Jason pintor. Para não tomar uma garrafa que me levará a tantas outras, e àquilo que sopros interiores têm tentado me convencer a usar.

O verão chegou, faz calor, o bastante pra que a música "Cidade em Chamas" consiga um espaço entre minhas caraminholas monotemáticas. "As chances estão contra nós, mas nós estamos por aí, afim de sobreviver como um avião sobrevoa a cidade em chamas", canto perseguido pela sombra que não me abandona nem de noite. O Hendrix vem logo atrás com a linguona de Gene Simmons pra fora. Agachado e ofegante, já quase na esquina com a Paulista, pergunto se ele tá com sede. As pessoas desviam de nós. Quase nos atropelam. "Fica aqui", digo, e entro numa padaria. "Tu pode me arrumar um copo de água? Pode ser da torneira mesmo, é pro meu cachorro." Mas o guri de caneta atrás da orelha e pele oleosa me ignora. Joga presunto e queijo sobre a chapa, que borbulha na hora. Repito a pergunta e ele me dá as costas. Coloca cacetinhos na chapa também. Insisto no pedido. Quando ele enfim me dá atenção, ouço uma sequência de estampidos. Não me parecem fogos de artifício. A multidão que entra correndo na padaria não me deixa sair. "Hendrix!", grito tentando vencer a correnteza humana movida pelo desespero. "Hendrix!", chamo com a mão pro alto, pra mostrar que ainda tô aqui.

"Hendrix?"

Sou o único de pé na calçada. Os poucos que não se refugiaram em algum estabelecimento estão deitados no asfalto, atrás de carros. Policiais trocam tiros com bandidos em frente a um banco marrom que fica na esquina com a Paulista. Usam uma viatura como proteção. Barulho de cacos caindo. "Hendrix!", descendo a Augusta, tentando pensar com a cabeça dele. Tiros e meus assobios. Balas perdidas. Cachorro perdido. Eu, mais ainda. Torço pra que me acertem na cabeça, pra apagar de uma só vez, pra não virar vegetal rodeado por gente covarde e egoísta, incapaz de aproveitar os descuidos dos enfermeiros pra desligar os aparelhos. Nada acontece. O desejo de retomar meus hábitos destrutivos fica invencível, muito mais potente do que minha vontade de redenção, deixa a impressão de que não morrerei por erro de mira, reforça ainda mais o que já estava claro: Deus não existe. Se não passasse de um reflexo da fobia humana, de uma muleta inventada pra tornar suportável a existência dos que buscam sentido em tudo, até onde não há, Ele acertaria a pontaria dos policiais, nunca teria colocado o Hendrix de volta à sarjeta. "Se Tu existir mesmo, faça o Hendrix aparecer!", grito olhando pras nuvens. Mas nem avião hoje quer sobrevoar a cidade em chamas. "Por favor", peço ajoelhado. Falo sozinho. "Hendrix?!" Enfim, deito na calçada, sentindo Tietês descendo pelas bochechas e o relho áspero da vida.

60

Acordo num pulo que desperta também a Claudinha. O quarto pegava fogo e meu corpo não reagia. As cortinas em chamas e eu paralisada.

"O que foi, amiga?"

"Pesadelo."

Confiro o celular. Nem mensagens nem ligações perdidas.

"Bom dia, cabeça de vento. Foi tudo bem no ensaio de ontem?", mando ao Leco. Ele ficou de me avisar quando voltasse e não deu sinal.

"Quer um pedaço também?", a Claudinha me pergunta já colocando o que restou da pizza de ontem no micro-ondas.

"Um segundo", digo forçando o celular contra a orelha, torcendo para não cair de novo na caixa postal.

"Deve estar dormindo", a Claudinha cogita. Abocanha um pedação e depois abana a boca, desesperada.

"Vamos à casa dele comigo?"

"Agora?"

"É."

"Tem certeza?"

"Tenho."

Ela se troca em um minuto, coloca um pedaço de pizza sobre a parte recém-arrancada da caixa de papelão e afirma estar pronta.

"Não é nada, você vai ver."

"Deus te ouça."

Estaciono na vaga de uma farmácia e corro até o prédio. Toco o interfone e o Caramujo pede para subirmos.

Chego ao terceiro muito antes da Claudinha, que, lá do primeiro, arfante, pede que eu a espere.

Quando me vê, o Caramujo deixa escapar uma expressão que já diz tudo.

"Cadê ele?", pergunto.

Ele se enrola todo. Não quer entregar o vacilo do amigo, mas, ao mesmo tempo, está preocupado. Toma muito cuidado na escolha das palavras. Tenta se enganar com hipóteses nas quais nem chega perto de acreditar.

"Vai ver ele foi só tomar um ar, dar uma espairecida."

"Mas ele dormiu aí?"

"Não", ele responde depois de um tempo olhando para os pés. Está com os olhos inchados, vermelhos, muito mais do que ficam quando fuma maconha.

"Fica calma, amiga... A gente vai encontrar o Leco e não será nada", a Claudinha afirma.

Entro no carro antes de todo mundo. Dou partida. O Caramujo e a Claudinha ainda nem saíram do prédio.

"Onde ele costumava beber?", pergunto arrancando sem dar seta. Por pouco, não derrubo um motoboy, que me xinga.

O Caramujo diz não saber bem. "O Leco não tinha um bar fixo, saca? E eu não ia com ele."

Subimos a Augusta com os quatro vidros abertos. Reduzo a cada boteco que vejo, nem aí para a BMW de trás, que buzina e me dá farol.

"Não é ele lá?", a Claudinha pergunta e freio com tudo. O impaciente não entra em minha traseira por pouco. Pelo retrovisor, posso vê-lo esbravejando.

"É muito gordo e moreno pra ser ele", o Caramujo afirma. Tem razão.

Cruzo a Paulista e continuo na parte mais nobre da Augusta, descendo sentido Jardins. Por aqui há mais lojas do que bares. Apenas alguns restaurantes chiques.

"Ele não bebia em lugar caro", o Caramujo diz. De novo, está com a razão.

"Já sei... Passa na Frei Caneca", o Caramujo fala.

"O que tem lá?"

"Outro dia ele me contou que esqueceu o discman por lá."

"Num bar?"

"É... Num bar que uns amigos vão de vez em quando. Fica um pouco antes do shopping, de esquina. Em frente a uma banca de revista bem grande."

O sinal fica amarelo e eu piso fundo. Atravesso a Paulista torcendo para ninguém me acertar. Sou xingada por um pedestre que já caminhava sobre a faixa.

"Será que essa primeira dá lá?"

"Dá."

Viro, ando um pouco e caio na Frei Caneca. Desço mais alguns metros, e lá está o bar. Frei e Caneca é nome dele. Mais previsível, impossível. Só não tanto quanto o Leco, que está sentado à única mesa do lado de fora. Ele, um copo e uma garrafa. Conhaque, acho.

Desço do carro e ele demora a me reconhecer. Trava quando percebe que a ruiva sou eu. Enruga a testa, desconfiado da própria visão.

Ele murmura algo, mas eu não entendo. Fala baixo e enrolado.

"Desculpa."

Não sei o que dizer.

"Desculpa", ele repete.

Não preciso nem abrir a carteira dele para ter certeza de que cheirou. Está com as duas narinas brancas e as pupilas tão grandes que parece ter olhos pretos.

"Cadê o Hendrix?", o Caramujo pergunta.

"Desculpa", é tudo que ele diz.

"Não está com você?", o Caramujo ainda insiste.

"Desculpa."

Apesar de tudo, do cachorro que ele deve ter perdido e das lágrimas que não consigo mais segurar, ele não quer sair daqui. Briga com o Caramujo, que o puxa pelo braço, tentando levá-lo à força até o carro. O bar inteiro presta atenção em nós, mas não tenho vergonha, estou magoada demais para isso.

"Calma, amiga", a Claudinha diz. "Vou pagar a conta, vão colocando ele no carro."

Ele vai calado no banco da frente. Está fedendo a camiseta

tirada do varal antes do tempo. Cheira a cigarro e a álcool também. Tem o bafo do meu pai.

"Calma, amiga", a Claudinha repete. Está atrás de mim, massageia meus ombros.

Paro o carro em frente à casa do Leco.

"Tu não vai também?", ele balbucia ao notar que não pretendo descer do carro. E solta mais um pedido de desculpa que me destrói.

"Vamos subir, Leco", o Caramujo fala enxugando o rosto com o dorso da mão, já segurando o portão.

"Desculpa", ele pede se apoiando no carro, exalando o cheiro que quase matou minha mãe. Ela chegou a pesar quarenta e sete quilos. De tristeza e decepção.

Dou seta e saio sem encarar o retrovisor, rezando para que não esteja vindo carro, para sobreviver a mais esse rombo. Sei que ele ainda está olhando para cá.

61

Apesar de ter bebido um caminhão nas últimas horas, acordei com algumas lembranças claras. As piores que alguém pode ter. Esqueço o que não posso e lembro o que não quero. Bah, como pode um cérebro ser tão fodido? Desperto com memória e a suspeita de que perdi banda, namorada e cachorro. E é bem provável que eu perca o pai-irmão que me adotou também. Ele nunca vai me perdoar por eu ter deixado o Hendrix fugir. Já estava pra lá de apegado ao cusco. Vivia dizendo pra eu usar a coleira de tachinhas que comprou. "Uma hora vai dar merda, mano", ele me alertava. E deu. Deu merda pra caralho. Não jogou na minha cara, está evitando dar motivo pra mais uma recaída, no entanto é óbvio que tá chateado comigo.

Liguei pra Laila mais de dez vezes, porém ela não me atendeu. Não respondeu minhas mensagens também. Nem os recados que deixei na caixa postal. Estava afim de passar na casa dela, até cheguei a trocar de roupa, mas o Caramujo me falou para esperar a poeira baixar. "Ela está magoada, Leco. Cê precisa reconquistar a confiança dela, e isso leva tempo, saca?" Mas não sei se quero. Querer, eu quero, na real, mas não sei se devo: não vou levar muito tempo pra magoá-la de novo. Sou meio Edward Mãos de Tesoura, tu tá ligado? Machuco as pessoas. Eu as corto sem querer, muitas vezes até sem perceber. E acho que vai ser sempre assim, que nunca vou conseguir esconder minhas lâminas. Não consigo cuidar de mim, vou acabar me fodendo ainda mais, deixando cair mais coisas pelo caminho. Por isso, apesar de querer muito a companhia, os beijos e o corpo da Laila – os únicos antídotos que demonstraram algum potencial contra a ânsia que tenho de me envenenar –, sinto que não tenho o direito de continuar incitando o amor dela por mim. Porque, quanto mais a Laila me amar, maior será a dor do próximo tombo. Se é que ainda me ama, né? Se é que já me amou.

O Caramujo colou a descrição do Hendrix em alguns postes logo cedo. Deu algumas voltas a pé também. Mais de três horas por aí, perguntando de porta em porta. E agora não sai da janela.

"Mano, cê não falou que uma vez ele voltou? Então!"

Não sei mais se ele fará o peru. Talvez faça na casa do namorado e nem me queira lá. Meu focinho deve instigar um monte de coisa ruim nele. A saída do Ricardinho e o futuro incerto da banda, o sumiço do Hendrix, as pedras que ele fumava... Deve enxergar um pouco disso tudo quando me olha. Pode ser, também, que asse a porra do peru por pena, com medo de me deixar sozinho e receber uma ligação ruim no meio da madrugada que o deixará pelo resto da vida com remorso.

O som do choro da Laila não sai da minha cabeça. Eu a fiz chorar de soluçar. Por que não inventam logo a máquina do tempo? Sairia com o Hendrix de coleira. Melhor ainda... Iria de táxi. Ele adora passear de carro. Depois passaria direto na loja de vestidos que a Claudinha indicou e compraria logo dois, pra não ter erro. Faria outro empréstimo se fosse preciso, deixaria um cheque sem fundo se aceitassem. Daí, passaria no quiosque que vende os penduricalhos da pulseira que me custou um rim e pegaria outro, o minirrolinho de massa. Daí pegaria mais um táxi, pediria ao motorista pra ligar o ar no máximo e tocaria pra Vila Mariana. Daria os presentes e perguntaria: "E aquele macarrão da sua nonna, sai ou não sai?". Tenho certeza de que ela faria. Finalmente. O macarrão e um boquete daqueles que até escorrem. E cafuné também. Do jeito que me deixa japonesinho em segundos. Tenho motivos pra acreditar que ela tem sonífero na ponta das unhas vermelhas, que injeta Dormonid direto no meu couro cabeludo. Juro pra ti. Mas o tempo não volta, não é mesmo?

Se isso fosse um filme, ela já teria tocado a campainha e, em poucos minutos de papo, declararia que me perdoa e me ama pelo que sou, que confiará quando eu disser que vou à padaria pegar uns cacetinhos recém-assados. "Isso que você tem é uma doença, vamos vencê-la juntos!", afirmaria sem hesitar, depois de um beijão de horas, com o timbre confiante daqueles coaches motivacionais que têm metido o bedelho em todas as áreas da vida, até no amor. Mas a vida não é filme e, se fosse, estaria longe de ser como os que a Laila prefere, com casamento no final e a certeza inverossímil de que o mocinho e a mocinha serão felizes pra sempre. A vida tá mais pra um livro que fica bem longe da sessão de autoajuda e das vitrines, que nunca vai virar best-seller porque a maioria, quando recorre à arte, busca esperança antes de tudo; qualquer palavra-morfina.

62

Cheguei e ele já estava no café. De olhar distante, fundo, roía as unhas e agitava as pernas. Quando me viu plantada ao lado dele, levantou rápido, um pouco atordoado; tentou me cumprimentar com o beijo de sempre, na boca, como se nada tivesse acontecido. Como se não passasse de mais um encontro trivial destinado a terminar em minha casa, entre lençóis.

Pediu desculpa mais uma vez. Sem a voz embolada e as pupilas dilatadas. Um pedido que me cortou o coração. Eu sabia que aconteceria, mas certeza alguma pode nos preparar para certas coisas.

"Está perdoado, Leco."

"Então tu vai passar o Natal com a gente?"

Por muito pouco, não mudei de ideia. Mas respirei fundo e disse o que já tinha repassado mentalmente no carro:

"Acho melhor não, Leandro. Tivemos momentos incríveis, mas não sei se vale a pena insistir mais."

"Tu tem certeza?"

"Tenho", falei me esforçando para controlar o tremor do queixo.

"Bah, mas eu gosto tanto de ti."

"Eu também", já com o rosto todo borrado. "Não imagina como quero que você fique bem... Mas agora talvez não seja a nossa hora."

"É sim, Laila... Agora é –"

"Desculpa", disse já de pé, soluçando alto. Falei para se cuidar e me ligar se precisasse de alguma coisa. Por força do hábito, aturdida, pedi que cuidasse bem do Hendrix também. Dei um beijo no alto da cabeça dele e o deixei sentado. Não tive coragem de me virar.

Quando o manobrista chegou com meu carro, perguntou se eu precisava de alguma coisa e me ofereceu um copo de água com açúcar.

Minha terapeuta vive me dizendo para viver o momento, não pensar tanto no futuro. Contudo, depois dos últimos acontecimentos, eu não conseguia mais deixar de imaginar um futuro nebuloso para nós. Com ele, eu viveria sempre sobre a corda bamba, sofrendo a cada ausência, acordando de minuto em minuto, preocupada com todos os perigos da noite, inclusive outras mulheres.

Passei o Natal na Claudinha. Fui literalmente arrastada. Foi o pior de todos. Embora ninguém tenha me perguntado nada sobre namorados nem tocado em assuntos do gênero, às vezes eu os pegava me observando com pena. A bocuda com certeza contou tudo que rolou e pediu para não falarem de temas que pudessem me magoar.

Apesar da mesa farta, repleta de coisas que fizeram especialmente para mim, comi forçada e com a cabeça em outro canal. A conversa deles não passava de um zum-zum-zum, mais um. Em vários momentos me peguei imaginando o Natal no Caramujo. Eu por lá, inclusive. Eu e o Hendrix destruindo a árvore. Imaginei o Leco com semblante de criança alvoroçada abrindo o box de CDs do Led Zeppelin que soquei no lugar mais profundo do armário, atrás do casaco de frio de pelinhos que só usei uma vez, em Campos do Jordão. Senti uma pitada de arrependimento também, não vou negar. Mas segui firme me entupindo de doces e lutando contra minha cabeça.

"Feliz Natal pra ti e pra Claudinha. São gurias muito especiais", ele me mandou lá pelas tantas da madrugada, quando eu já estava em casa sem um pingo de sono.

"Para vocês também. Fica bem", respondi e desliguei o celular com receio de virar uma conversa, e de a conversa me virar do avesso ou me fazer mudar de ideia.

Estava me sentindo egoísta também. Deixei meu instinto de autopreservação falar mais alto do que o coração, e isso, apesar de necessário, não me parecia o correto com o Leco. Mas a segunda vez que o peguei com pó me deixou quebrada a ponto de achar que não suportaria mais momentos assim. Vê-lo daquele jeito me magoou muito. E as poucas – porém desconfortáveis – lembranças que tenho dos meus pais juntos contribuíram para que me imaginasse vivendo uma relação tóxica na qual as lágrimas superariam os sorrisos, do tipo que sufoca mais do que agrega.

Três dias depois, fui ao Guarujá. Mais uma vez arrastada. A Claudinha me presenteou com alguns dias de hospedagem em um hotel legal, pé na areia. Arrumou até minha mala. "Será nosso Réveillon, amiga!", repetiu várias vezes, tentando me animar. Não adiantou muito, porém: poucos dias sem o Leco e já fiquei com um buraco imenso. E não estou falando de sexo, viu? Sentia falta dele comigo na praia, com os pés fincados na areia e metendo o pau nos funks que o povo insiste em colocar para todo mundo ouvir. Um golfinho apareceu por lá, acredite se quiser, e fiquei com vontade de contar ao Leco. Já estava acostumada a dividir com ele todos os acontecimentos do meu dia, até os mais bestas. "Hoje um golfinho apareceu no Guarujá", escrevi. Mas não mandei. E não foi a única vez, não: apaguei rascunhos de mensagens nas quais perguntava se ele estava bem. Não todos, contudo: há algumas horas, depois de várias caipirinhas a mais, eu apertei o botão enviar. Já ciente de que as linhas telefônicas sempre congestionam no dia da virada, desejei um ótimo ano-novo e perguntei se estava precisando de algo. Temia que respondesse algo como: "De ti". Temia, mas era exatamente o que queria ler. Ele me respondeu que não precisava de nada, disse que as coisas já estavam voltando a se acertar. Terminou a mensagem do jeito mais doído possível: "Que tu ache alguém bacana e menos doido do que eu". Ler aquilo foi muito pior do que o exame que fiz no dia 26, no qual fiquei mais de meia hora – ou um século? – com a cabeça dentro de um tubo de tomografia.

63

Depois que a Laila desistiu de mim, permaneci trancafiado no apartamento por três dias. Ouvi *Pornography*, do The Cure, mais de dez vezes. Só saí do quarto pra comer um pedaço de peru e tomar banho. Ao contrário da minha primeira "internação", porém, o que tinha me restado do último temporal não parecia incentivo suficiente pra tanta abstenção. "Quando tu não tem nada, não tem nada a perder", o Bob Dylan canta em "Like a Rolling Stone", ou algo parecido, e tem total razão.

No dia 26, então, esperei o Caramujo dormir e saí na ponta dos pés, quase sem respirar. Passei a noite na rua, de bar em bar me entupindo de conhaque e farinha. E Campari. E cerveja. E vinho. Até vinho. Foi difícil voltar pra casa e enfrentar o Caramujo. "Porra, Leco", ele soltou assim que abri a porta. Estava à minha espera no sofá, no lado onde o Hendrix dormia. Não precisou nem me examinar de perto pra sacar de onde eu vinha e tudo o que tinha feito. Fui direto ao quarto e, nem vinte e quatro horas depois, repeti a dose. Dobrei a dose. "Assim cê vai se foder, mano. Já se olhou no espelho?" Mas eu não estava nem aí. Ainda não tô, pra ser honesto. Apesar dos chás de camomila que meu pai-irmão me fez e dos sermões que me deu, continuei enchendo a cara de tudo que, por alguns picos de euforia, ao menos, conseguia me afastar das memórias do que eu tinha acabado de perder.

Ontem à noite, além de uma mensagem da Laila que me deixou de coração apertado, recebi uma ligação do Raul. Custei para associar o nome à pessoa.

"E aí, parceiro, vai fazer o que na virada?"

"Bah, não tenho nada programado."

"Quer chegar comigo numa festa da Bonitta?"

"Tu tá falando sério?"

"Opa! Vamo aí?"

Topei sem perguntar muitos detalhes e agora tô à espera dele do lado de fora do prédio, quase batendo meu recorde no jogo da cobrinha. Tomei um banho mais caprichado do que os anteriores, comi o resto da pizza de ontem e saí. Sem passar perfume: não consigo nem olhar pro frasco.

O Raul chega de carro conversível. O mesmo que me levou pra Barra do Sahy. Usa óculos de policial americano e uma camisa branca que se esforça pra conter a barrigona dele.

"Onde vai ser, cachorro?"

"Em Maresias."

"Bah, pensei que fosse em Sampa mesmo, tu me disse que ela tem casa em Alphaville."

Assim que pega a estrada, aperta um botão que fecha a capota, pede pra eu segurar o volante "um minutinho" – que dura quase cinco – e prepara uma carreira sobre uma agenda preta.

"Quer uma, parceiro?"

"Claro!"

E vamos até Maresias empoeirando e aspirando a capa da agenda deste ano desgovernado. Quase oito horas de viagem. Tudo trancado. Será que todos esses carros estão indo pra festa da Bonitta?

Ele imbica a BMW num condomínio de muros altos e se identifica. "Raul dos Santos." O segurança sisudo procura nossos nomes numa lista, pede documentos, passa um rádio, abre a cancela e nos indica o caminho.

"Casa vinte e dois. É a última do lado direito. Toda branca. Não tem erro, senhor. Tem um manobrista na porta."

Nossa BMW parece um auto popular perto das máquinas estacionadas em frente à mansão. Só tinha visto bichões assim no Super Trunfo e em filmes de ação.

O Raul deixa o carro com o manobrista e vai na frente. Caminha em ritmo de marcha atlética em direção ao segurança branquelão que lembra o adversário russo do Rocky Balboa do primeiro filme. Ou é do segundo?

"Sejam bem-vindos, senhores", o armário polaco fala após conferir nossos documentos mais uma vez e nos fotografar com um tablet.

Entramos por uma porta lateral e, por entre muros revestidos por plantas iluminadas de baixo pra cima, caminhamos em direção à fonte do som, que parece dobrar de volume a cada passo. Se tivesse que chutar, diria que a voz é da Rihanna. Ou da Beyoncé. Mas pode ser de qualquer uma dessas gurias americanas que encheram o rabo de grana fazendo música pop. É tudo a mesma coisa: uma mistura escrota de batidas eletrônicas com letras pobres, grudentas e de cunho sexual.

"Caralho, cachorro!", digo pro Raul ao constatar que a área externa tem o tamanho da quadra em que eu morava em Santa Maria. Estamos diante de uma minicidade, onde a maioria dos habitantes veste branco ou outras cores claras, como azul, rosa e amarelo. Os guris de camisa semiaberta e bermuda e as gurias de vestido e salto alto. Várias cavalas coxudas. Um exército de macanudos se esforçando pra mostrar os peitorais depilados. E eu mais magro do que nunca, só pele, costela e uma barriga inchada que pareço ter emprestado de outra pessoa; dentro de uma camisa preta de manga curta com estampas de esqueletinhos de peixe.

"Aceita, senhor?", pergunta um garçom segurando uma bandeja com mais de quinze taças de champanhe. Fico me perguntando como ele não derruba tudo.

Mando uma pra dentro num só talagaço, coloco de volta na bandeja e já pego mais duas. O sol se pôs quando ainda estávamos na estrada, não quero perder mais nada.

"Ó ela lá... Chega aí!", o Raul diz já disparando em direção à muvuca. Ele tem as pernas curtas, mas é veloz e sabe se esquivar dos brindes precoces que já começaram. Esbarro num negão sem camisa e peço desculpa. "Na paz, irmão", ele me responde expondo dentes brancos como os pufes, as flores e as roupas deste universo paralelo. Tenho a impressão de que já o vi antes. Bah, acho que é jogador do Flamengo.

"Bonitta, esse aqui é meu parceiro Leco", o Raul solta depois de um longo abraço e de perguntar sobre o Mike, o macaquinho de estimação dela, se bem entendi. Segundos depois, é chamado por uma guria de outro grupinho, a dona da bunda mais desproporcional que já vi.

"Não imagina o quanto eu gosto do seu amigo. Melhor pessoa não existe. Já me quebrou várias", a Bonitta me conta.

"Bah, gosto muito dele também."

"É gaúcho?!", ela pergunta num novo tom.

"Made in Santa Maria."

"Fiz um show lá perto duas semanas atrás. Energia maravilhosa. Mora lá ainda?"

Não entendo por que ainda está aqui, puxando papo com a única pessoa de preto da festa. É mais bonita do que na TV. Bem mais baixinha também.

"Capaz! Tô em Sampa agora."

"Ah, é? Fazendo o quê?"

"Tocando guitarra."

"Olha só... Então somos colegas de profissão!", afirma entusiasmada, tocando meu antebraço. As pupilas dela estão grandes como as minhas.

O Raul volta ainda mais sorridente. Com um copo de uísque e um cigarro na mão.

"O rapaz é guitarrista dos bons!", fala apesar de nunca ter me ouvido tocar. "O melhor da nova safra."

Não sei se é efeito da farinha, mas tenho a impressão de que a Bonitta está encanada na minha. Nem pisca. Há pouco reparei que estava baixando o olhar em direção à minha boca.

"Depois eu quero te ouvir então", fala, dá um sorrisinho que me parece repleto de segundas intenções e sai rebolando.

Será que é coisa da minha cabeça enfarinhada?

"Gostosa pra caralho", o Raul declara. "Beijo até o cu."

"Bah!", admirando o sobe e desce das nádegas. Pelo jeito que desfila, não há dúvida: mesmo sendo dona disso tudo, a Bonitta quer mais. O mundo. É uma versão brasileira, moderna e cheia de gingado do Tony Montana. Com uma grande diferença: possui armas muito mais eficientes.

"Vou ali mandar uminha, quer?", ele me pergunta.

Aceito.

Entramos juntos num banheiro perfumado, com muito dourado, das torneiras às molduras dos espelhos. "Deve ser proibido cagar aqui", zombo. Ele chaveia a porta, usa os dedos para se certificar de que a superfície de mármore da pia não está molhada e estica uma taturana pra cada um. Pede pra eu abrir a mão e coloca um pino sobre ela.

"Seu presente de Natal atrasado... Ho, ho, ho!"

Mandamos nossos tecos.

"Tá sujo?", ele me pergunta inclinando a cabeça pra trás.

"Não. E por aqui?"

Deixamos o banheiro ainda mais felizes – se é que isso aqui é felicidade, né? –, sob o olhar ranzinza de um gurizão que já deve estar com o charuto no beiço ou louco pra mais uma dose de moral e plenitude em pó.

"Você me empresta seu amigo um pouquinho?", a Bonitta pergunta ao Raul assim que reaparece. Apesar de estar me sentindo guapão agora, ainda não consigo entender por que foi encanar bem em mim.

"Você que manda", o Raul diz.

"Vem comigo", e pelo pulso me arrasta pra dentro da mansão.

Ela sobe o primeiro lance da escadona de corrimão reluzente bem na minha frente, com a bundona tirando finas no meu nariz. Só falta mandar um *say hello to my big friend* pra confirmar minha teoria scarfaceana. Mas não diz nada. Nem eu. Apenas sigo o rabão imaginando as melhores besteiras do mundo, com medo de ter sido pego por alguma pegadinha televisiva bizarra.

Subimos mais três lances e, por um longo e escuro corredor, cruzando com retratos hipercoloridos do Rio de Janeiro e quartos que poderiam estar em hotéis, caminhamos até uma portona preta e imponente, bem diferente das demais.

"Bah, um estúdio!"

"Toca aí uma pra mim!", ela ordena assim que acende a luz, apontando pruma Ibanez azul da cor da loja de joias pra qual a Cris pagava um pau – ela brincava que nossas alianças de casamento seriam feitas lá. Tenho a impressão de que a Bonitta foi maliciosa na escolha das palavras.

"O que tu quer ouvir?"

"Alguma coisa com uma pegada latina, com suingue, que me faça querer dançar."

Afino a monstrinha com a sensação de estar sendo devorado pela Bonitta, que está descalça e de coxonas cruzadas sobre uma poltrona de couro. Ligo o amplificador e, depois de alguns minutos fazendo uma varredura na memória e me imaginando tomando mijadas na boca, toco "Black Magic Woman", do Santana. O mais latino que veio à mente.

Ela fica hipnotizada. Coloca a taça de champanhe numa mesinha, levanta e começa a remexer. Uma espécie de salsa com "me fode" que desafia minha concentração.

Quando termino, aplaude e me pede pra tocar outra. Alguma que não seja só instrumental. "Quero brincar também."

Penso, penso, penso e não me lembro de nada.

"Conhece uma que a Shakira canta com o Maná?", ela pergunta.

"Bah, não sei... Se tu achar no celular, eu aprendo na hora."

Procura por alguns minutos e coloca pra tocar.

"Facinho", digo depois de ouvir uma vez. Peço que coloque de novo e já entro na segunda estrofe. A Shakira entra comigo, mas a Bonitta baixa o volume e faz a vez dela. Canta muito melhor do que eu imaginava. Não usa nem microfone. Aos poucos, vamos ganhando confiança. "De novo", ela me pede quando a música acaba. Já vi que é mandona. Seguimos sem o celular desta vez, com alguns improvisos de ambas as partes que não abalam a beleza do resultado. "Mais uma!"

"Posso só ir ao banheiro antes?"

Dou um tiro e volto me achando o Santana. "Dale!"

Mandamos "Mi Verdad" mais de dez vezes, cada vez melhor e com mais sintonia. Até que os primeiros fogos de artifício estouraram pra nos avisar que 2018 tá morrendo.

"O discurso, cacete!", ela diz já correndo pra fora do estúdio oculto. Continuo com a guitarra em mãos.

Sinto vontade de mandar uma mensagem pra Laila, mas não acho o celular. Como será que ela tá? Espero que melhor agora.

Aumento o volume do Marshall e toco "Simple Man", uma homenagem que ela nunca ouvirá. A ruivinha adorava. Pedia pra eu repetir várias vezes. Não cantava junto como fez a Bonitta, mas ficava encantada também. Uma vez, um pouco antes de eu foder tudo, pediu até pra me filmar. Daí, no dia seguinte, o Caramujo me contou que ela tinha colocado o vídeo no Facebook junto com vários daqueles coraçõezinhos vermelhos.

Bah, ela faz uma falta do caralho. Os latidos esganados do Hendrix também.

Ao som da virada e de gritos que me transmitem mais desespero do que esperança, aspiro uma carreira sobre a guitarra e mato o restinho de champanhe que a Bonitta esqueceu de beber.

"Que em 2019 o acaso não me tire mais nada", digo com a taça vazia levantada. Acabo imerso numa onda de nostalgia que me pegou de jeito sem dar aviso prévio. Não sei de onde veio, mas bateu.

Será que o Hendrix está encolhido por causa dos fogos? E a Laila, será que já me perdoou? Trocaria todos os uísques dezoito anos e comidas das quais nem sei o nome por mais um tempo com os dois. Em qualquer lugar.

Em momentos como este, em que tudo parece apenas barulho, silicone, anabolizante e vazio, bate uma saudade até das coisas bestas que vivi com a Laila... Saudade dela implicando com minha mania de só comer pêssego descascado, de contrariá-la afirmando que o certo é bergamota, que mexerica nem sequer existe; de todas as frutas que me obrigava a comer e da carne rosada que não possuía sabor de goiaba nem pelos, como cheguei a cogitar antes de chupá-la, quando ainda não a tinha conquistado nem perdido. Baita saudade. Se inventassem a porra da máquina do tempo, eu comeria os pêssegos com casca e tudo. Engoliria até o caroço. Não teria desperdiçado tanta parte boa pelo caminho. Ou teria, né? Porque continuaria a ser eu, e acho que não tenho jeito mesmo, que terminarei no mesmo lugar o ano que acabou de começar.

64

"As pessoas só dão valor quando estão perdendo", minha nonna me dizia. Nem sei por que falava. Agora eu a entendo.

"Otosclerose coclear", o otorrino comunicou de olho nos resultados da bateria de exames que solicitou. Audiometria tonal, impedanciometria e tomografia computadorizada.

Depois, quando eu ainda estava procurando pela tecla SAP, ele me explicou – com termos técnicos e cheio de dedos – que estou perdendo a audição. Uma bomba atômica em plena terça-feira.

"E não tem nada que eu possa fazer para curar isso?", perguntei.

"Infelizmente, não... A otosclerose não tem cura, Laila. Quando a perda aumentar, se tiver condições clínicas, podemos recorrer a uma cirurgia chamada estapedectomia, na qual uma prótese é colocada no lugar de parte ou do estribo todo. Trata-se de um procedimento feito há mais de cinquenta anos, com grande índice de sucesso. Também existem alguns recursos que podemos usar para ajudar na audição, como o aparelho de amplificação sonora e alguns medicamentos que estão sendo testados para retardar a evolução da doença. E, se nada disso der resultados positivos, ainda tem o implante coclear. Mas não vale nem a pena falarmos disso ainda, a sua está bem no início."

"Vou ouvir até quando, doutor?", perguntei. Não tinha assimilado nada do que ele havia explicado.

"Não tenho como prever. Ninguém tem. Em muitos casos, não ocorre a perda total. Em outros, no entanto, embora menos comuns, pode acontecer. E estimar a velocidade da progressão é uma tarefa praticamente impossível, já que cada organismo funciona de um jeito e muitas são as variáveis que influem no processo. Inclusive os hormônios. Para ter uma noção, é muito comum que mulheres grávid–"

"Quanto tempo demora, doutor?"

"Como já disse, é impossível prever. Sabemos apenas que a perda auditiva costuma ser lenta e progressiva, e que varia muito de pessoa para pessoa."

Saí da consulta tão atordoada que até ralei a lateral do carro em um pilar do estacionamento. Fui direto a um encaixe que consegui depois de muita insistência e "pelo amor de Deus". Dirigi rezando. Dez ave-marias até a Brasil. O bambambã da otorrinolaringologia me chamou, nem bem pegou meus resultados e repetiu as mesmas coisas do médico anterior. Confirmou tudo de um jeito mais grego e menos cuidadoso. Como exemplo, citou casos mais graves, nos quais nada pode ser feito para impedir a evolução do dano auditivo.

Precisei pedir para a Claudinha me buscar. Ela saiu do trabalho correndo e, quando repeti a ela as palavras do médico, exigiu uma confirmação da boca dele. "Agora o doutor está atendendo, senhora", a recepcionista informou. Mas a Claudinha colocou os envelopes com meus resultados debaixo do braço e já foi pedindo licença e invadindo a sala. A indignação escandalosa dela não alterou minha sentença, porém.

Fui do consultório até em casa chorando muito, com uma só pergunta martelando na minha cabeça:

"Por que eu?"

Eu já vi pessoas passando por situações muito parecidas na TV e em meu círculo de convivência, recebendo diagnósticos de cânceres e doenças degenerativas que mudam a vida para sempre, mas me pareceram realidades distantes e impossíveis de acontecer comigo. Não sei por quê, mas eu sempre me senti meio imune na área da saúde. Nunca fui de fazer muitos exames e, quando fazia, não temia os resultados. Conheço pessoas que morrem de medo de achar alterações em exames de rotina, que ao menor sinal de dor já se imaginam fazendo químio e perdendo os cabelos. Eu, não: sempre fui até um pouco relapsa com a minha saúde, nunca imaginei que Deus fosse me pregar uma peça dessas. Principalmente porque a perda auditiva, para mim, sempre esteve relacionada a idosos. Mesmo sabendo que, em animais, também pode se manifestar em qualquer estágio da vida.

Pedi férias de uma semana. Eu e a Claudinha. Ela ficou em casa comigo, trouxe o guarda-roupa todo. Teve paciência com meus surtos e fez os mais diversos tipos de agrado, de leite condensado na panela de pressão a massagem nos pés.

Nos primeiros dois dias, eu só chorava, não conseguia nem comer. Depois, já sem nada mais para chorar, migrei para a fase da negação, na qual passava todo o meu tempo buscando artigos capazes de contradizer o diagnóstico recebido. Fui fundo em pesquisas e artigos médicos. Mas as leituras só me apresentaram a cenários ainda mais catastróficos, que aumentaram minha agonia. Então parei com as buscas no Google e, mesmo sem entender por que foi acontecer bem comigo, acabei aceitando os planos de Deus. Ainda rolavam algumas crises de choro, claro, mas em certos momentos eu já conseguia respirar fundo e compreender que só me restava ser forte e seguir em frente, que não fazia sentido parar. "Deus nunca dá uma cruz maior do que a gente pode carregar", eu repetia, já tentando me habituar à ideia de me tornar refém de um aparelhinho que só vejo na orelha de gente que frequenta bingos e casas de repouso.

Quando voltei à rotina, já sem o colo da Claudinha sempre à disposição da minha cabeça, comecei a ser invadida por uma sensação de abandono; um vazio que geralmente me pegava quando eu deitava no travesseiro e comigo permanecia até o dia seguinte, matando qualquer chance de sono e sossego. Além disso, da certeza de que caminho em direção a perdas auditivas cada vez mais significativas, brotou também uma urgência que nunca me foi característica; uma vontade de viver experiências que sempre reneguei, de aproveitar momentos simples aos quais nunca dei muita importância, especialmente aqueles nos quais há algo a ser ouvido. Comecei a me ligar mais em música, a desfrutar de cada som como se fosse meu último, mesmo sabendo que as alternativas para manter pessoas com a minha condição escutando são eficazes e funcionam de maneira satisfatória na maioria dos casos, diferentemente do que acontecia há algumas décadas, quando tudo que o diagnosticado podia fazer era acompanhar a perda.

Depois do almoço, eu tenho andado até a Paulista e me sentado em um café que fica na calçada, a uma faixa de pedestre e alguns passos do Trianon; fecho os olhos e fico ouvindo conversas distantes e os barulhos orgânicos da rua e do parque, degustando cada ruído, nem aí para o cappuccino que sempre termina frio e pela metade; tento apreciar tudo, de estrondos a pios, mesmo os sons que até há pouco tempo eu considerava irritantes, como choros de bebê, buzinas e as marretadas das obras. Em um desses dias, uma banda de rua se apresentou bem em frente ao café. Fizeram um cover de uma música linda que o Leco sempre tocava. "Free Bird", se não me engano. Chorei igual a uma condenada, me sentindo um pássaro com as asas atrofiando. Fui sugada pelas turbinas da saudade: senti falta da presença barulhenta do Leco, das gavetas que ele deixava abertas e dos objetos que quebrava por onde passava. O oposto do sentimento pelo Átila, que a distância só foi enfraquecendo até transformar apenas em ânsia de vômito e certeza de que levava jeito para papel de trouxa. Ficar longe do Leco só deu corda à certeza de que entre nós havia algo especial, talvez insubstituível, o que alimentou também meu arrependimento por tê-lo deixado sem mais uma chance, desprovido do apoio que precisava.

Numa das longas conversas que tive com a Claudinha, depois de algumas taças de vinho e de certa insistência minha, ela me confessou que daria mais uma chance ao Leco se estivesse no meu lugar. Até aquele momento, ela tinha se mantido neutra, apenas apoiando as decisões que eu tomava. "Daria mais uma chance porque ele é uma boa pessoa, apesar de tudo que fez. Muito diferente do babaca do Átila! E porque ele tem um pau grosso que provoca orgasmos, óbvio. Eu gostava dele, amiga. Do Leco... Não do pau." Eu também. Ainda gosto, aliás. Do Leco e do pau dele. Por um breve momento, logo depois de pegá-lo se drogando de novo, meu mecanismo de autodefesa me fez achar que fugir dele só traria benefícios. Mas hoje sei que não é bem assim. Quero ligar para o Leco e pedir desculpas pela decisão que tomei. Contudo não consigo. Só preciso apertar um botão, mas não dá. E, quanto mais o tempo passa, mais difícil parece ficar. Confuso, né? Não sei se conseguiria lidar com um coração quebrado e ouvidos defeituosos. Não sei, mas não me falta vontade de pedir para ele fazer um showzinho particular, e guardar cada nota numa gaveta da memória que não sei se vou conseguir acessar se nada funcionar para mim e tudo acabar mudo, o que não posso descartar ainda. "Será que me lembrarei dos sons se um dia eu não puder mais ouvi-los?", vivo a me perguntar.

65

Ontem toquei pra cerca de oitocentas mil pessoas. Bah, foi surreal. Elas pulavam sem parar com os braços pra cima num calor úmido que me fez escorrer por todos os poros. O sol já tinha se escondido fazia tempo, mas a temperatura ainda se mantinha firme na casa dos trinta graus e minha camisa não desgrudava do peito por nada. Do alto, no trio elétrico em que estava, eu não chegava nem perto de enxergar o semblante das pipocas saltitantes; via apenas a massa humana infinita que ocupava todos os espaços possíveis da orla de Salvador; asfalto, canteiros, areia, tudo. Até na parte rasa do mar tinha gente. Nas mais de duas horas de apresentação, só presenciei uma clareira, reflexo de uma peleia. Mas logo se fechou. E a folia continuou embalada por meus solos simples e pela latinidade afrodisíaca e contagiante da Bonitta.

"Oitocentas mil pessoas, tchê?", meu pai dirá se um dia eu contar a ele, e talvez deixe transparecer um pouco do orgulho que nunca demonstrou. Mas ainda não sei se contarei pra ele e pra mãe: depois que eu voltar à minha praia musical, vão passar o resto da vida me chamando de burro por ter me desfeito desta "oportunidade". Nem o Caramujo sabe: meti tanto o pau no tipo de som que tô tocando, que não tive coragem de contar. E mesmo se tivesse falado a verdade, que aceitei só pela grana boa, sinto que ele passaria a me enxergar como um Judas. Seria a minha reação.

No dia 2 de janeiro, meu telefone tocou. Era um carioca chamado Jairo Fontes. Ele se apresentou como empresário da Bonitta, perguntou se eu tinha um minuto e foi direto ao ponto:

"A parada é a seguinte, mermão... A Bonitta goxtou de tu e quer que faça a turnê de Carnaval com ela, como guitarrixta principal. Falou que é boa-pinta, tem borogodó, a porra toda."

Fiquei mudo por alguns segundos, achando que se tratava de um trote, daí, quando notei a veracidade da proposta, tentei me esquivar usando desculpas esfarrapadas.

"Mermão, passamos uma semana fazendo texte, ouvindo um guitarrixta atráix do outro. Gente de todo canto. E ela não foi com a cara de nenhum. Aí tu apareceu, não sei nem da onde, e ela me ligou no dia seguinte. Suxpendeu até o texte de sexta com um neguinho que é pica. Ela só quer tu, mermão", ele insistiu. E acabou com minha hesitação quando mencionou o cachê por show:

"Trêix mil e quinhentox por apresentação. Mais um bônux no final. Em dólarex."

Aceitei. Tu queria que eu fizesse o quê? O Ricardinho tinha deixado a Vendetas mesmo e o futuro da banda me parecia tão incerto quanto o rumo do país. O banco já andava na minha cola por causa dos empréstimos que havia feito e eu não tava nem um pouco afim de pedir arrego pro meu coroa nem de bater ponto num subemprego de merda. Tocar Djavan em barzinho também tava fora de cogitação.

No dia seguinte, um carrão passou cedo pra me buscar e me levou direto prum edifício de vinte andares da Faria Lima. Numa sala fria, o Jairo me aguardava comendo bolachas e tomando café numa caneca com a foto da Bonitta. Pediu um café pra mim e me contou que todos os esforços estavam voltados à internacionalização da carreira da Bonitta. "Funk faix sucesso aqui, mas ox gringox não tão nem aí pra essa porra. Só querem saber de "Despacito" e essas merdax. Então a gente vai na onda, vamox entrar forte nessa pegada latina. E é aí que tu se encaixa. Tá me entendendo? A Bonitta não te quer só como músico de apoio, não... Quer que tu apareça também... Vamox dar um talento na tua barba e no teu cabelo e tu vai ficar galã, mermão". Daí me deram menos de vinte e quatro horas pra arrumar a mala e me meteram num voo pro Rio, onde os ensaios rolaram.

"Trabalhar num cruzeiro em Salvador?", o Caramujo perguntou quando soltei a mentira.

"É, cachorro... Acho que vai me fazer bem. A brisa do mar me dá paz."

"E vai fazer o que lá, mano?"

"Drinques!" Foi a primeira coisa que me veio à cabeça. Ainda não tinha arredondado a lorota.

"E desde quando cê faz drinques, irmão?"

"Bah, desde piá! E parece que vai ter um treinamento também. Quase duas semanas."

"Quando vai ser?"

"Amanhã de manhã eu já vou. Volto depois do Carnaval."

"Tudo isso, mano? Vou sentir sua falta, caralho. Quem é que vai lavar as louças de qualquer jeito?"

O Caramujo me deu um abraço quando saí de mala tão estufada quanto a que veio de Santa. Ele não parecia nada confortável, andava de um lado pro outro, mas sabia que não podia fazer nada pra me barrar. Pediu mais de três vezes pra eu me cuidar e falou que eu podia ligar pra ele caso não me sentisse bem. Se o vizinho da frente tivesse presenciado nossa despedida no hall, teria achado que a gente não ia se cruzar por uns dez anos. No mínimo.

Voei de classe executiva fazendo um esforço sobre-humano pra prestar atenção na música que o Jairo tinha usado como exemplo. Fui recepcionado por um guri que segurava uma placa com meu nome. Ele me levou pra almoçar numa churrascaria, uma tal de Porcão, daí me deixou no hotel que tinham reservado pra mim, em Copacabana. Tomei uma ducha rápida e, ainda arrotando picanha, fui atrás de farinha. Só me encontraria com a Bonitta e o resto dos músicos no dia seguinte, depois do almoço.

Acabei num hostel da Lapa. Eu, um francês chamado Benjamin e a namorada loirinha dele, que até hoje não sei como se chama. Eu os conheci num bar de Santa Teresa, perto de onde peguei o pó; o Benjamin – que tinha feições infantis, dentes amarelados e um cabelo todo lambido pra trás – me fez umas perguntas sobre o Rio que eu não soube responder e, minutos depois, já estávamos fazendo brindes e dividindo umas carreiras num banheiro do tamanho do boxe do hotel em que fiquei hospedado. Passei a noite toda com a sensação de que eles queriam um ménage comigo. Às vezes, a namorada dele colocava a mão na minha coxa, quase na virilha, e ele não dizia nada. Ela tinha os dentes da frente bem separados, acho que dava pra meter o mindinho entre eles. Estava de biquíni sob o vestidinho branco e ficava puta quando o Benjamin me seguia até o banheiro atrás de mais um tirinho. Daí ele voltava pra mesa e fazia cócegas nela até o bico voltar a ser um sorriso feio e charmoso, tudo junto mesmo.

 A Bonitta foi a última a aparecer em nosso primeiro ensaio, já dando ordens e reclamando do calor como se não fosse do Rio. Usando óculos escuros que cobriam metade do rosto, ela me cumprimentou apenas com um aceno rápido, e assim saudou todos os outros. Não lembrava nem um pouco a pessoa que eu tinha conhecido em Maresias. E continuou carrancuda por vários dias, até que tudo soou redondo e sem uma nota fora do lugar. Aí agradeceu o esforço de cada um e pediu desculpas pelo mau humor dos dias anteriores. Colocou a culpa na TPM, mas, apesar do jeito rebolante e pomposo de andar que nunca abandonou, ficou claro que andava insegura. Estava prestes a dar um grande passo na carreira, a iniciar performances que exigiriam dela mais do que costumava dar; bem diferente do que rolou comigo: tirando as partes em que preciso ir pra frente do palco e fazer caras e bocas enquanto a Bonitta canta roçando em mim, tocar nunca foi tão fácil. As músicas já estavam quase prontas, tive apenas que criar alguns solos simples pros momentos em que me torno o poste de striptease da Bonitta.

 Já nos apresentamos em Vitória e duas vezes aqui, em Salvador. E ainda faltam mais treze shows: Porto Seguro, Ilhéus, Aracaju, Maceió, Recife, João Pessoa, Natal, Fortaleza, Manaus e... Nem sei mais. Só sei que o último será em Miami. Já até agilizaram meu passaporte e visto.

66

Todos os dias eu durmo pedindo um milagre. Até tirei da caixinha o terço que herdei da minha nonna. Já de luzes apagadas, imploro a Deus que desista de me tirar a audição. "Senhor, me deixe ouvir até a velhice pelo menos. Por favor!"

Vez ou outra, tomada por uma frustração infantil, com lágrimas nos olhos eu ainda me pergunto: "por que comigo?". Na maior parte do tempo, contudo, já tenho conseguido investir minhas energias na aceitação da cruz que Deus designou para mim. Agora faço parte de um grupo do Facebook lotado de pessoas com condições muito parecidas com a minha, e ler os relatos que postam por lá me dá forças para enfrentar as incertezas dessa doença de evolução imprevisível. Meu caso está muito longe de ser o pior: conheci uma menina que está ficando surda e cega. Já imaginou? E, para complicar ainda mais o lado dela, acabou de perder a mãe, que morava com ela. A menina já até começou a fazer fonoterapia, hipnose e aulas de braille. Tem Síndrome de Usher, uma doença bem rara. Adora praia, mas, por causa da dificuldade que tem para enxergar de dia – algo relacionado à luz –, só tem saído à noite. Ela se chama Luiza e, embora ouça e enxergue muito menos do que eu, resolveu se mudar da casa dos avôs, onde estava desde o AVC da mãe. Guerreira é pouco, e é justamente à força de pessoas como ela que me apego quando começo a achar que sou vítima da maior das tragédias. Eu a conheci na semana passada. Fui à casa dela. Levei um bolo simples e ela passou um café delicioso. Perguntei se tem pesadelos e ela me disse que não sonha mais nada desde a infância. Comigo tem acontecido quase toda noite, e é sempre do mesmo jeito: pessoas que nunca vi falam comigo e não escuto nada. Vejo que estão voltadas para mim, mexendo a boca, e não tenho ideia do que estão dizendo. Não ouço a minha voz também. Silêncio absoluto. Acordo e já ligo a TV, faminta por qualquer barulhinho, e cada um – até mesmo o timbre do homem que leiloa gado ou a música ridícula de um comercial de refrigerante – soa maravilhoso.

Tenho ido à terapia três vezes por semana agora. Só até eu digerir melhor meu destino. E, mais do que nunca, minha terapeuta tem me aconselhado a viver o presente.

"Você não me disse que algumas pessoas demoram décadas para perder a audição?", ela me pergunta. "Não me falou que em muitos casos o aparelho já resolve quase cem por cento?"

Assinto com a cabeça.

"Então não faz sentido deixar de aproveitar o que você tem com medo do dia em que irá perder. Eu sei que vou morrer, que não tenho como escapar da morte, e nem por isso deixo de aproveitar o tempo que me resta, Laila."

Às vezes também menciono o Leco nas sessões. Isso porque basta um rock na rádio ou um homem de brinco na rua para eu me teletransportar aos dias incríveis que tivemos. Até mesmo os pêssegos da fruteira, que por muitos anos foram só meus, agora funcionam como estopim para as lembranças das quais tento me esquivar. Não consigo deixá-lo de fora da pauta, essa é que é a verdade. Falo da culpa e da saudade que têm aparecido em diversos momentos do meu dia. "Já foi, Laila. Você fez o que lhe pareceu mais sensato, não fez?" E, sobre a saudade, ela costuma me responder com uma pergunta seguida de uma afirmação que me deixam pensativa:

"E por que você não tenta de novo? Arriscar é a única maneira de validar nossas hipóteses."

A Claudinha também tem sido uma ótima ouvinte e palpiteira. Como sempre. E, quando menciono o Leco em tom de lamentação, pergunta:

"E por que você não liga para ele então, amiga?"

Não respondo nada nem pego o telefone. Não dou bola ao que diz o coração, porque temo não dar conta de mais um tombo. Mas, quando me pego mergulhada nos momentos bons que tivemos, nas noites que passamos filosofando e trocando desabafos, fico com a impressão de que a simples presença dele – mesmo que calada – me ajudaria a passar por isso sem sofrer tanto. Apesar das cagadas que vivia fazendo, dos porres e a cabeça na lua, ele era uma pessoa boa. Ainda é, acho. Uma companhia reconfortante. Um chá de camomila à paisana numa garrafa de conhaque.

67

"Bah, mas tem tubarão mesmo?", pergunto ao gurizão coberto por tatuagens esverdeadas que já me trouxe mais de cinco caipirinhas. É o primeiro dia inteiro de folga que tenho desde que a turnê de Carnaval começou e a água do mar parece me chamar. Toco só amanhã à noite. Tô virado faz dois dias. Três. Tomei um acidinho e umas anfetaminas de café da manhã. Agora tenho acesso fácil e rápido a todo tipo de substância.

Ele aponta pruma placa de madeira e me conta a história de uma menina que foi atacada nesta praia no verão passado.

"Eu tava aqui no dia... Ela passou carregada, jorrando sangue, deixou um risco vermelho na areia. Chegou ao hospital com vida, mas não resistiu, coitada. Parece que era lá de São Paulo."

Coloco um montinho de farinha na ponta do indicador, mando pra dentro e corro em direção ao azul-esverdeado de Boa Viagem.

A água tá quente e só eu tô nela.

Puxo o mar pra trás com força e não demoro a alcançar a barreira de corais que, segundo o guri das caipirinhas, é o mais longe que alguém com amor à vida pode ir.

Fazendo bastante esforço, pisando em coisas pontiagudas, subo no muro áspero que está um pouco acima do nível da água. A palma da mão sangra. É provável que as solas dos pés também. Sento de costas pra praia, vidrado num horizonte infinito e magnético. Há uma boia vermelha e branca que não para de dançar a cerca de vinte metros daqui. Fico de pé, trago o máximo de ar que meus pulmões permitem e, ignorando os apitos que vêm de trás, mergulho de ponta. A água deste lado é mais fria e tem um pouco de correnteza, bem diferente da piscina que acabei de atravessar. De olhos fechados, dou as braçadas mais rápidas que consigo, mesmo com dificuldade pra respirar. Mantenho o ritmo até colidir com a boia. Meu coração disputa o espaço sonoro com os apitos que vêm da areia. Ouço gritos também. "Volta!" Bah, mas não sei se quero voltar... Não deixei muita coisa em terra firme. Não tô com a mínima vontade de tocar aquelas músicas de merda amanhã à noite. Tô tão cansado. Ando exausto e não consigo mais dormir. Além do mais, se tudo acabar assim – por causa de um tubarão –, não vou deixar ninguém se sentindo culpado. "Guitarrista da Bonitta é atacado por tubarão em Boa Viagem e não resiste aos ferimentos", os jornais dirão, e logo serei apenas mais um exemplo que citarão quando alguém perguntar sobre a veracidade das placas de alerta que estão por toda a orla.

Um salva-vidas me alcança antes dos tubarões, porém. Arrisca a própria vida pela minha. "Você tá louco, moleque?!", ele solta, também agarrado à boia. "Quer morrer?!", cuspindo água em minha cara.

Nado devagar pra barreira de recifes com ele me escoltando, sempre a menos de uma braçada de mim. Apesar da aspereza, deito sobre a muralha natural; graças ao sol do meio-dia que tenta atravessar minhas pálpebras, tudo se resume a uma tela avermelhada. "Vamos voltar!", o salva-vidas ordena me puxando pelo pulso. Fico de pé e a multidão de curiosos virada pra cá aplaude. Decerto torciam por tragédia, sangue, mas, já que minha carne é ruim, de segunda, agora já se contentam com a história nova que terão no jantar de hoje à noite e com os vídeos que fizeram.

"Ele é doido", ouço uma guria de maiô comentar. Ela tem razão. E, já que sou assim, vou direto pro quiosque.

"É maluco, é?", o gurizão das caipirinhas me pergunta.

"Tenho mais medo de gente do que de bicho", respondo. Tenho mesmo. E peço mais uma de limão com cachaça. Os holofotes ainda estão voltados pra mim. Sou assunto em vários guarda-sóis.

Meu telefone toca. É a Bonitta.

"Está onde, Leco?"

"Na praia."

"Tive umas ideias pro show de hoje e quero tua opinião. Tô na piscina do hotel."

Bebo uma saideira com direito a muito chorinho de cachaça, acerto minha conta no quiosque, aspiro mais um montinho de pó e volto pro hotel tentando me lembrar se vim descalço mesmo.

"Tu viu a Bonitta?", pergunto ao Jairo, que fuma charuto e lê jornal.

"Acabou de subir ao quarto. Pediu pra tu interfonar quando chegasse", fala sem tirar a piça cubana da boca.

Peço pra recepcionista interfonar pro quarto da Bonitta e ela me encara com desconfiança.

"Sou da banda", digo.

Ela liga.

"Sobe aqui", a Bonitta ordena. Só fala isso.

O quarto dela tem o triplo do tamanho do meu. Deve ser a suíte presidencial. Ela ainda tá de biquíni, um fio dental minúsculo. Pouquíssimo tecido pra muitíssima carne curvilínea. Segura uma taça de champanhe e se admira num espelho vertical que vai até o teto. Diz pra eu ficar à vontade e me pergunta se quero beber alguma coisa.

"Pode ser cerveja."

Ela abre o frigobar e me entrega uma long neck quase congelada.

"Tu me acha gostosa?", pergunta de costas pra mim, seduzindo o próprio reflexo com as mãos apoiadas na cintura.

"Claro... O Brasil inteiro acha."

Ela deixa a taça sobre o frigobar e caminha decidida em minha direção. Faz do quarto uma passarela. Coloca uma das pernas na cama onde estou sentado, puxa o microbiquíni pro lado e solta mais uma ordem:

"Então me chupa."

Chefe é chefe, né?

Ajoelho e meto a língua entre os dois hamburgões carnudos que me dão saudade do Xis do Bigode.

"Isso, seu puto!", esfregando a bocetona depilada em meu rosto.

Ela então me manda deitar no chão, tira a parte de baixo do biquíni e, de costas pra mim, senta na minha cara. Rebola com as mãos apoiadas em meus joelhos, repete os movimentos do show.

"Lambe o cuzinho, vai!", fala abrindo minha bermuda.

"Só se tu me chupar!", tento inverter o jogo. Mas ela me coloca no meu lugar:

"Cala a boca e beija logo meu cuzinho!"

A bundona quase me sufoca. Tem cheiro de cloro. Tenho que fazer certa força pra mantê-la aberta o bastante pra permanecer em contato com o orifício.

"Chupa, caralho!", ela fala já amolando a piça, depois de uma cuspida caprichada sobre ela.

A bermuda começa a vibrar. Não para.

"Desliga essa porra", ela manda punhetando rápido, decidida a produzir faísca.

A bermuda tá abaixo dos joelhos, não a alcanço. Continua vibrando. Parou e recomeçou logo em seguida.

Ela afasta um pouco a bunda do meu rosto e me manda desligar.

Que porra a Claudinha quer comigo? Não a vejo desde o dia em que foi com a Laila me buscar no bar. Será que aconteceu alguma coisa? Por que ela me ligaria? Bah, eu deveria ter desligado sem olhar pra tela.

"Agora vem me comer", a Bonitta manda e fica de quatro na cama. Empina pra mim a bunda que, de acordo com o Raul, tem até seguro.

"Mete, porra!"

Mas meu pau não quer endurecer. A bunda mais desejada do Brasil na minha frente, pedindo pra ser comida, e o desgraçado entortando quando tento meter.

"Deixa eu te ajudar", a Bonitta fala e coloca meu molengão na boca. Suga com força, fazendo até barulho de fim de milk-shake. Mas o pau agora não passa de um pinto desobediente. Minha mente também: em vez de se ocupar com a bocona da Bonitta e com o playground adulto que ela me mandou usar, penso na Claudinha. Por que caralho me ligou? Será que foi engano, que sentou em cima do botão ligar? Não me parece o caso, porque tocou duas vezes.

"Desculpa", digo. "Não consigo."

Meto a bermuda e saio do quarto sem lambida de despedida nem "a culpa foi da bebida".

Já no meu quarto, ligo o celular. Mais uma chamada perdida da Claudinha. Despejo o conteúdo de uma miniatura de Jack Daniels dentro da latinha de Coca que abri de manhã, aspiro uma carreirona e retorno a ligação.

"Como é que tu tá?", pergunto.

"Tudo indo... E aí?"

"Indo também. Só não sei pra onde... Mas fala aí, tu me ligou?"

"A Laila vai me matar se souber que liguei para você, ouviu? Então, antes de qualquer coisa, quero que prometa que ficará de boca fechada. Promete?"

"Pode confiar. Agora fala, guria."

"Ela ainda gosta de você. Bastante."

"Eu também."

"Eu sei... Mas não liguei para falar isso... Não só isso... Liguei porque ela está enfrentando um problema complicado e acho que sua presença a faria bem."

"Que problema?"

"Ela descobriu que tem otosclerose."

"Que porra é essa?"

"Uma doença que vai tirando a audição da pessoa progressivamente."

"Bah... Não tô acreditando no que tu tá falando."

"Também não acreditei quando ela me contou, Leco. É foda."

"Mas não tem cura?

"Não... Os médicos disseram que existem alternativas que talvez a ajudem a permanecer escutando. Tipo aqueles aparelhinhos, sabe? Parece que tem também umas cirurgias. Mas não tem cura."

"Porra... Mas a Laila parecia ouvir bem."

"Ainda ouve relativamente bem, está no começo. Mas não sabe até quanto permanecerá assim."

"O médico não deu um prazo?"

"Não. Disse que cada organismo reage de um jeito."

"Bah... Não sei nem o que dizer... Eu me mataria."

"Você já se mata à toa."

"Mas tu acha que não vou atrapalhar se voltar pra vida dela?"

"Depende do Leco que reaparecer... Ela vive me dizendo que morre de saudade de um e que não quer ver o outro nem pintado de ouro. Está me entendendo?"

"Claro."

"Então pensa bem e, se ainda gosta dela, apareça para dar uma força. Ela é sozinha, Leco. Só tem eu e os cachorros. E se acontece alguma coisa comigo, já pensou?"

"Bah, mas não vai acontecer. Tu é nova e cheia de saúde."

"Não sei, não... Mas isso é outro papo. Só liguei para falar da Laila mesmo."

Tento ligar pra Laila, mas ela não atende. Deve estar dormindo ou no banho.

Ainda não consigo acreditar no que acabei de ouvir. Se Deus existisse mesmo, e fosse justo como falam por aí, teria colocado essa doença em algum estuprador. Que tipo de filho da puta faria isso com a Laila? Porra... Bem com ela!

Ligo de novo e, mais uma vez, toca até cair na caixa postal.

Será que ela já não tá ouvindo bem e a Claudinha aliviou o peso da notícia?

Quero escrever uma mensagem, mas não tenho ideia de como começar. Não faz sentido perguntar se tá tudo bem. Tu não acha? Também não posso dizer que sei da doença ou vou foder a Claudinha. Que merda eu escrevo?

Dou mais um tirão e fico encarando o celular. Até perceber que as chances de eu foder ainda mais as coisas são imensas.

Mato minha latinha de Coca tunada de um jeito que deixaria o Lemmy Kilmister orgulhoso, calço o All Star, visto uma camiseta e caio na rua.

Apesar do vento que balança as palmeiras da beira-mar, ainda tá quente. Um calor molhado que me deixa pegajoso. Eu me sinto sufocado. Preciso descansar, sentar um minuto, deixar a adrenalina baixar, mas minha cabeça não desliga, eu não consigo parar quieto. Tô fritando. É desesperador. Ando em direção ao mar, sou um dos poucos vultos sobre a areia de Boa Viagem. A água tá morna e escura, não consigo enxergar meus pés nem no raso. Jogo um pouco de água na nuca pra ver se o mal-estar passa. Caminho mais um pouco e o manto negro logo me cobre até a cintura. Não consigo enxergar a barreira de recifes daqui. Meu coração dispara mais a cada passo que dou, tenho a sensação de que algo vai me abocanhar a qualquer momento. O mar é sempre assustador à noite, não precisa nem de tubarões. Caminho arrastando os pés na areia, sentindo coisas raspando em mim. Enfim chego ao muro rugoso. Parece mais alto que de manhã. Tento escalar, mas tô com as pernas fracas. Os braços também. Dormentes. Meu peito dói e não consigo respirar direito. Puxo o ar e nada vem. Deixo meu corpo despencar pra trás. Desisto. Começo a boiar pensando na Laila, nas coisas que venho deixando afundar. A lua amarela vai ficando turva até apagar. Tela preta.

68

O Leco me ligou algumas vezes na semana passada. Já estava dormindo. No dia seguinte, eu retornei e ele não me atendeu. Liguei de novo dois dias depois e só deu caixa postal. Mandei mensagem também e nada de resposta, nem um "oi". A Claudinha acha que ele está bem, apesar de ninguém – nem mesmo o Caramujo – ter conseguido falar com ele na última semana.

A saudade que sinto dele só aumenta, apesar do esforço que tenho feito para mudar o foco. Não só isso: tenho medo de parar de escutar o som da voz dele antes de todos os outros, de ter perdido todas as chances de ouvi-lo tocar mais um pouquinho da música que eu adoro.

Tenho também todos os motivos do mundo para ter certeza da fragilidade da vida: além da audição caducando, na manhã seguinte à ligação do Leco, a Claudinha me disse que estava passando mal e me perguntou se eu podia acompanhá-la ao hospital. Como já era de se esperar, o médico que a atendeu nem a olhou nos olhos, disse que não passava de uma virose, encheu a coitada de soro e depois a liberou. No dia seguinte, porém, ela acordou ainda pior: com febre, náusea e visão meio embaçada. Corremos de novo ao pronto-socorro e, para a sorte dela, foi atendida por outro médico, um rapaz mais atencioso, que encontrou um edema nas costas dela e, depois de algumas perguntas certeiras, descobriu o motivo do mal-estar: picada de aranha-marrom.

Por causa de um congresso, a Claudinha tinha passado dois dias em Curitiba, cidade recordista mundial em acidentes com aranha-marrom. E é provável que tenha sido picada enquanto dormia, por uma aranha que estava escondida entre os lençóis. Casos assim são bem comuns. Ela não sentiu nada na hora, como quase sempre acontece. Só depois começou a apresentar os sintomas. Louco, né? Nas setenta e duas horas que passou internada devido aos riscos de complicação renal que a picada causa, nós nos tornamos quase especialistas no aracnídeo do qual, até aquele momento, eu só tinha ouvido falar na faculdade.

A vida é mesmo um negócio frágil: num minuto, a gente enfrenta leões e escapa sem um arranhão, no outro, no entanto, um bichinho que não mede mais do que quatro centímetros nos derruba e, da maneira mais dura, reforça o clichê – "viva o presente" – que minha terapeuta vive repetindo.

Não posso afirmar que alcancei o nível de coragem da Claudinha, mas as recentes reviravoltas pelas quais passei e as pessoas que conheci no grupo do Facebook me deixaram com a certeza de que preciso arriscar mais, aproveitar mais, trabalhar menos: tudo que fala naquela música dos Titãs, "Epitáfio".

69

Nunca deixei de pensar em ti. Do dia em que tu me deixou até hoje.

Eu me mudei pra São Paulo com o objetivo de virar um roqueiro famoso, pra me livrar de uma rotina que me sufocava. Daí tu apareceu no meio do caminho pra me bagunçar (eu ouvi a música do Teatro Mágico, viu só?).

Ainda quero viver do rock, tocar com o Humberto Gessinger, gravar CD... Mas, mais do que tudo isso, hoje quero mais um pouco do que tivemos.

Quero nossas noites tagarelas, trepadas no chão da sala, até mesmo aquelas comidas esverdeadas e sem graça que tu me fazia comer. Quero aquela ansiedade que batia quando tu tava quase chegando pra me buscar, o tesão que rolava quando tu gozava sentando em mim, a calmaria que eu só conseguia sentir quando a gente tava junto, mesmo que sem fazer nada.

Não sei se tu já me perdoou e tenho muito medo de perguntar. Um medo que me dá vontade de fazer todas as merdas que tu odiava. Mas não te preocupe: depois de quase morrer no mar de Boa Viagem (depois, se tu quiser saber, eu conto como fui parar lá), eu resolvi me internar. Eu não consigo sozinho, não tem outro jeito. O vício, que eu não conseguia enxergar, que já nem sei mais se é em álcool, cocaína ou nos dois, é mais forte do que eu imaginava e vai me matar se eu não tomar uma atitude mais drástica. Pior que isso: vai continuar matando tudo de bom que a vida me dá, como fez com a nossa relação. Aliás, falando nela, preciso deixar algo registrado nesta carta: eu me arrependo por não ter te chamado de "namorada" mais cedo, não sei por que a palavra não saía. Mas fique sabendo que era assim que eu te via, tá?

Espero que tu já tenha se livrado das mágoas que te deixei, que tenha ficado só com a parte boa dos poucos e intensos dias que vivemos. De coração.

Vou ficar numa clínica no interior de São Paulo e não tenho previsão de saída. Disseram que parece uma prisão. Para tu ter uma noção, na primeira semana não posso fazer contato algum com o mundo exterior. Sei que vou sofrer muito por lá. Mas sei, também, que preciso me limpar.

Espero que tu entenda minha letra e me perdoe por ter estragado tudo.

Um baita beijo pra ti, um abração na Claudinha e uma sessão de cócegas na barriga dos teus filhos peludos.

Te amo.

Leco.

Escrevi na folha que me deram no hospital, dobrei quatro vezes e levei pra agência dos Correios indicada pela Marieta, a enfermeira que cuidou de mim nos dias que passei em observação por causa da overdose que tive.

"Ainda não era a sua hora", ela me disse depois do nosso abraço de despedida e, em vez de dar o mérito ao catador de latinhas que me tirou da água e pediu ajuda, colocou tudo na conta de Deus. Eu disse "amém", igualzinho eu fazia pra não magoar minha mãe.

Não sei como, mas a Bonitta ficou sabendo de tudo. Foi com o Jairo me visitar no dia seguinte. Apesar de ter perguntado sobre meu estado de saúde quando chegou ao quarto coletivo em que eu estava, parecia mais preocupada com o futuro da turnê do que comigo. "Não consegue fazer os três últimos shows?", ela me questionou. Respondi que precisava cuidar de mim e ela me lançou um olhar fulminante, ainda engasgada com minha piça mole. "Se cuida, então", falou, e saiu batendo os saltões. Ignorou os pedidos de foto feitos pela mãe do piá recém-atropelado que estava no mesmo quarto. "Agora tu me fodeu, mermão!", o Jairo soltou e foi atrás dela. Mesmo assim, arcaram com todas as despesas do hospital e já me pagaram pelos shows que não farei. Um advogado apareceu pra me avisar quando eu já estava assinando os documentos de alta. Só o bônus que não vou receber.

Minha mãe não sabe de nada, acha que eu ainda tô tocando com a Vendetas em Sampa. Não recebe notícias minhas desde o dia da overdose, quando afoguei meu celular velho de guerra também. "Não morreu por pouco", os médicos disseram a meu respeito, mas assassinei um dos últimos exemplares de celular sem internet em atividade do planeta.

Agora tô num avião que vai pousar em Campinas, e de lá vou pegar um ônibus pra Itapira, onde fica a clínica indicada pela Marieta. Um sobrinho dela se limpou lá e hoje dá até palestra, ela me contou. Liguei pra lá do telefone do hotel e já tô ciente de todas as regras. Tão ciente que acabei de aceitar a cerveja oferecida pela aeromoça e já tô maquinando uma desculpa pra pedir a segunda e a terceira. Medo de avião?

Antes do primeiro gole dessa sessão de despedida – que talvez acabe em mais um apagão – faço um brinde interno, "ao catador de latinhas que me salvou e sumiu". Não consegui encontrá-lo de jeito nenhum, só sei que não é invenção da minha cabeça porque outras pessoas também o viram.

"Como era o guri que me resgatou?", eu perguntei pro socorrista que me deu os primeiros socorros, já de saída do hospital.

"Barba e cabelos compridos, olhos azuis, tipo o Jesus dos filmes. Tinha até um cajado de cabo de vassoura."

70

O elevador para no térreo. O seu Cícero abre a porta e me entrega um envelope pardo.

"Chegou agorinha pra senhora."

Ué, mas eu não conheço ninguém de Recife...

Abro e caio no choro já na primeira linha, ainda no elevador do qual me esqueci de descer. Lágrimas que não sei de qual sentimento são feitas. Eu já nem me lembro mais aonde estava indo. Pouca coisa me parece tão urgente quanto as palavras que releio sem parar, como se logo fossem fugir de mim.

Outro dia, no Facebook, alguém compartilhou a carta que o Johnny Cash escreveu à June Carter, mulher que o acompanhou por toda a vida. O título da postagem era: "A carta de amor mais bonita de todos os tempos". Achei a coisa mais linda do universo mesmo. Agora, contudo, tenho minhas dúvidas.

É a primeira carta que recebo na vida e dá para notar que é sincera. Porra, Leco... Assim você me quebra!

"Está tudo bem com a senhora?", o seu Cícero me pergunta depois que a porta do elevador abre mais uma vez. "É que eu vi pela câmera que –"

"Está tudo bem, sim... Obrigada", respondo tentando me recompor.

Enfim aperto o botão do meu andar, limpo o borrado dos olhos e ligo para o Caramujo.

"Que saudade de você, Lailinha. Como é que cê tá?"

Digo que tenho novidades para litros e mais litros de café e ele me convida para um bolo na hora.

"O seu preferido é de cenoura, né?"

Aceito o convite e pergunto se ele sabe em qual clínica o Leco está.

"Clínica?!"

Pelo tom da resposta, percebo que acabei de dar a notícia. Sem amaciante algum. Peço calma e explico a parte da história que sei.

"Isso quer dizer que ele está se cuidando, né?"

"Quer sim... Mas o filho da puta me falou que ia trabalhar num cruzeiro em Salvador. Por isso que não atendia minhas ligações. Tô tentando falar com ele há dias!"

"Talvez tenha ido, na carta ele não mencionou o que estava fazendo em Recife. E esses cruzeiros vão parando em várias cidades, não é mesmo?"

"O pior de tudo é que eu gosto pra caralho desse maluco. Percebi isso esses dias, por causa do vazio que ele deixou. Até da bagunça que ele fazia eu sinto falta, cê acredita?"

"Eu também, Caramujo. Eu também... Faço das suas palavras as minhas."

"Ah, e eu também tenho uma notícia para você."

"Qual?"

"Só conto pessoalmente."

"Fala!"

"O seu bolo preferido é de cenoura e cê gosta de café mais fraco, certo?"

71

Eu cheguei aqui num domingo. Entrei bêbado, transpirando cerveja, e já tomei a maior dura. Revistaram minha mala, CD por CD, e já foram me passando as regras e horários. "Aqui não é resort", o enfermeiro chefe atarracado e afeminado que se chama Ney – "por causa do Latorraca, não do Matogrosso" – repetiu várias vezes. Depois me levou pro meu quarto, onde o Miltinho, que deixou a clínica faz dois dias, assistia a um programa de esporte na TV. Uma mesa-redonda.

"Pra que time cê torce, fio?", ele me perguntou no instante em que coloquei minha mala sobre a cama de proporções infantis. Um choque pra quem estava se acostumando com hotéis no mínimo três estrelas.

"Colorado", respondi, e logo estávamos matraqueando sobre futebol. Não há assunto com maior capacidade de colocar pessoas diferentes em sintonia. Eu e meu coroa somos o maior exemplo disso: a gente só conseguia permanecer juntos por longos períodos em dias de futebol. Quando o juiz dava o apito final, nossas divergências voltavam a nos parecer inconciliáveis e cada um ia prum canto; eu caía na rua e ele permanecia jogado no sofá dando ordens pra minha mãe e reclamando de tudo.

Depois de me enticar um pouco pela derrota pro time dele, o Palmeiras, na final do último Brasileirão, o Miltinho me fez a pergunta clássica das clínicas e prisões:

"Por que cê tá aqui?"

"Cocaína e bebida", respondi.

"Eu tô aqui por causa de goró também", ele disse, e contou que não ficava um dia sem beber desde os quinze anos.

"Bah, e tu tem que idade?"

"Fiz cinquenta e oito ontem, fio. Tô bão ainda!"

O Miltinho é dono de uma fazenda de café no sul de Minas, numa cidade bem perto daqui. O negócio dele era uísque, fazia até coleção. Contou que até chorou quando a esposa ligou avisando que tinha jogado as garrafas fora. Para não se sentir tão culpado, preparava a primeira dose sempre depois do almoço. Só foi perceber que o negócio estava feio quando um dentista pediu que ficasse cinco dias sem beber pra fazer um procedimento.

"Aí eu percebi que a coisa tava feia, fio. Não conseguia ficar nem um dia. Tive até que cancelar o baguio, mesmo com o dente caindo", ele contou.

Apesar de ter ficado imprestável, com a sensação de que nada conseguiria me tirar da cama, eu não tive aquelas abstinências violentas de filme. Não tremi encolhido no chão nem vomitei. O máximo que me dava era uma suadeira acompanhada por um calafrio. Fiquei bem irritado também, sem paciência pra nada. Mas o tempo foi passando e meu humor melhorou. A vontade de beber e de cheirar também foi diminuindo com o passar dos dias. Talvez seja mérito do remédio, não sei. Porém tenho ficado muito bem só no cafezinho e no cigarro. Quando reflito sobre minha nova vida, sem álcool e farinha, às vezes me bate uma tristeza. Daí eu penso no Eric Clapton, que foi muito mais fundo do que eu na vida louca e agora tá limpo. Faz mais de dez anos, acho. Limpo e ainda na ativa. Acabou de lançar um disco de músicas natalinas que vou ouvir assim que sair daqui. "Se o deus da guitarra seguiu sem a bebida, por que eu não posso?", eu me pergunto. E fico mais animado apesar de saber que nunca chegarei aos pés dele na guitarra.

A verdade é que meu maior problema era a bebida. O lance do pó chocava mais a Laila e tudo mais, no entanto esses dias de abstenção e reflexão me fizeram perceber que é da bebida que sinto mais falta. Sem contar que era o álcool que tirava meus freios pra tudo quanto é tipo de coisa. E tu sabe a parte mais foda? Tem gente vendendo bebida em toda esquina, e na TV não para de aparecer comercial de cerveja, principalmente agora, no verão. Às vezes me pego tentando me enganar, acreditando que posso beber umazinha socialmente, que não vai dar nada. Mas eu me conheço: um copo já basta pra me dar uma vontade incontrolável de ficar até o bar fechar. Eu não sei brincar, sabe? E, já que sou assim, o melhor a fazer é nem começar. Dói só de pensar, mas eu preciso de limites, mais do que ninguém. Preciso porque quero ganhar mais do que perder. Cansei de ser responsável pelas minhas derrotas. Não dá mais pra colocar a culpa na minha genética, como se eu tivesse menos capacidade de mudar e autocontrole do que todo o resto. Se o Keith Richards largou a heroína e seguiu em frente, por que caralho eu não serei capaz? O cara estava mais magro do que minha piça, passava o dia inteiro se picando e bebendo, nem dormia, daí resolveu largar, se internou e seguiu em frente. O Keith Richards, cachorro! Então eu posso também.

Vou ficar só no baseadinho mesmo. Ninguém é de ferro, né? Até o cigarro eu tô pensando em largar. Não agora, mas tô. Por aqui eu tenho fumado mais de dois maços por dia. Todo mundo fuma, não tem muito o que fazer. Sou obrigado a acordar sete da manhã, daí tomo café, faço atividade física – geralmente caminhada –, tenho palestras, engulo os comprimidos que me dão... Daí eles me ocupam com pintura ou palavras-cruzadas e, só depois, dão um tempo de folga, que geralmente uso pra trocar uma ideia com a galera e fazer um som no violão que me arrumaram. Até Chitãozinho & Xororó eu tenho tocado de vez em quando. Tu acredita? Comecei a tirar as músicas deles a pedido do Miltinho. "Cê toca aquela do fio de cabelo?", ele me perguntou. "Bah, se tu me arrumar a cifra, eu toco." Daí, assim que pôde usar o celular novamente, veio me pedir ajuda pra achar a "tar da cifra" na internet. Tive que pedir ajuda também. Então toquei e todo mundo cantou, até a dona Cida, uma senhorinha que está aqui por causa de depressão. Eu só conseguia pensar nas caretas que o Caramujo faria se me flagrasse mandando um Xororó. Daí, no tempo livre do dia seguinte, a Mariana – que está internada porque tentou se matar quando o noivo a largou – me pediu pra tocar "Evidências". Toquei e até os enfermeiros cantaram. E sabe a parte mais louca? Eu achei a letra do caralho. Nunca tinha me atentado a ela. Bah, podia até virar um rockão responsa. Tenho certeza de que até mesmo o Caramujo teria vontade de cantar. A Laila morreria de rir. Igualzinho fazia quando eu imitava o Reginaldo Rossi com a cueca enfiada entre as nádegas. Chegava até a rolar no chão.

Coloco *All Things Must Pass* no discman e deito na grama de olhos fechados, nem aí pras saúvas que já me pegaram algumas vezes. Penso num xis-coração com muito queijo escorrendo, chego a sentir o cheiro. Não aguento mais o purê de batata aguado daqui. Apesar de não ser muito de doce, tenho sonhado com pudim também. Daqueles bem simples mesmo, de padaria, qualquer um que não se pareça com a gelatina sabor pirulito e textura de placenta que é servida no refeitório.

Algo encosta em meu pé e me tira dos meus devaneios regados à baixa gastronomia e muitos ingredientes que os médicos abominam. É o sapato branco do Ney. Ele mexe os lábios, mas não entendo nada. Arranco o George Harrison do ouvido.

"Visita para você, Leandro."

"Pra mim?"

"Não, para o papa."

Temo que minha mãe tenha me descoberto. Deve ter retornado pro número do orelhão daqui, de onde liguei pra ela ontem, depois de pensar em como a tenho tratado. Bah, sou muito burro mesmo.

Caminho em direção à área de visitas já pensando no que dizer a ela.

Procuro pela expressão preocupada dela e nada. Apenas famílias e uma... Será que tô enxergando bem ou tomei o remédio errado? Bah... Não pode ser.

Inspiro fundo pra tentar impedir a chegada das lágrimas, mas não consigo. Choro feito criança enquanto a Laila caminha rápido na minha direção. Ela e o Caramujo.

Ela me abraça forte e me enche de beijos no rosto. Exatamente como fez no dia em que acordou assustada depois de sonhar que eu tinha sido atropelado. Beija minha boca também. O Caramujo também se junta, me abraça por trás e eu nem ligo.

"Saudade de você, mano."

"Bah, não sei nem o que dizer."

"Você está mais bonito", a Laila afirma. "Mais gordinho."

"Deve estar comendo tipo o Hendrix", o Caramujo solta trocando olhares com a Laila e sorrindo.

"Tipo o Hendrix?!"

Então ele aponta pro carro da Laila e diz:

"Tipo ele, ó!"

"Tu achou ele!"

"Ele me achou, mano. Apareceu um dia na porta do prédio e ficou lá. Morri de medo de que sumisse no tempo que levei pra descer. Mas ele ficou no mesmo lugar. O bom filho à casa torna, não é mesmo?"

Corro até o Ney e pergunto se posso sair só um pouco, pra ver meu cachorro.

"Não posso deixar, Leandro."

"Bah, por favor."

"A gente não pode –"

"Por favor!", peço ajoelhado, ainda chorando como um piazinho.

"Tá, mas só cinco minutos. Ouviu bem? Cinto minutos!"

O Hendrix dá verdadeiras piruetas quando me vê. Bate no vidro com as patas dianteiras e dá giros de trezentos e sessenta graus sobre o banco traseiro, sem sair do lugar. Abana o rabo na velocidade máxima. Abro a porta e ele pula direto nos meus braços. Lambe meu rosto.

"Tu voltou, seu safadão! Tu voltou..."

"Voltou e agora adora a coleira, conta pro seu pai", o Caramujo diz passando a mão na cabeça dele.

Não sei o que dizer. Faz tempo que não sinto uma alegria tão grande. Maior do que o efeito de um tiro.

"Não vou mais te perder!", digo ao Hendrix. "Nem tua mãe."

A Laila me beija. Mete a língua na minha boca. Fazemos um sanduíche de Hendrix, que lambe nossos queixos como se dissesse:

"Ei, eu também quero!"

"Agora, chega", o Ney nos interrompe. Apesar da pompa de durão, também está com os olhos úmidos.

Voltamos pra dentro da clínica e pegamos uns pães de queijo na lanchonete. O Caramujo me pergunta sobre o lance do cruzeiro e eu conto a verdade.

"Bonitta?!", ele repete várias vezes, balançando a cabeça de um lado pro outro. "Bonitta?!"

"Bah, pelo menos o aluguel dos próximos meses tá garantido. Isso se tu me aceitar por lá de novo..."

"A casa é sua, mano."

"Mais dez minutos", o Ney avisa.

"Vou indo pro carro, então", o Caramujo fala e me abraça forte. Diz que estará me esperando com o Hendrix.

Peço desculpa por tudo que fiz e a Laila me cala com a palma da mão.

"Já passou, Leco."

Digo que a Claudinha me contou da doença dela.

"Eu sei... Ela é tão fofoqueira que não aguentou e me contou que ligou para você."

"Se precisar, eu escuto por nós dois. Mas só se tu me fizer aquele macarrão lá da sua nonna."

Ela me abraça e chora.

"O macarrão e um boquete bem gostoso", complemento.

Chora e ri, num retrato perfeito do que é a vida.

72

Há um ano, eu estava chorando por causa do Átila, certa de que minha vida tinha acabado junto com meu noivado.

Hoje, apesar do diagnóstico que ainda me tira o sono e às vezes me faz cair no choro, não vou mentir, eu me sinto motivada a seguir adiante. É o que tem para hoje, sabe? E, quando paro para pensar na minha vida, vejo que ainda tem muita coisa para hoje...

Uma amiga do caralho a quem eu daria um rim sem pestanejar, um trabalho que amo e paga minhas contas, dois filhos que não me negam lambidas nem quando estou com bafinho matinal e um namorado (finalmente o Leco perdeu o medo da palavra) sem parafuso que me valoriza e se importa em me fazer gozar. E ainda ouço bem, na medida do possível. Melhor do que muita vovó.

É... Tenho mesmo muita coisa para hoje; o bastante para dizer que sou feliz. Não em tempo integral, mas sou. Aliás, será que alguém é feliz cem por cento do tempo? E é justamente por causa das nossas tristezas que as alegrias ficam intensas. Minha terapeuta me disse isso outro dia. Não com essas palavras, mas disse. E está coberta de razão.

Hoje, na hora do almoço, a Claudinha me perguntou se estou bem e respondi que sim. Foi sincero. A resiliência humana é algo surpreendente.

Ela me ajudou a escolher um celular novo para o Leco. Até que enfim vou poder mandar emoji para ele. Carinhas amarelas bem sorridentes, eu espero.

A banda se desfez mesmo, mas ele e o Caramujo já estão procurando um baixista e um vocalista. Também começaram com uns papos doidos de abrir uma escola de música com um dinheiro que o Caramujo tem investido. Acho que não vão levar a sério, mas vai saber, né? Não duvido de mais nada.

Dias duros virão. Não sei quando, mas virão. Tento não pensar muito neles por enquanto. Tenho conseguido viver mais cada momento. Principalmente aqueles com trilha sonora.

O Leco tem tocado quase todo dia para mim. Nem que só por telefone. Vou ensiná-lo a gravar áudio, assim posso ficar ouvindo depois, nos momentos em que a confiança de agora fraquejar.

Depois de amanhã, vou jantar com o Leco, ele disse que está morrendo vontade de ir numa cantina, louco por macarrão de verdade, "não aquelas minhocas da clínica". Falou que vai me levar um dia para Santa Maria também, e a Caxias do Sul, onde viveu por um tempo.

"Não tem nada pra fazer, mas tu vai gostar. Daí eu aproveito e acerto uma conta que deixei pendente, no Bruxo."

A cada dia que passa, mais certeza eu tenho de que Deus escreve certo por linhas tortas.

73

Peço água tônica e ela suco de abacaxi com hortelã.
"Vou ao toalete e já volto", a Laila diz.
Coloco a caixinha azul-turquesa sobre o prato dela e espero roendo as unhas.
"O que é isso, Leco?"
"Só tem um jeito de descobrir."
Com a testa franzida, ela olha pro interior da caixinha.
"O que é isso, Leco?"
"É algo que tu sempre quis."
"É isso que estou pensando mesmo?"
"Com toda a certeza do mundo."
"Assim vai me fazer borrar a maquiagem."
"Tu fica linda de qualquer jeito."
"Mas é sério mesmo?"
"Bah, tu não acredita em mim?"
"Acredito, mas... É muito caro."
"Não pro ex-guitarrista oficial da Bonitta."
"Mas mesmo assim..."
"Tu aceita ou eu devolvo."
"Aceito, claro. É meu sonho!", ela afirma e enche de beijos o papelzinho no qual escrevi:

Vale uma viagem pra Itália com tudo pago e direito a acompanhante gaúcho e guapo.

"E tem data já?"

"Tem... Segunda que vem."

Ela quase engasga com o suco.

"Segunda que vem já?"

"Se tu quiser, eu mudo a data, mas acho que tu merece umas férias decentes."

"Quantos dias?"

"Trinta. Dois deles naquela cidadezinha igual ao teu sobrenome."

"Mas você já tem passaporte?"

"O último show da minha turnê com a Bonitta ia ser em Miami, então agilizaram tudo pra mim."

"Mas você não acha melhor guardar o dinheiro para uma emergência?"

"Te ver sorrindo é uma emergência, Laila."

"Mas e depois?"

"Depois? Depois a gente volta, toma um monte de lambida do Hendrix e dá umas voltas no parque pra perder os quilos que vamos ganhar enchendo a pança de massa. Ou ficamos por lá mesmo... Vai que a Laura Pausini vai com a minha cara e me chama pra ser o guitarrista oficial dela. Tudo é possível."

"Vai estar frio?"

"Primavera. A guria da agência que montou nosso pacote falou que vai tá tudo florido."

"Ai, que lindo!"

"Posso ligar para a Claudinha para contar?"

"Claro. Mas ela já sabe."

"E não me contou?!"

"Falei que arrancaria um mamilo dela com alicate de unha se ela contasse. Funciona."

"Por isso que você inventou que estava com desejo de massa e insistiu para virmos numa cantina, né?"

"É pra gente já ir se adaptando à nova dieta. No próximo mês, quero comer só massa. E tu. Em qualquer ordem. Até junto."

"Credo, que nojo."

"Já até tô te imaginando coberta por espaguete ao sugo. Hum..."

"Credo, Leco!"

"Tá bom, tá bom... Primeiro você, depois o espaguete."

"Combinado... Mas você só vai me comer no próximo mês?", ela fala pegando no meu pau por cima da calça.

"Não... Quero agora também", afirmo e meto a mão embaixo do vestido dela.

"Agora não dá!", ela murmura em meu ouvido com o timbre que me deixa doido. "Daqui a pouco você me come bem gostoso, tá?"

"Tesão e fome não combinam!"

"Por isso que não vai me cobrir com espaguete."

"Tem razão, tu me convenceu. Agora tira a mão do meu pau ou vou te comer no banheiro daqui mesmo."

"No banheiro? Que ideia interessante!", ela fala pegando ainda mais forte.

"Tu tá querendo, né?"

"Muito."

Levanto primeiro e digo que mandarei mensagem avisando em qual banheiro estarei. Agora tenho celular com câmera e tudo. Tem até WhatsApp, tu acredita?

"No adaptado", envio. Mando uma carinha de diabinho também.

Ela não demora pra entrar.

Liberto meu pau e ela tira a calcinha preta. Sento sobre a tampa da privada e ela por cima de mim, segurando as barras de ferro laterais. O pau entra fácil. Até o fundo. Ela rebola gostoso com meu câmbio dentro e não leva nem cinco minutos pra gozar. Morde meu ombro pra não fazer barulho.

"Não imagina como eu senti falta disso aqui", diz arrumando o cabelo no espelho.

"De transar em banheiros adaptados?", eu brinco.

Ela ri, me chama de besta e sai primeiro.

Bato uma punheta e gozo na privada. Não quero ficar com dor no saco.

Quando volto pra mesa, tenho a impressão de que os garçons sabem o que fizemos. *Foda-se!*, penso enrolando meu espaguete. Quero aproveitar as coisas enquanto elas ainda estão quentes. Principalmente a vida.

No domingo passado, a Laila ficou chateada porque precisou aumentar uma barrinha no volume da TV, e eu, ontem no almoço, não resisti e tomei um chope. Um só e já me estufei de culpa. Prometi que nunca mais vou deixar acontecer, inclusive até quis enfiar o dedo na goela depois. Contudo vai saber como será amanhã. Por mais que a gente queira se manter no controle da vida, nunca saberemos quando será nosso último chope ou som. Nunca. Nem eu, nem a Laila, nem tu.

Lista de músicas

"All Along the Watchtower", Jimi Hendrix; Reprise Records, 1968.
"Disco voador", Raul Seixas; Phillips Records, 1974.
"Born to Be My Baby", Bon Jovi; PolyGram, 1988.
"Love Street", The Doors; Elektra Records, 1968.
"Mete com força e com talento", MC Nick, 2018.
"Levante e anda", Emicida; Laboratório Fantasma, 2013.
"Um lugar do caralho", Júpiter Maçã; Antídoto, 1997.
"Give me Strength", Eric Clapton; Criteria Studios, 1974.
"Cidade em chamas", Engenheiros do Hawaii; Plug, 1988.
"Like a Rolling Stone", Boby Dylan; Columbia Records, 1965.
"Layla", Eric Clapton; Atco Records, 1970.

Acompanhe a playlist completa no Spotify

Marcas

Inter / Libertadores / Camel / Pluma / Tigres / WhatsApp / *Kill Bill* / *The Walking Dead* / Facebook / *Spotify* / iPhone / Lollapalooza / Uno / *Lost* / Paco / Audi / Iguatemi / *Grey's Anatomy* / Uber / Universidade Mackenzie / *Jornal Nacional* / MTV / Allianz Parque / Durex / Tamagotchi / Coca-Cola / Nokia / *Cidade Alerta* / Campari / All Star / Vitamina C / Instagram / Fox Models / BMW / Netflix / Shopping Cidade São Paulo / Playstation / Canal Bis / Zé Gotinha / MMA / Yakult / Discman / Fusca / SBT / Harry Potter / *Programa do Jô* / FOX / *Masterchef* / Shopping Frei Caneca

**Acreditamos
nos livros**

Este livro foi composto em Fairfield LH e
impresso pela Gráfica Santa Marta para a
Editora Planeta do Brasil em maio de 2019.